ANCHIEN TROSKIE

Die
Besoeker

Kwela Boeke

Vorige boeke deur die skrywer:
Dis ek, Anna, Tafelberg, 2004 (onder die skuilnaam Elbie Lötter)
Nooit is 'n lang, lang tyd, Kwela, 2008

Die dorpie, gebeure en karakters in die verhaal
is fiktief – maar ek wens Migael was nie!

Kwela Boeke,
'n druknaam van NB-Uitgewers,
Heerengracht 40, Kaapstad 8001
Posbus 6525, Roggebaai 8012

Omslagfoto: Constantin Jurcut
Omslagontwerp: Michiel Botha
Geset in Bookman Old Style deur Nazli Jacobs
Gedruk en gebind deur Interpak Books,
Pietermaritzburg

Eerste uitgawe, eerste druk 2010
Tweede druk 2010

ISBN: 978-0-7957-0299-0

Vir Ma Sally,

en vir Lafras, Chris en Joice – soos altyd.

En vir Janine.

En vir Deirdré – vir die lees en die kommentaar.

En vir jou – as jy in engele glo.

Hoofstuk 1

"Daar word dringend gesoek na mejuffrou Emmerentia Engelbrecht. Sy bestuur 'n wit Toyota Corolla met nommerplaat . . ."

Dis te vinnig, dink ek. Té vinnig. Paniek stoot in my op. Ek het aangeneem, gegló dat ek veilig is vir nog 'n dag. Dan eers sou my ma begin bekommerd raak. Dan eers sou sy iemand na my woonstel stuur om ondersoek in te stel.

"Mejuffrou Engelbrecht is 1,6 meter lank, met blonde hare en blou oë. Skakel inspekteur De Witt by 041 . . ."

Dis te vinnig! Ek moet eers die sleutel kry en dan nog 'n volle twee uur ry! Hou by die plan, Emmie, hou by die plan.

Maar eers, besef ek toe die motorhawe voor my opdoem, moet ek iets aan my lang blonde hare doen. Moet ek stop? Aanhou ry? Gaan hulle my herken? Indien wel, hoe vinnig kan ek wegkom?

Ek parkeer skeef, hardloop die winkeltjie in, gryp die eerste boksie donker haarkleursel. Staan met bewende knieë en hande voor die kasregister. Herken hulle my? Hoeveel blonde blouoogvrouens van my lengte is daar? Hoeveel vroue loop dié tyd van die aand rond met kneusmerke aan haar gesig en vingermerke om haar keel?

Gryp die pakkie en kleingeld. Terug in die motor. Haal asem. In. Uit. In. Uit. Skakel aan, ry rukkerig weg. Bewende knieë se skuld.

Ry eers voor die skool verby. As die hekwag vanaand Henry is, is dit goed. As dit een van die ander is . . . wat dan? Ander plan. Dis al. Ek sal 'n ander plan moet maak.

Dis Henry. Dankie, dankie, dankie. Stop voor die hek.

Hy kom vinnig nader. Verligte glimlag toe hy my herken, geskokte oë toe hy my gesig sien. "Juffrou?"

Ek skud my kop. "Dis niks. 'n Ongelukkie . . ."

Hy knik en skuif die hek oop. Dis nie vir hom snaaks dat ek snags hier moet in nie. Die laaste tyd het ek heelwat werk moes oordoen. Omdat my kop ver was.

Hou voor kantoor stil. Gryp pakkie met haarkleursel. Skakel alarm af. Sluit deur oop. Soek ligskakelaar.

Meneer Meyer se deur is nie gesluit nie. Dankie, dankie. Haal sleutel uit boonste laai. Die aanwysings ken ek uit my kop. Hoeveel keer moes ek dit al tik, e-pos, telefonies herhaal?

Draf terug na my kantoor. Kry skêr, rekkies uit laai. Badkamer. Was hande. Weer. En weer.

Maak hare hoog vas. Ander rekkie amper op die end van my poniestert. Knip-knip iewers tussen die twee rekkies. Ek sukkel, die skêr is stomp. Eindelik staan ek met die poniestert in my hand. Ek druk dit vinnig in die papiersak, maak die ander rekkie los. Die kort hare voel vreemd.

Ek lees die aanwysings op die boksie. Meng skud-skud, handskoene aan. Smeer oor kop. Nog. Nog. Dit moet 45 minute aanbly.

Gryp die sak en draf na my kantoor. Kry 'n pet in my lessenaar se laai om my hare weg te steek. Swart pet, die naam *Geelhoutboom* voorop in sierlike rooi letters. Skakel ligte af. Sluit deur. Alarm aan. Ry.

Henry is by die hek.

Vroetel in ander sak. Klein pakkie met wit poeier. Hou op handpalm na hom uit.

"Juffrou?" vra hy verbaas.

"Ek was nie hier nie. Henry, ek was nie hier nie!"

"Ek het juffrou Vrydag laaste gesien," sê hy en neem dit gretig.

Dankie, dankie. Ry deur hek.

My hande is geklem om die stuurwiel. Vingers wit, bene bewe, asem jaag. My maag voel soos 'n hekseketel. Bubble, bubble, toil and trouble. Kyk op my horlosie. Genoeg tyd om in die volgende dorp te kom. Daar petrol ingooi en hare afspoel. Jake . . .

Moenie dink nie, moenie dink nie. Kalmeer. Konsentreer. Ry. Vinnig. Nie te vinnig nie. Ry net.

Ek stop veertig minute later op die volgende dorp.

"Maak vol," sê ek vir die petroljoggie, gryp my sak en draf na die ruskamer.

Spoel-spoel-spoel by die wasbak. Dit sukkel, die wasbak is te klein. Opknapper. Was. Spoel. Het nie handdoek nie. Druk hare droog met hande.

Uit. Betaal petrol. Ry.

Nog tweehonderd kilometer.

Nog honderd en vyftig.

Honderd.

Vyftig.

Uiteindelik, ligte. Amper daar.

Groot boom links – draai regs, tweehonderd meter verder – links. Versigtig, pad is sleg.

Twaalf kilometer verder – stop onder boom.

Flits.

Sakke.

Stap, stap, stap.

En met die stap word dit losser in my. Voel my kop oper. Word my asemhaling meer reëlmatig. My skouers, wat styf opgetrek is van spanning, sak 'n fraksie laer. Dit was 'n goeie besluit om hierheen te kom.

'n Jaar is 'n lang tyd, dink ek terwyl ek my hand oor die geverfde letters op die hekkie laat gly, soos een wat braille lees. Tog onthou ek hierdie hekkie asof ek gister hier was. Ek onthou die woorde daarop: *Geen toegang. Oortreders sal vervolg word.*

In groot swart letters staan dit daar, so onthou ek dit. Ek kan maar net hoop dis onbeset, dat ek hierdie alleentyd gegun sal word. Omdat ek dit nodig het. Omdat ek geregtig is daarop.

Ek laat die sterk straal van die flits oor die letters speel. Presies soos 'n jaar gelede. Meneer Meyer verf dit seker gereeld oor. Op hierdie plek is hy heilig. Sy batterylaaiplek. Die plek waar hy weer homself kan word. Waar jy net op uitnodiging welkom is. En die mense staan tou om genooi te word.

Self kon ek nooit die aantrekkingskrag van hierdie klein, lelike huisie verstaan nie. Hier is geen krag, geen televisie, geen radio nie. Hier is dit doodstil. Soos 'n arendsnes klou die plekkie verbete aan 'n krans vas; ek sal hoog kan sit en ver kan kyk.

Die stram hekkie protesteer skril toe ek dit oopmaak en deurstap. Voor my lê die huis. Ek haal die sleutel uit en sluit die voordeur oop. Die reuk van lank toe staan hang skerp in die lug. Laat die flitslig deur die vertrek speel. Kerse. Vuurhoutjies.

Ek steek 'n paar kerse aan en laat dit oral staan. Wie het gesê dat kerslig romanties is? André . . . Vergeet van André. Hy behoort tot die verlede. En niks is romanties aan hierdie prentjie nie.

Ek draai die gasbottel by die stoof oop, tap die ketel vol water. Koffie, suiker. Niks suiker, makiesakie. Terwyl die water kook, kyk ek om my rond. Linoleumvloere. Geel staalkaste. Ou Aga wat staan en stof vergaar. Groot vuurherd. Die kombuis en sitkamer is een groot, koue vertrek. Die banke in die sitkamer is verslete. Mevrou Meyer het bont kwilte oor die banke gegooi vir kleur. Dit help nie. Alles lyk so ordinêr.

Die eerste sluk bitter koffie brand in my keel af. Die tweede sluk is beter.

Ek trek 'n kwilt van die naaste bank se rugleuning af, kruip daaronder in. Dit ruik effens muwwerig. Maak my oë toe. Bang? Baie. Wie sal na my kom soek? Sal iemand my hiér kom soek? Nee. Niemand sal weet waar ek is nie.

En as iemand uitvind? Wie sal eerste wees? Jake se mense? Die polisie? Wie verkies ek om my te kry? Éérste te kry?

Jake beteken sekerlik baie pyn, dalk die dood. Polisie beteken lewenslank in die tronk. Op die ou end is dit dieselfde ding. Ek wil nie nou al doodgaan nie. Al verdien ek dit. Ek hou my oë styf toe. Dis makliker om die waarheid in die oë te kyk as jy dit nie kan sién nie.

Ek slaap sleg. Nagmerrie op nagmerrie ry my. Hande wat drup van die bloed. Annette. Jake. Simon. Ma. Pa. Bloederige hande. En weer van voor af. Hulle kom besoek my almal in my drome. Oor en oor en oor.

Hoofstuk 2

Van twee dinge raak ek bewus toe my oë oopgaan. Die eerste is dat die dag aan die breek is. Dankie tog. Ek het nog nooit van die donker gehou nie. Die tweede is dat daar iemand oorkant my in 'n stoel sit.

Naby my.

Omtrent drie tree weg.

My maag trek krampagtig saam, ek voel my hart in my ore klop. Die gil wat by my mond wil uit, sluk ek desperaat maar betyds weg. Nee. Ek gaan nie my vrees wys nie. Wat hy ook al vir my beplan, hy sal nie vrees in my oë sien nie. Ek dwing myself tot kalmte, sluk verbete aan die volgende gil. Haal diep asem.

In. Wie is dit?

Uit. Hoekom sit hy so stil?

In. Een van Jake se ouens?

Uit. Jake kan niemand meer stuur nie.

In. Polisie?

Uit. Nee.

"Wie is jy?" My stem klink yl, paniekbevange, nie sterk soos ek dit wou hê nie.

"Moenie bang wees nie, Emmie. Dis ek, Migael."

"Hoekom is jy hier? Het Jake jou gestuur?"

"Nee, nie Jake nie. Jy weet wie ek is, Emmie."

"Het my ma jou gestuur?"

"Nee, jy weet wie ek is."

Ek skud my kop. "Is jy van die polisie?"

"Jy weet. Dínk."

Ek ken hom. Sy teenwoordigheid hier voel reg. Asof dit so hoort. Asof ek al jare lank vir hom wag. Al is hy ongenooid, wil ek hom hier hê. Want ek kén hom. Al het ek hom nog nooit gesien nie. Dis tog nie moontlik nie?

Ek skud my kop weer. "Ek ken jou nie."

Hy sug. "Dis ek, jou beskermengel."

Vir 'n oomblik wil ek hom glo. Wil ek hoop dat ek so hoog geag word dat 'n engel my besoek. Wanneer jy niks meer het om voor te lewe nie, wanneer jy alles om jou swart wil verf, hoop jy. Wíl jy jouself om te hoop. Wíl jy jouself om te glo.

Maar ek is nie naïef nie, ook nie dom nie. Engele bestaan, maar hulle is nie wérklik nie. En Jake het 'n sadistiese sin vir humor. Hy sal dit amusant vind dat ek in 'n beskermengel glo. Maar Jake kon hom nie gestuur het nie . . . of kon hy?

Ek hou my oë op Migael. Hy is mooi genoeg om 'n engel te wees. Dit raak ligter in die vertrek; die son moet nou amper heeltemal uit wees. Ek kan hom al hoe duideliker sien. Dis wat ek altyd doen wanneer ek nuwe mense ontmoet: bestudeer hulle tot in die fynste besonderheid. Sodat wanneer ek aan hulle dink, van hulle praat, ek hulle sien.

Migael is mooi. Selfs sittend kan ek sien dat hy lank is. Lenig gebou. Gespierd, te oordeel na sy voorarms, maar sonder om soos 'n kragman te lyk. Groot hande en lang vingers, sy naels kort geknip.

Stewige, manlike ken, hoë wangbene wat menige vrou hom sal beny. Blouselblou oë onder digte wenkbroue. Swart hare, effe lank, effe deurmekaar, effe krullerig. Sy lippe vol, en wanneer hy glimlag, soos nou, trek die linkerkant van sy mond hoër op.

Mooi. Maar méns. Nie 'n engel nie.

Ek sluk hoorbaar. "Kan ek jou iets vra? 'n Guns, as jy wil."

"Sekerlik, Emmie."

"Sal jy my vinnig doodmaak? Asseblief? Moenie met my speel soos 'n kat met 'n muis nie. Doen wat jy moet doen en kry klaar. Asseblief." Ek skop die kwilt af, dis skielik te warm daarvoor.

"'n Ander mens sou vir sy lewe pleit. Hoekom pleit jy nie, Emmie?"

"Ek verdien om te sterf. Ná dit wat ek gedoen het, verdien ek om te sterf, te ly seker ook. Maar ek wil nie ly nie, daarvoor is ek te veel van 'n lafaard."

"Ek is hier om jou te help, nie om jou te vermoor nie. Ek is hier vir jóú, Emmie." Hy reik na my ineengestrengelde hande, vou syne daarom. "Ek is hier vir jou. Ek wil jou help."

'n Rustigheid kom lê in my. Ek kry dit selfs reg om flou te glimlag. "Die ewigheid in?"

"Koffie," sê hy beslis en staan op. "Geen mens kan die dag behoorlik begin sonder 'n koppie koffie nie, hoor ek."

Ek was reg, hy is lank. En nog mooier. Noudat die lig helder deur die fyn gordyne in die kombuis skyn, kan ek hom beter sien. Hy draai die gasplaat aan, vul die ketel, sy rug na my gedraai.

Ek kan hardloop. Ek kan probeer wegkom. My motor staan nie te ver nie, dalk kan ek onder hom uit hardloop. Maar ek wil nie. Waarheen sal ek gaan? Hoe lank voor hulle my tog opspoor?

Ek sug, lê terug teen die rugleuning van die bank, waarvandaan ek hom steeds kan dophou. Die skril gefluit van die ketel kondig aan dat die water kook. Dalk is dit dít? Kookwater wat oor my uitgestort gaan word. Jake is wreed. En Jake is kwaad. En 'n Jake wat kwaad is, is nog wreder. Maar Jake kan nie . . .

Quintin? Natuurlik, ja. Hy is die een wat Jake se vuilwerk doen. Een van die twee wat die sneller getrek het. Die Q van Q & A. Moenie dink nie!

"Het Quintin jou gestuur?" glip die vraag oor my lippe.

Migael sit 'n stomende beker koffie voor my neer. Goed, dit gaan nie kookwater wees nie.

"Nee. Drink klaar, dan gaan stap ons. Ek wil jou iets wys."

Hier is baie bosse. Hoe gaan hy dit doen? My skiet? Met 'n mes? My eenvoudig met iets oor die kop slaan? En my tussen die bome los.

Ek wil nie tussen bome gelos word nie! Nie met allerhande vreemde diere wat aan my kan kom kou nie! Ek moes gehardloop het, ek moes probeer het!

"Klaar?"

Hy het so 'n rustige stem. Hy neem die halfleë koppie voor my weg, sluk die glas water in sy hand leeg.

"Kom, daar is modderstewels by die deur. Trek vir jou 'n paar aan, dan stap ons."

Hy stap vooruit. Kyk nie eens om of ek volg nie. Ek kan nou probeer wegkom, tog doen ek dit nie. Dis asof daar 'n onsigbare tou tussen ons gespan is en hy my saamsleep. Nee, die tou is juis nié gespan nie, dit hang slap tussen ons. Ek loop saam met hom omdat ek wíl. Omdat ek skielik willoos is. En hy weet dit.

15

Ek volg hom gedwee, soos een van die rotte agter die fluitspeler aan. 'n Baie mooi fluitspeler, met 'n wit T-hemp en jeans aan. Kaalvoet. Ons stap en stap; my stewels sloef-sloef deur die modder. Ek gaan vir 'n oomblik staan, hande op my heupe.

"Toe nou, Emmie, dis nie meer ver nie." Sonder om om te kyk.

My hande val slap langs my sye. My bene begin asof vanself verder deur die modder ploeg.

Dan maak die bome onverwags oop en is ons in 'n oopte. Die lig is verblindend ná die skemering van die bos. Ná nog 'n entjie bereik ons 'n waterval.

Mooi. Dan gaan dit só wees. Verdrinking. Water, my grootste vrees, Jake weet dit.

"Kyk hoe mooi, Emmie!"

Ek kyk. As ek 'n ewige rusplek moes kies, sou dit hier kon wees. Ek kan ten minste dankbaar wees dat Migael my sentiment deel. Groen gras, 'n paar veldblomme, 'n poel donker water en die waterval. Nou nie 'n donderende watermassa nie, eerder 'n groter as normale pisstraaltjie. Mooi. Ja, ek kan hier doodgaan, net nie ín die water nie.

"'n Waterval is vir my een van die mooiste dinge op aarde," sê Migael. "In tye van swaarkry droog dit op, maar dit gaan nooit regtig weg nie. Wanneer voorspoed kom, vloei dit net weer. En dit bly dieselfde, met dalk kleiner, beter veranderings. Nuwe, vars water, oeroue vloeipatrone."

Ek voel hoe magtelose, vreesbevange trane uit my oë drup. "Doen dit nou. Vermoor my nou. Terwyl ek hier staan sonder 'n wil van my eie. Ek kan dit nie langer uithou nie. Doen dit."

Migael draai só skielik na my om dat ek skrik. Hy kom staan am-

per teen my. Hou my gesig in albei sy hande vas, sy gesig sentime-
ters van myne af.

"Emmie, jy het elke moontlike scenario in jou kop laat afspeel.
En ek het jou nog geen leed aangedoen nie. Wat sê dit vir jou?"

Dat daar agter jou mooi uiterlike 'n sadistiese vark skuil? Dat jy
die oomblik so lank moontlik wil uitrek sodat jy die meeste satis-
faksie daaruit kan put?

"Ek weet wie jou gestuur het. Quintin . . . want Jake kon nie.
Quintin het. Quintin sál."

"Hy het nie, Emmie. Ek is hier vir jóú. Ek is nie hier om jou leed
aan te doen nie."

Skielik. Net so. Loop die vrees uit my kop, spoel af na my nek, my
skouers, my rug en maag, sodat dit van my vingerpunte drup, deur
my voetsole vloei. Aarde toe, waar dit gulsig opgeslurp word.

'n Ander emosie neem van my besit. Dit vloei vanaf moederaarde
deur my liggaam op. Dit laat my bewend voor hom staan. Dit maak
dat alles rondom my in 'n waas gehul word.

Wit. Warm. Woede.

"Ek is gatvol vir jou speletjies, Migael! As dit ooit jou naam is.
Gatvol! Ek speel nie meer saam nie. Ek het dit vir Jake ook gesê,
maar hy wou nie luister nie. En waar is hy nou? In die lykshuis,
met 'n mes in sy maag. Ek het die mes gevat, ek het dit in jou baas
se maag gedruk, ek het hom soos 'n vark hoor skreeu! Ék het dit
gedoen. En ek kan dit weer doen! Dis óf ek óf jy. Ek is nie meer bang
nie! Doen aan my wat jy wil. Jy kan my martel, jy kan my vinnig
laat doodgaan, ek gee nie meer om nie!"

Ek draai om, stap 'n ent verder, my rug hol omdat ek enige oom-
blik 'n skoot in my rug verwag. Niks. Draai terug. Hy staan steeds

daar. 'n Uitdrukking van ongeloof op sy gesig, wat vervang word deur sy skewe glimlag.

"Jy lyk presies soos jy op agt gelyk het. Dieselfde woedende determinasie. Onthou jy?"

Ek kan net na hom staar.

"Toe jou ma jou probeer dwing het om blomkool te eet? Jy was so kwaad! Jy het gedreig om weg te loop." Hy lag. "Onthou jy?"

"As jy wil maak of jy 'n engel is, doen dit dan! Dís wat jou weggegee het, weet jy? Jake het geweet hoe groot my obsessie met engele is. Nét Jake. En hy het dit natuurlik vir julle vertel. Lekker agter julle hande gelag vir die naïewe ou meisietjie."

Ek stap weer nader, gaan staan voor hom, lig my kop sodat ek hom in die oë kan kyk.

"Ek was dalk naïef, maar jy sal verbaas wees hoe vinnig ek grootgeword het! Nou gaan ek huis toe. Jy kan my volg, jy kan my nóú skiet as jy wil. Whatever. Ek is klaar met julle mind games! En nee, ek onthou dit nie!"

Ek draai weer terug, begin aanstap, huis toe. Nee, eerder skuiling toe. En dis ook nou daarmee heen, my skuiling. Ek het geglo dat niemand my hier van alle plekke sou kom soek nie. Ek was dom. Ek het vergeet hoe ver Jake se invloed strek. Maar ten minste was ek eerlik toe ek vir hom gesê het ek stel nie meer belang nie.

Hulle kan my vermoor. Grusaam, as hulle wil. Ek bedoel, bring it on! Ek is nie meer bang om dood te gaan nie. Almal moet tog een of ander tyd vir hulle sondes boet. En ek sal my boete vreesloos ontvang én betaal.

"Bring it on!" gil ek en draai om, maar daar is niemand meer by die waterval nie.

Ek draai my kop na links, na regs. Niks. Wat de hel? Tussen die bome in? Ja, dis moontlik. As hy vinnig gehardloop het, kon hy dit seker betyds maak.

Ek stap terug na die plek waar hy 'n paar oomblikke gelede gestaan het. Volg ons voetspore met my oë. Daar is myne, heen en weer, heen en weer. Kaalvoetspore, ja. Maar net tot hier. Die spore loop hier dood. Dit draai nie om nie, dit gaan nie terug nie.

Die alternatief is dat hy . . . Ek lig my kop, kyk in die lug rond vir enige teken van lewe. Absurd, ek weet, maar hoe het hy anders verdwyn?

Nee, ek gaan nie toelaat dat hulle verder met my kop smokkel nie. Ek gaan stap. Huis toe. Dan gaan ek ry. Na my ma toe. Sy sal my help. Sy móét.

Ek draai om, begin doelgerig stap.

Met elke tree wat ek gee, word die woede minder. Geleidelik word die kokende vulkaan van vroeër 'n flouerige vuurtjie. Kwaad? Ja, baie. Bang? 'n Bietjie. Maar daar lê ook 'n gelatenheid in my. Wat moet gebeur, sal gebeur.

Ek loop. En loop. En loop. Ná wat soos ure voel, gaan ek staan. Ek moet erken dat ek gruwelik verdwaal het. Dis ook nie asof ons 'n pad met rigtingwysers gevolg het nie!

Ek draai om, kyk af. Spore. My spore. Hoekom het ek nie ons spore van die waterval af gevolg nie? Ek was te kwaad, besef ek die waarheid.

Terug op my spore tot by die waterval? En van daar op ons spore tot by die huis? Ek sug gefrustreerd. Soms moet 'n mens in jou spore omdraai, terug na die begin.

Hoofstuk 3

My motor is weg, besef ek toe ek eindelik stokflou uit die bos stap en die huis voor my lê.

Ek gooi my hande desperaat in die lug. Dit ook nog! Wat gaan nóg met my lewe verkeerd loop? Alles was in daardie motor! My geld, my voorraad, die mes . . .

Ek storm die huis binne, skop die modderstewels uit en stap badkamer toe. Trek my vuil klere uit – ek dra dit al amper twee dae, jig. Staan lank onder die warm stort; die skrape en snye brand soos vuur. Maar die warm water help. Vir die fisieke pyn van my liggaam en vir die spanning wat geleidelik uit my lyf sypel.

Met 'n handdoek wat effens na muf ruik – hoekom ruik alles hier muwwerig? – droog ek my af en stap kamer toe. Ek weet nie eens of ek gister in my haas alles gepak het nie, tog kry ek wat ek nodig het: skoon onderklere, jeans, 'n T-hemp, baadjie, sokkies, tekkies. Selfs my haarborsel spoor ek onder in die sak op. Deodorant. My gunstelingparfuum. As dit nie 'n bewys is dat ek onder stres kan dink nie, wat is?

Ek trek vinnig aan, kam my hare uit. Beskou my nuwe haarstyl vir die eerste keer in die spieël. Nie te sleg nie, 'n tipe moderne bob. Effens versnipper, die kleur aaklig, maar nie te sleg nie.

'n Geur wat my maag van hongerte laat bollemakiesie slaan, kom die gang afgedryf toe ek die deur oopstoot. Kerrie. My gunsteling. Ek staan 'n oomblik versteen. Meneer Meyer het die huis aan niemand geleen nie, ek sou tog geweet het. En dit kan nie hy wees nie, want hulle is Kaap toe vir 'n troue.

Ek stap geluidloos terug na die venster, skrefie die gordyne oop. My motor staan onder die boom. Asof dit nooit weg was nie. Migael? Ek sluip in die gang af kombuis toe.

Migael.

Voor die stoof aan 't roer in 'n groot pot. Die tafel is bestrooi met 'n duisternis pakkies. Hy draai stadig na my, glimlag daardie onweerstaanbare skewe glimlag.

"Emmie."

Ek wag op 'n emosie om van my besit te neem. Woede, vrees, ongeloof. Maar daar is niks, asof my emosies afgestomp is.

"Jy was ure weg. Verdwaal?" vra hy.

Ek bly hom 'n antwoord skuldig.

"Ek het jou motor geleen, ook van jou geld. Die koskaste was dolleeg. Hoop nie jy gee om nie. Ek reis nie met geld nie," grinnik hy.

Meneer Meyer se instruksies: *Neem eie kos saam. Vul asseblief koffie, tee en suiker voor vertrek aan.*

"En dit?" vra ek en beduie na die pot. "My laaste maaltyd? Is ek nie veronderstel om self te kies nie?"

Hy lag so hard dat my mondhoeke onwillekeurig lig.

"Ek gaan jou voete onder jou uitslaan met hierdie dis. Ek maak 'n dodelike kerrie."

"Gif vir middagete? Bring it on."

Hy skud sy kop glimlaggend, draai dan om sodat hy verder in die pot kan roer. "Ek gaan nie verder met jou stry oor wie ek is nie. Ek gaan jou nie probeer oortuig nie. Aanvaarding kom tog laaste in enige verhaal. In joune ook. En eerder laat as nooit. Kry vir jou 'n bord."

Toe ek my leë bord wegskuif, moet ek, alhoewel effe teësinnig, erken dat dit die lekkerste bord kos was wat ek in 'n lang tyd gehad het.

"Vertel my van Jake," nooi hy.

Hy het vir hom 'n glas water getap, roer suiker daarby in. Voor hy die eerste sluk vat, adem hy die geur eers diep in. Soos iemand wat 'n spesiale glas wyn besnuif.

"Jy ken hom seker beter as ek?"

"Ek ken hom nie soos jy hom ken nie. Vertel my. Of nog beter, begin by die begin. Waar het jy grootgeword? Hoe het jy Jake ontmoet? Wat het gemaak dat jy vanmiddag hier sit?"

Ek gaan sit op die bank, maak my oë 'n oomblik toe. Die begin. Hoe wens ek nie dat ek 'n ander storie kon vertel nie. Een wat eindig met: "And she lived happily ever after."

"Dis 'n hartseer storie."

"Vertel my in elk geval."

Ek kyk lank in stilte na die mooie man voor my. "Ek het, toe ek by die waterval weg is, verdwaal. Ek het lank in die bos rondgedwaal. Alléén. 'n Engel sou weet ek het verdwaal. 'n Engel sou na my kom soek het."

Hy glimlag. "Soms is dit nodig om self jou pad te vind."

Hy is nie 'n engel nie, maar ek het niks beters, niks ánders om te doen nie. En al is hierdie besoeker ongenooid hier, is hy hier. Saam met my. En dalk kry hy my so jammer ná ek my verhaal vertel het

22

dat hy my laat lewe. Dit is dalk net wensdenkery. Maar dit is al wat ek het. Wense. En hoop. Want ek wil nie nou al doodgaan nie. My bravade is net 'n front, soos amper alles in my lewe.

Ek is nog jonk, ek wil nog die wêreld sien. Ek wil iets van myself nalaat. Iets goeds. Ek wil in 'n wasige wit rok aan iemand trou beloof. Ek wil kinders hê. En 'n kat en 'n hond. Ek wil 'n lewe hê.

Ek lê terug teen die bank, my oë gesluit. Haal diep asem.

"In die huis waar ek mens geword het, was daar nie alkoholmisbruik of mishandeling nie. Daar was nie eens nikotienmisbruik nie. Ek is geleer om ouer mense te respekteer, jammer te voel vir minderbevoorregtes, Sondae kerk toe te gaan, dat dit verkeerd is om te rook, te drink, seks buite die huwelik te hê. Ek is geleer dat genoeg nooit genóég is nie, want daar was altyd die smagting na méér, na béter."

Ek hoor die bitter klank in my stem en sluk vervaard. Emosieloos, Emmie, vertel jou verhaal emosieloos.

Ek voel dit brand teen my oogbank en maak verskrik my oë oop. Migael, met 'n skotteltjie water op sy skoot, 'n stukkie watte in sy hand. Die skerp, skoon reuk van Dettol is onmiskenbaar.

"Jammer, dit gaan 'n bietjie brand."

"Nóú sê jy my."

"Gaan aan."

Daardie oë, daardie mond so naby aan my. Dit maak dat ek my asem skerp intrek, my oë weer styf toeknyp. Myself hard aanspreek: stop dit!

"Vertel," por hy my saggies aan.

"Aan die begin, in my vormingsjare, kon dinge nie beter gegaan het nie. Finansieel én andersins. Ek het 'n normale, gelukkige kindertyd gehad. As enigste kind was albei my ouers se liefde myne. Ek het baie aandag gekry. Aan liefde en geld het dit my nooit ontbreek nie."

Die watte beweeg af na my wang, sy ander hand koel teen my gesig.

"My pa was die bestuurder van 'n groot finansiële instelling, my ma was tuisteskepper. Ons het 'n groot huis gehad, luukse motors. Mooi meubels. Alles was van die beste." Ek lag vreugdeloos. "Ons was die beste gewoond."

Die watte beweeg af na my lip.

"Toe word my pa gevang. Vir bedrog. En die mat word onder my voete uitgepluk. Omdat ek altyd geglo het dat my pa 'n goeie mens is, 'n goeie Christen."

"Christene maak ook foute."

"Nè?"

"Het jy hom ooit gevra hoekom hy dit gedoen het?"

"Omdat hy 'n beter lewe vir my en my ma wou hê. Hoe geyk is dit?" Ek kan die bitterheid nie uit my stem hou nie.

"Van die grootste foute in die wêreld word gemaak omdat mense beter wil hê. Vir hulleself en hul families."

"As jy so sê. Ek het hom nooit gevra hoe hy dit gedoen het nie, want ek wou nie weet nie. Maar ek het afgelei dat hy verkeerde beleggings gemaak het en so baie geld verloor het. Aan die begin was dit klein bedrae wat hy moes steel, hy kon dit vinnig weer terugsit. Maar later kon hy nie meer byhou nie, moes hy meer steel om die vorige steel toe te smeer. 'n Bose kringloop. Tot ook dit nie meer gehelp het nie, tot hy te diep in was. Toe vang hulle hom. Hy is tot vyftien jaar tronkstraf gevonnis omdat dit nie net 'n paar duisend rand was nie, dit was miljoene. En alles wat ons besit het, is verkoop. Álles. Ek was die dag by die huis toe die balju ons goed kom opskryf het. En ook toe hy alles kom haal het."

Ek maak my oë oop, kyk op na Migael. "Weet jy hoe dit voel wanneer jou meubels op 'n lorrie gelaai word? Weet jy hoe dit voel wanneer die lorrie te klein is en die res van die meubels met jou eie dubbelkajuitbakkie weggery word? Het jy enige idee hoe dit voel wanneer jy by die huis instap en al wat oor is, is 'n eetkamertafel, drie stoele, jou ouers se dubbelbedmatras en jou enkelbed? Weet jy hoe dit voel wanneer jou pa geboei uit die hof geneem word? Weet jy hoe dit voel wanneer jy met die wete moet saamleef dat hy vir vyftien jaar in die tronk moet sit? Dat sy plek langs die eetkamer-tafel leeg gaan wees? Dat daar vyftien Kersfeeste sonder hom sal wees? Vyftien verjaardae? Dat hy nooit weer langs die netbalbaan of die tennisbaan sal staan nie? Dat jy vir vyftien jaar sonder 'n pa gaan wees? Nee, jy sal seker nie weet nie."

Uitasem maak ek weer my oë toe. "Ek en my ma het na 'n twee-slaapkamer-skakelhuisie getrek wat 'n barmhartige Samaritaan verniet vir ons aangebied het."

Skielik is ek nie lus om verder te vertel nie. Wat maak dit tog saak?

"Moenie ophou vertel nie, Emmie."

"Wat maak dit tog saak?" herhaal ek my gedagte. "En as jy is wie jy sê jy is, moet jy hierdie dinge weet, of hoe?"

Hy knik instemmend. "Maar ek wil weet hoe dit vir jóú was."

Ek sug gelate, maak my oë weer toe. Ek het dit nog nooit vir ie-mand vertel nie. Nog nooit. Nie eens vir André nie. Vir hom het ek net ten dele vertel.

"Dit het sleg gegaan met ons. Met almal van ons, maar veral met my pa. Sy vonnis van vyftien jaar kon net sowel vir 'n leeftyd gewees het. Dit het hom geknak. Ek het my sterk pa 'n krom ou man sien word – binne weke. En soos my ma van die een onsuksesvolle werksonderhoud na die volgende gegaan het, hoe leër ons koskas geword het, hoe krommer het sy geword. Ek het soms saam met haar na die naaste telefoonhokkie gestap sodat sy haar broer kon bel om 'n paar honderd rand te bedel. Ek het gesien wat dit aan haar doen as hy nie kon help nie. Hy wou hê dat ons by hom en sy gesin moes intrek. My ma wou nie. Sy wou op haar eie voete staan. Daarvoor bewonder ek haar steeds. Ons het lank gekruip voor ons kon loop, Migael. Lánk. Weet jy hoe dit voel wanneer jou ma die laaste eier en brood vir jou maak omdat sy kastig nie honger is nie? Die ergste was dat ek dit geweet het, dat ek nie die toebroodjie wou eet nie. Maar ek het. Weet jy hoe dit voel om elke dag in jou ma se dapper gesig vas te kyk, en haar snags te hoor snik?"

Ek sug, gaan onwillig voort: "Ek weet my storie is nie nuut nie. Baie mense verloor hulle werk, baie mense moet uit hul groot dubbelverdiepinghuis na 'n skakelhuisie trek. Baie mense het op 'n dag geen kos meer in die kaste nie. By baie mense word daar bokse 'no name brand'-kos deur die gemeentetannies afgelaai. Ek wéét dit. Maar dit was so vernederend. Vernederend omdat ons nie self kos kon koop nie, meer vernederend omdat ons so dankbaar daarvoor was."

Ek voel hoe Migael van my wegskuif en maak my oë oop. Hy haal die skottel van sy skoot af, sit dit by sy voete neer, neem 'n buisie antiseptiese salf, leun weer oor na my.

"Maak jou oë toe. Dit gaan brand."

Ek suig my asem skerp in toe die salf aan my oogbank raak. Hy blaas liggies daaroor.

Wie is hy? Sou 'n natuurlike instink my nie waarsku as hy regtig gevaarlik is nie? Sou ek nie van hom wou wegskram nie? Pleks daarvan probeer ek so ongemerk moontlik nader aan hom beweeg. Hoekom maak hy vir my kos? Hoekom versorg hy my wonde? Wié is hy?

"Vertel verder."

"Ek was sestien toe my pa tronk toe is. Ek was van graad een af in dieselfde skool, met dieselfde vriende. Ek was gewild. Toe beland ek in 'n ander skool, met skoolklere wat ook deur die gemeentetannies aangedra is. Ek was een van 'n handjie vol kinders wat met hand-me-downs moes skool toe. En almal weet van my pa. Ek sien hoe hulle pouses agter bakhande fluister. En ek kan niks doen nie. Niks sê nie, want die waarheid is die waarheid. My lewe het soos 'n oop boek gelê en almal kon daaruit lees." Ek knik my kop. "Soos ek gesê het, ek weet dis baie mense se storie."

"Maar dit maak die ervaring nie minder erg nie, Emmie. Jy het baie swaargekry." Sy stem is simpatiek.

Simpatic is goed. Nee, besluit ek, simpatie se waarde word oorskat. Jy kan met iemand simpatie hê tot jy blou is daarvan, dit maak dit nie vir die ander mens beter nie. Jou hart is dalk tot oorlopens toe vol met simpatie, maar die ander mens bly stukkend. Bly verneder. Niemand reik regtig na jou uit nie, want hulle verstaan nie.

"Wat van vriende?"

"Van my vorige vriende het probeer kontak hou, maar wat sou dit tog help? Ons het verskillende lewens gelei. Ek kon nie meer saam met hulle uitgaan nie – omdat ek dit nie meer kon bekostig nie, en omdat ek nie wou nie."

"Het jy nie nuwe vriende gemaak nie?"

"Nee."

"Emmie?"

"Ek het nie. Daar was baie wat vriende wou wees. Maar ek wou nie, ek was te skaam."

"Te skaam?"

"Vir ons omstandighede."

"Te skaam?"

Ek sug. "Goed, ek was nie net skaam nie. Ek wou nie vriende hê nie."

"Omdat jy geglo het jy is beter as hulle."

"Nee!"

"Emmie . . ."

"Nou goed, Migael, dis waar. Ek hét geglo ek is beter as hulle. Ek wás beter as hulle! Ek was beter gewoond."

"In watter opsig?"

"In alle opsigte!"

"Regtig? So, jou pa was vir jou 'n beter voorbeeld as wat hulle pa's vir hulle was?"

"Nee, seker nie."

"Jy het akademies beter as hulle gevaar?"

"Nee . . ."

"Jy het 'n meer voorbeeldige lewe gelei?"

"Seker nie . . ."

"Jy was 'n beter Christen?"

"Dis nie wat ek . . ."

"Jy het jou naaste lief soos hulle is?" Hy sug, skud sy kop. "En so leef jy toe 'n alleenlewe."

"Ek was nie só alleen nie."

"Ai, Emmie."

Ek ignoreer hom, vou my arms beskermend oor my bors. Ek staan nie in die hof nie, engel of geen engel nie! En hy wóú hoor.

"Vertel verder."

Ek hou my lippe styf opmekaar gepers.

"Emmie, vertel verder."

Ignoreer hom.

"Jy kan my nie ignoreer nie. Ek is hier. En soms moet ek dinge sê wat jou sal laat nadink."

"Ek dink nie na nie, ek is moerig!"

"Of wat jou gaan kwaad maak," glimlag hy. "Vertel verder."

En ek kan dit nie weerstaan nie, nie sy pleitende oë of stem nie.

"Ons het lank swaargekry. Maar eindelik het my ma tog werk gekry, as kassier by 'n supermark. En snags het sy klere gemaak vir 'n ekstra inkomste. Haar salaris was klein, maar sy was so trots daarop! En ons kon maand vir maand ons koppe 'n bietjie hoër lig. Want ons kon ons eie kos koop. Ons het nie skuld gehad nie. Ons het nie goed gelewe nie, maar ons het gelewe. Al was dit nie dieselfde as voorheen nie. Al moes ons sonder baie dinge bly, al moes ék sonder baie bly."

"En as jy nou terugdink, dink jy nie daar het tog iets goeds uit dit alles gekom nie? Uit julle situasie?"

"Soos wat?" wil ek verbaas weet.

"Hoe gaan dit met jou pa, Emmie? Hoe gaan dit met jou ma? Is hulle nog dieselfde mense as toe jy sestien was?"

"Nee, hulle is nie." Die verbasing in my stem verras my. "Dit gaan beter met my pa. Sy lyf het dalk krom getrek, maar emosioneel is hy sterk. Sy geloof het verdiep. Ek dink dat hy eindelik verantwoordelikheid vir sy dade aanvaar het. En dit gaan goed met my ma. Sy voel, dalk vir die eerste keer, dat sy 'n bydrae lewer. En sy lag weer. Jy's reg," sê ek verwonderd, "daar hét tog iets goeds daaruit gekom. Vir hulle."

"Nie vir jou nie?"

"Nie vir my nie. Ek wou ná skool so graag universiteit toe gaan, eendag 'n goeie werk kry. Ek wou rýk wees. Natuurlik kon my ouers nie bekostig om my universiteit toe te stuur nie, en ek was nie slim genoeg vir 'n beurs nie. My ma wou nie skuld maak nie, dus was 'n lening buite die kwessie. Al opsie was om 'n sekretariële kursus by die technikon te loop, en saans het ek as kelnerin gewerk. Tussen my en my ma kon ons my studiegeld bekostig. En tot my verbasing het ek die kursus geniet. Ek het besef dat ek nooit ryk sou word uit my beroep nie, maar dit was ook goed. Ek sou ten minste gelukkig wees in wat ek doen."

Migael is nou besig om pleisters op die sny bokant my oog en die groot een op my wang te plak. Ek hou hom deur skrefiesoë dop, maak my oë groter oop toe sy hande om my keel vou. Vir 'n oomblik dink ek hy gaan my wurg, maar hy doen dit nie. Vryf net saggies met sy koel hande oor die blou kneusings.

"Drie jaar, toe het ek my diploma. Kort daarna kry ek 'n onderhoud by die baie eksklusiewe Hoërskool Geelhoutboom. Die skool stel bitter min nuwe personeel aan, omdat die personeellede aan hul goed betaalde posisies klou. En hulle is baie kieskeurig. Maar my punte was goed, en ek het 'n goeie indruk op die beheerliggaam gemaak. Ek het gedink ek het met my gat in die botter geval toe ek die sekretariële pos kry."

"Omdat dit 'n eksklusiewe privaat skool is."

"Nee! Ek is darem nie só nie!"

Migael se wenkbroue skiet op.

"Goed, jy is reg," gee ek bes. "Dis die tipe skool waarheen my pa my graag wou gestuur het, maar toe ek my skoolloopbaan begin het, was daar nie soveel geld nie. Geelhoutboom is een van daardie rare skole wat nie beurse toestaan nie. Daar tel net een ding in jou guns en dis geld. As jy dit het, en baie daarvan, word jy aanvaar."

Ek bly 'n oomblik stil; dis nie lekker herinneringe nie. "My ma kon uiteindelik 'n ou groen bakkie bekostig, en met dié knallende, grommende ding het sy my op my eerste dag skool toe gevat. Tot groot vermaak van die leerlinge. So het ek, my gesig rooi van vernedering, my loopbaan begin. Ek het totaal uit my diepte gevoel. Nie met die werk nie, dit was eenvoudig genoeg, maar tussen die leerlinge en sommige van die personeel. Dit was asof ek nie daar hoort nie, nie tussen hulle nie. Van die volgende dag af het ek eerder bus gery.

"Die naam Hoërskool Geelhoutboom is misleidend, want dis nie 'n statige ou skool wat uit 'n vorige eeu dateer nie. Inteendeel, dis 'n moderne konstruksie van staal en glas wat meer na 'n kantoorgebou as 'n privaat skool lyk. Die tuin, wat van die hoofgebou tot by die hoofhek strek, is pragtig. Uitgestrekte groen grasperk, die blomme in baldadige kleure. Regs van die hoofgebou lê die klaskamers, links die sportvelde. Voor die hoofgebou is parkering, nie net vir die personeel nie, maar ook vir al die bedorwe brokkies wat met 'n lisensie en 'n blinknuwe motor kan spog. Geen koshuis nie. Die leerlinge wat van ver kom – en daar is heelwat – loseer privaat.

"Die eerste keer toe ek by die hoofgebou instap, het ek na my asem gesnak. Want dit lyk nie soos die gewone skoolkantoor nie, eerder soos die ontvangsarea van 'n spoghotel. Twee derdes van die ontvangs word afgestaan aan sitplek, met pragtige stoele op die dik mat. Die ander derde is die werkarea, met drie lessenaars agter die ontvangstoonbank. Een van hierdie lessenaars is myne, het ek gelukkig gedink. Vanuit die wagkamer stap jy 'n tweede kantoor binne: die skoolhoof, meneer Meyer, se persoonlike assistent se kantoor. Dis hier waar ek moes wag om met hom kennis te maak. Een ding het soos 'n paal bo water gestaan: die geboue, binne en buite, skreeu geld. Ek wil hier hoort, het ek net daar besluit."

Migael luister skewekop. "Omdat dit 'n sekere status aan jou verleen het."

"Ja, ek het menswaardig gevoel. Tussen al die ou en nuwe geld het ek tuis gevoel."

Ek haal my skouers op. "Ek het vir die eerste twee maande by my ma gebly. Tot sy my, figuurlik gesproke, uitgeskop het. Ek moet my vlerke sprei, het sy gesê. Ek was welkom om enige tyd by haar te kom kuier, maar ek moes my eie lewe lei. Al wat sy my maak belowe het, was dat ek steeds elke Sondagmiddag saam met haar na my pa sou gaan. Ek was so bly, want ek wou op my eie voete staan. Ek kon die deposito en die eerste maand se huur op 'n woonstel bekostig. Vryheid! Met my bed en die yskas – my ma het daarop aangedring dat ek die yskas leen, sy sou regkom met die vrieskas – het ek by my woonstel ingetrek. Twee maande later kon ek tweedehandse meubels bekostig en het ek die geleende goed teruggevat. My ma het my gehelp en saam kon ons teen die derde maand 'n deposito op my eie motor neersit. Tweedehands, natuurlik. Die bank het my 'n kredietkaart aangebied, wat ek gretig aanvaar het. Skielik het klerewinkels my rekeninge toegestaan. Ek kon my lelike tweedehandse meubels verkoop en nuwes koop – op krediet. Ek kon tussen die klererakke deurloop en dit waarvan ek hou van die rak afhaal – met my winkelkaarte. Wat meer kon ek vra? Ek het vas geglo ek was op pad boontoe. My lewe was volmaak. Totdat die eerste klomp rekeninge gekom het. Ek het gou besef ek sou nie die magdom kaarte maandeliks kon betaal nie, want ek moes ook nog die paaiement op my motor, my woonstelhuur, petrol, kos, telefoon én krag betaal. My salaris was nie groot genoeg nie. Ek moes die waarheid in die oë kyk: ek was in finansiële moeilikheid, big time. Soms blameer ek my ouers. As my pa nie so gierig was nie . . . As my ma nie destyds so lief was vir koop nie . . ."

"En jou pa het jou nie voor die tyd gewaarsku om versigtig met geld en skuld om te gaan nie?"

Ek vermy sy oë.

"Emmie?"

"Natuurlik het hy."

"Wat het hy gesê?"

Ek sug. Hy is soos 'n bulhond, as hy sy tande in iets ingeslaan het, laat hy nie los nie!

"Hy het gesê," ek maak aanhalingstekens met my vingers, "wat ek gedoen het, was verkeerd. Ons het altyd goed gelewe, maar ek wou nóg beter lewe. Op die ou end het ek almal in die steek gelaat – vir jou en jou ma, maar veral myself. Belowe my jy sal nooit steel nie. Of te veel wil hê nie. Of by iets onwettigs betrokke raak nie. Belówe my."

"Het jy belowe?"

"Ek het."

Migael se oë kyk diep in myne terwyl hy saggies oor die wurg-merke aan my keel vryf. "Ek kan niks aan hierdie wonde doen nie, maar gelukkig heel tyd alle wonde."

En iets in my gee effens skiet.

"Lê 'n bietjie, jy moet moeg wees."

Hy staan op, ek gaan lê, hy druk die kwilt agter my rug in. Raak met sy hande aan my wang, sy duime maak sirkelbewegings al langs my slape, beweeg stadig af, druk-druk onder my oë.

'n Moegheid oorval my. 'n Rustige, sondelose moegheid. Ek sien hoe hy die skottel water optel, hoor hoe hy dit in die wasbak om-keer. Dan hoor en sien ek niks meer nie.

Hoofstuk 4

Ek maak my oë in verblindende lig oop. Vir 'n oomblik is ek gedis-
oriënteer. Waar is ek?

O ja. Is dit nog vandag of is dit al môre?

Ek kyk op my horlosie. Vieruur. Nog vandag.

Wie is dit?

O ja. Migael.

Hy sit-lê oorkant my op 'n stoel en slaap, sy mond effens oop. Wie
ís hy? Behalwe dat hy die mooiste man is wat ek nog ooit gesien
het, is al wat ek van hom weet dat hy 'n wonderlike kerrie maak,
wonde soos 'n dokter kan versorg en dat hy die sagste hande het.
Het ek al genoem dat hy die mooiste man is wat ek nog ooit gesien
het?

Ek glo nie meer dat hy hier is om my te vermoor nie. Anders sou
hy al. Vroeër vanoggend toe ons gaan stap het. Nou toe ek lê en
slaap het. Hy het genoeg geleentheid gehad. Dalk is hy nie eens een
van Jake se trawante nie. Soos ek hulle ken – en ek kén hulle – sou
hy lankal die daad wou pleeg en vlug.

Is hy van die polisie? Ek het nog nooit iets met die polisie te doen
gehad nie, sou hulle só werk? Een man stuur om na my hele le-
wensverhaal te luister? Dalk. Niks is onmoontlik nie.

Miskien is hy net 'n man. 'n Kaalvoetman wat toevallig hier verbygeloop het en besluit het om met my te kom kennis maak. Dis seker 'n moontlikheid. Maar . . . 'n engel? Absurd. Engele verskyn nie meer aan mense nie. En as hulle sou, moet dit nie met trompetgeskal en in verblindende lig wees nie?

Hy is mooi genoeg vir 'n engel . . . 'n Engel moet eintlik lelik wees, sodat hy nie 'n mens sondige gedagtes kan gee nie. Hy is sterk genoeg vir 'n engel, daarvan getuig sy gespierde arms.

Ek het 'n groot probleem met die engeltjies wat gedurig op alles verskyn. Jy weet, daardie vet, ronde, kuiltjiebesaaide kindertjies met die blonde krulhare, blou oë en klein vlerkies. Wie wil nou 'n kind as beskermengel hê? Gee my 'n man met spiere. Ek bedoel, wanneer daar sê nou maar 'n lorrie op jou afpyl, wie sou jy kies? 'n Kindengel wat hier aan jou bobeen druk-druk om jou weg te kry, of 'n groot, sterk man wat jou uit die pad kan stamp?

Ek sal dit ruiterlik erken: ek het al gewens om met 'n engel – verkieslik my eie beskermengel, maar enige een rêrig – te kon praat. Baie. Maar dis een van daardie dinge waarvoor jy wens en tog weet jy dit sal nooit gebeur nie. Soos dat jy die Lotto sal wen. Of dat jy Brad Pitt iewers sal raakloop en sy voete só onder hom uitslaan dat hy van Angelina en die klomp kinders vergeet. Dis lekker om daaroor te fantaseer, maar jy weet dit sal nooit gebeur nie. Dis 'n veilige fantasie.

En hier sit my fantasie oorkant my. Miskien hallusineer ek? Van skok dalk? Seker 'n groot moontlikheid. Dalk is hy môre weg. Wil ek hê hy moet verdwyn? Droom ek?

Daar is 'n manier om uit te vind. Ek staan op, stap saggies na hom toe en knyp. Hard. Aan sy bobeen. Wat, moet ek sê, baie gespierd voel.

Migael se oë vlieg oop. Hy staar oopmond na my. "Vir wat het jy dit gedoen?"

"Ek wou seker maak dat ek nie droom nie."

"Is jy nie veronderstel om jouself te knyp nie?"

"O ja, ek het vergeet."

"Nou toe, knyp jouself."

"Nee wat, ek dink ek glo ten minste dat ek wakker is."

Hy vryf sy oë, gaap en rek hom uit. "Jy lyk beter. Jy klink ook beter."

"Wys jou wat 'n bietjie slaap en die geselskap van 'n engel aan jou kan doen. Dis soos towerkuns. Abrakadabra, en ek voel beter!" Ek kan die sarkasme nie heeltemal uit my stem hou nie.

"Wanneer gaan jy begin glo dat ek is wie ek sê ek is?"

"Jy weet, Migael, in al die boeke wat ek al gelees het, in al die films wat ek al gesien het, verskyn 'n engel net as die karakter die kluts effe kwyt is. Ek wonder altyd hoekom skryf niemand ooit oor 'n regte engel nie. Maar ek dink ek het dit nou vir myself uitgewerk."

"Asseblief, lig my in." Sarkasties.

Ek frons af na hom. "Is 'n engel veronderstel om sarkasties te wees?"

"Ek is hier as mens, met menslike eienskappe. En julle is nie juis bekend vir julle geduld nie, of hoe?"

"Wat ook al."

"Wat wou jy sê?"

"Ek dink die rede waarom niemand ooit oor 'n regte engel skryf nie, is omdat niemand dit gaan gló nie. Want ons glo nie meer in engele nie. Selfs al sien jy 'n engel, gaan jy dit nie vertel nie, omdat jy weet almal gaan dink jy is gek."

"Vertel my iets wat ek nie weet nie."

"Dit laat jou eintlik half anders na engele kyk. Selfs vir hulle jammer voel. Dit kan nie die maklikste werk wees om iemand van die onmoontlike te probeer oortuig nie."

As antwoord vernou hy sy oë.

"Wat natuurlik sal help, is as die 'engel' bereid sou wees om 'n paar . . . persoonlike vrae te beantwoord."

Hy kyk met steeds vernoude oë na my. "Jy kan vra, maar ek hoef nie te antwoord nie."

"Hoekom nie?"

"Want ek kan nie al jou vrae beantwoord nie."

"Omdat jy nie weet nie?"

Hy sug, rol sy oë dramaties. "En omdat dit net vir die bevoorregtes is."

Ek dink 'n oomblik. "Oukei."

"Vra nou," laat hy effens ongeduldig hoor.

"Ek moet eers dink wat ek wil vra."

Hy grinnik. "Jy is 'n eienaardige mens, Emmie."

"So sê hulle," mompel ek, effens seergemaak.

"Ek hou daarvan."

"Dankie, Migael. Jou goedkeuring beteken vir my baie."

"Sien? Sarkasme kom natuurlik vir julle mense."

Ek besluit om dit te ignoreer. "Ek is honger."

Wanneer laas wás ek honger? My oë dwaal na die plastieksakke op die kombuistafel. Die eerste sak waarin ek grawe, lewer vyf boksies koekies op.

"Hoeveel van my geld hét jy uitgegee?" vra ek terwyl ek 'n pakkie oopmaak, 'n koekie in my mond druk en by die tafel gaan sit.

"Dis tog net geld, Emmie."

"Hoekom sê mense dit altyd wanneer hulle van iemand anders se geld praat?"

Hy bly my 'n antwoord skuldig.

"Het jy die winkel se voorraad koekies opgekoop?" vra ek en neem nog 'n koekie.

Migael eet nie van die koekies nie, merk ek op. Hy neem net 'n glas water en gooi twee teelepels suiker by. Roer dit goed, snuif behaaglik daaraan voor hy dit drink. Ek wil liefs nie weet nie.

"Darem nie alles nie."

Ek kou 'n rukkie in stilte. "Ek het aan 'n vraag gedink."

"Vra maar," sê hy versigtig.

"Is alle engele mooi?"

Hy gee my sy skewe glimlag. "Dink jy ek is mooi?"

"Dis nie wat ek gesê het nie! Ek vra net of engele mooi is."

"Jy het dit geïmpliseer en –"

"Vergeet dit," val ek hom in die rede.

Hy lag.

Ek wíl weet of almal so mooi is soos hy. Want, magtig, hy is mooi. Ek weet ek het dit al gesê, maar soos hy nou daar oorkant my sit, is hy die volmaaktheid self. Nie 'n moesie of puisie of merkie op sy vel nie.

Hy grinnik. Ek besluit om hom te ignoreer.

Sy neus is nie effens skeef of effens groot of effens lank nie. Hy lyk soos 'n prentjie. Asof iemand die perfekte man gevat het en nog gephotoshop het ook.

Dié keer lag hy hardop.

"Waarvoor lag jy?"

"Vir jou. Jy is baie snaaks, Emmie."

Selfs sy tande is perfek. En so wit!

"Migael?"

"Emmie?"

"Dit voel vir my asof jy weet wat ek dink. Kan jy gedagtes lees?"

"Natuurlik."

Asof dit niks is nie.

"So, alles wat ek tot dusver gedink het, het jy gehoor?"

Hy glimlag as antwoord.

"Dis onregverdig! Dis gemeen!"

Hy frons ligweg. "Hoekom?"

"My gedagtes is privaat, Migael. Dis myne. Jy kan nie daarop spioeneer nie!"

"Sal dit jou beter laat voel as ek sê dat ek dit nie kan verhelp nie? Dat ek dit nie met opset doen nie?"

"Nee. Snaaks genoeg laat dit my nie beter voel nie!"

"En as ek vir jou sê dat ek nooit jou gedagtes sal beantwoord nie?"

"Nee! Dit help ook nie! Jy's in my kop! Dis onregverdig!"

"Wat sal jou beter daaroor laat voel?"

"As jy nie my gedagtes sal lees nie!"

"Ek lees dit nie, ek hoor dit."

"Migael!"

"Jammer, maar dis iets wat ek nie kan afskakel nie. Sal dit help as ek probeer om nie op jou gedagtes te reageer nie?"

Ek staan vies op, begin die inkopiesakke uitpak.

"Emmie?"

"Belowe jy sal nie daarop reageer nie!"

"Ek mag nie belowe nie."

"Belowe dan jy sal probeer."

"Ek mag nie –"

"Ek weet!"

"Ek sal probeer, Emmie."

Dis seker beter as niks.

"Hoekom het jy so baie kos gekoop?" vra ek terwyl ek verstom die blikkies en pakkies in 'n kas pak.

"Ek het effens meegevoer geraak."

"Dit kan ek sien!"

Met die inkopies weggepak, staan ek doelloos rond. Ek haat dit om niks te doen nie. Ek wil besig wees. Sodat my gedagtes nie kan dwaal nie. Sodat hy dit nie kan lees nie.

Sodat ek nie dié vir wie se dood ek verantwoordelik is, so hoef te sién nie. Want hulle spook by my. Hulle is in my kop, áltyd. Ek kan nie van hulle ontslae raak nie. En ek wil nie hê Migael moet dít hoor nie.

'n Bad. 'n Bad is altyd 'n goeie idee. "Ek gaan bad."

"Maar dis nog vroeg."

"Ek kry koud. Ek haat hierdie tyd van die jaar, hierdie tussenin-tye. Herfs. Ek weet nooit hoe om aan te trek nie. Warm? Koud? Maak my gek. 'n Bad gaan nou baie lekker wees."

"Goed, bad jy. Ek kyk solank wat ek vir aandete kan maak."

Die bad is alles waarvoor ek gehoop het. Warm, geurig – ek het bad-olie in die kassie bokant die wasbak opgespoor.

Bad was nog altyd vir my terapeuties. Dis hier, in die warm water, waar ek nog altyd kon fantaseer, kon droom, my probleme kon uitsorteer. Die res van my lewe kan beplan. Antwoorde op sommige kwelvrae kan kry. Soos: Is dit moontlik vir Migael om my gedagtes te lees as daar 'n paar mure tussen ons is? Hoe gaan ek dit uitvind? Migael! Ek voel onmiddellik soos 'n idioot, maar ek volhard. Migael! As jy my kan hoor, sê ja.

Hy lag.

Waar gaan ek ooit privaat kan wees? My kop is reeds oorbevolk. Daar is nie plek vir 'n engel nie. Of 'n hallusinasie nie. Maak dit reg-tig saak wat hy is? Hy is hier. Hy maak vir my kos. Hy versorg my wonde. Hy is simpatiek. Hy lag baie.

Hy laat my voel soos André my aan die begin laat voel het: veilig. Maar André is deel van die verlede. Dit kon so anders gewees het. Dit kon André gewees het wat nou hier by my was. Dit kon, maar dit is nie . . .

Tog, Migael laat my beter voel. Dis al wat tel: dat ek beter voel. Nie so depressief nie. Want die laaste tyd was ek depressief. Niks kon meer 'n glimlag by my ontlok nie. En ná gister se gebeure het daar bitter min lag in my oorgebly. Met Migael hier voel dit asof ek weer rede het om te glimlag. Selfs hardop te lag.

Die gekletter van 'n potdeksel wat die linoleumvloer tref, ruk my gedagtes terug na die hede. Dalk moet ek gaan help voordat hy die plek afbreek, meneer Meyer sal my nooit vergewe nie. Ek klim oor-haastig uit die bad, draai my toe in nog 'n muwwerige handdoek. Nee, magtig, ek moet die goed môre in die son uithang.

In die kamer ontdek ek dat ek my slaapklere vergeet het. Waarin is ek veronderstel om te slaap? Die outydse hangkas vang my oog. Toe ek dit oopmaak, is daar klere in. Net die noodsaaklike – me-neer Meyer glo aan voorbereid wees.

Ek kry niks tussen mevrou se klere wat soos gemaklike slaapklere lyk nie. Net 'n satyn-en-kantnommertjie waarin ek nie dood gesien wil word nie. Tussen meneer Meyer se goed is daar 'n pak manspajamas. Flennie met 'n paisleypatroon.

Ek trek dit vinnig aan. Die broek is effens te groot, nie baie nie, meneer Meyer is nou nie juis 'n spiertier nie. Soms is dit handig om 'n stofpoepertjie vir 'n baas te hê, glimlag ek terwyl ek die hemp vasknoop.

Toe ek in die kombuis kom, is daar rys, 'n ui, botter, 'n blokkie hoenderaftreksel, goed wat ek nie ken nie, sout en peper op die tafel uitgepak.

"Rys? Gaan ons rys eet?" Nou nie juis wat ek 'n vullende maaltyd sal noem nie.

"Risotto."

"Ek kan nie risotto maak nie."

"Ek sal jou leer. Kap solank die ui vir ons lekker fyn op."

"Ek raak nie aan daardie ui nie, Migael. Ek het nou net gebad. My hande gaan vir twee dae na ui ruik!"

Hy rol sy oë, gryp 'n mes en begin die ui opkap. "Meet solank so vier eetlepels botter af en smelt dit. Moenie dat dit verkleur nie!"

Ek maak soos hy sê. "Ek het aan nog vrae gedink."

"Vra maar." Hy gooi die fyngekapte ui by die botter. Stop my 'n houtlepel in die hand. "Roer terwyl jy vra, moenie dat die ui bruin word nie."

Ek roer. "Jy kan gedagtes lees. Het jy ander supermagte ook?"

"Soos wat?"

"Ek weet nie, is jy . . . supervinnig? Supersterk? Kan jy lasers deur jou oë skiet? Daai soort ding."

Hy lag. "Ek hoef nie vinnig te wees nie. En ek het nog nooit probeer om lasers uit my oë te skiet nie."

"Hoe het jy dan so vinnig van die waterval tot hier gekom?"

"Daai ui gaan bruin word, verlaag die hitte. Ek beweeg met 'n gedagte, Emmie."

Ek draai die plaat kleiner. Hy beweeg met 'n gedagte. Handig. Ek sou nie omgee om so vinnig te kon beweeg nie.

Hy gooi kookwater by die blokkie hoenderaftreksel, dan 'n koppie rys by my ui. "Roer. Nog vrae?"

"Ja. Jy is my beskermengel, kyk jy net na my?"

Hy gooi van die hoenderaftreksel by die rys. "Nee, ek het ander ook na wie ek moet omsien."

"Wat word van hulle as jy hier is? En wat is daardie reuk?"

"Saffraan. By die hoenderaftreksel. Ek kyk steeds na hulle."

"So, jy kan op twee plekke gelyk wees?"

"Of meer." Nog hoenderaftreksel.

Ek dink 'n oomblik daaroor na. "Het almal net een beskermengel?"

"Sommige mense het meer as een nodig," lag hy.

"Het almal 'n beskermengel?"

Hy dink 'n oomblik. "Ek weet nie," sê hy verras.

"Oukei, jy is hierdie superwese wat superdinge kan doen. Is daar iets wat jy nié kan doen nie?"

Stilte.

"Migael? Is daar iets wat jy nie kan doen nie?"

Hy gooi nog hoenderaftreksel by, bietjie sout, bietjie peper.

"Ek kan nie leuens vertel nie," sug hy.

"Regtig? Nie eens 'n witleuentjie nie?"

"Glad nie."

"Dit suck."

Hy glimlag, gooi nog hoenderaftreksel by.

"Hoeveel van die goed gaan jy nog ingooi? Hoe lank moet ek nog roer?"

"Totdat die rys mooi uitgedy is en die aftreksel geabsorbeer is."

Hy klink soos Jamie bleddie Oliver. "Wie het jou geleer kook?"

"Niemand het my geleer nie."

"Dit kom natuurlik?"

"Seker." Hy haal sy skouers op, loer in die pot. "Amper reg."

Hy gooi die laaste bietjie hoenderaftreksel by, neem dan die lepel uit my hand en begin die rys stadig deurroer.

"Hoekom voel dit vir my beter by jou? Daar het aaklige dinge met my gebeur. Sommige deur my eie toedoen. Eintlik alles deur my eie toedoen," mompel ek. "Maar vandat jy hier is, voel ek beter. Hoekom?"

"Want jou verlede hoef nie die bloudruk van jou toekoms te wees nie. Alles wat sleg was – of is – kan beter gemaak word. Jý kan dit beter maak."

"Hoe?" wil ek verslae weet. Weet hy nie wat ek gedoen het nie?

"As jy jou in die donkerste diepte bevind, hoe . . . wáár kry jy weer die krag om jou pad na die lig te vind?"

"Jy weet waar, jy weet hoe, Emmie. Maar dis vir later. Die risotto is reg. Kom, jy moet eet."

Hoofstuk 5

"Vertel verder."

Ons sit weer in die sitkamer. Ek op die bank, hy in die leunstoel.

"Ek het nog vrae . . ."

Hy rol sy oë en gee sy kenmerkende skewe glimlag.

"Wat?"

"Emmie, jou vrae van vroeër was net 'n manier van uitstel. Jy weet dit, ek weet dit. Jy kan niks vir my verberg nie. Jy kan nie vir my lieg nie."

"Is daar iets wat ek kan doen?" Sarkasties.

"Jy kan my alles vertel. Jy moet."

Ek het klaar geëet. Die risotto was voortreflik, natuurlik. Die skottelgoed is gewas en afgedroog en weggepak. Nie geweet daar bestaan iemand, behalwe my ma, wat glo dat jy nie kan gaan slaap voor jou kombuis blinkskoon is nie.

Maar helaas, dis te vroeg om nou al te gaan slaap. Ek kan nie eens moegheid veins nie, want ek het vanmiddag geslaap. Genoeg. En hy sal weet. Ek sug. Vir 'n rukkie, terwyl ons rys geroer het, terwyl ek geëet het, was ek net 'n jong vrou aan die sy van 'n mooi man. Kon dít nie maar eerder my werklikheid wees nie? Nou moet alles bederf word deur my wérklike werklikheid.

En vir wat? Ek vermoed dat Migael in elk geval alles weet. En daar is soveel wat ek eerder sou wou vergeet. Aan die ander kant, ek is oortuig daarvan dat ek 'n kilogram minder skuld op my skouers dra. En dit net deur te praat. Deur by die begin te begin.

Wie weet, as ek Migael alles vertel, as ek hom aan die hand vat en deur my sordid lewe laat stap, word die ton skuld op my skouers dalk nog ligter. Dalk word die gewig wat op my bors lê en dreig om my te versmoor ook minder.

"Wanneer jy wil weet waarheen jy op pad is, is dit soms nodig om te onthou waarvandaan jy kom," onderbreek hy my gedagtegang.

Dalk is dit tóg nodig dat ek hom alles vertel, besluit ek. Laat sy wat 'n mond het, praat. Laat hy wat 'n oor het, luister.

"Ek het reeds vir jou vertel dat ek skuld gehad het, skuld wat ge-dreig het om my te verswelg. Toe die euforie van my eerste werk en finansiële onafhanklikheid vervaag, het ek besef dat ek altyd 'n arm-gat sal wees. My salaris was nie sleg nie. Ek het nie sleg aangetrek nie. Maar tussen daardie rykmanskinders, by daardie rykmanskool, het ek arm gelyk, arm gevoel. Hulle het duur klere gedra. Nie nood-wendig mooi nie. Van daardie klere het gelyk of dit al 'n dekade oud was, maar dit het een of ander famous designer label opgehad en daarvoor het hulle betaal."

Ek skud my kop. "Ongelooflik. Hulle hare is by die beste salonne gewas en gekleur en geknip. Weeklikse manikuursessies was 'n moet. En hulle motors!"

Onwillekeurig draai my kop na die venster, na my tweedehandse motortjie wat onder die boom staan. Migael volg my blik glimlag-gend.

"Hulle was ryker as wat ek kon onthou ons ooit was, voor én tydens my pa se bedrog. Of dalk kan ek net nie onthou hoe goed ons voorheen geleef het nie. Dalk was die kontras tussen hulle lewe en myne net te groot. Hoe meer ek myself vertel het dat hulle sonder hulle ryk pa's ook maar nie veel was nie, hoe minder het ek dit geglo. Ek is skaam om te erken dat ek minderwaardig gevoel het tussen hulle. Ek is twee-en-twintig, en hulle is kinders! Maar my maandelikse salaris was heel moontlik minder as hulle sakgeld! En hulle het so 'n manier om langs hulle neuse na my af te kyk wanneer hulle by die kantoor instap. Praat van egte upper crust! My sommer gejy en gejou. Ek het met meneer Meyer daaroor gaan praat, daarop aangedring dat hulle my 'juffrou' noem.

"In elk geval, hulle was ryk, hulle het duur aangetrek. Toe maak ek links en regs klererekeninge oop en ek kóóp. Met my kredietkaart laat ek my muisvaal hare by 'n spoggerige salon goudblond kleur. Ek hou basies op om te eet. Want om maer te wees, blink hare en vel te hê, spel vir hulle sukses. En ek wou so graag suksesvol wees. En as ek dit nie kon wees nie, wou ek dit ten minste lýk.

"Twee jaar terug het ek my siel aan Mammon verkoop, Migael. Omdat ek nie van beter geweet het nie. Omdat ek gedink het dat ek onbetrokke kan bly. Omdat ek vraatsig vir weelde was. Google my naam en jy sal sien dat Emmerentia Gertruida Engelbrecht staan vir 'kind van Mammon'. Dis wie ek is. En ek wens dit was nie so nie. Ek wens ek kon 'n ander naam vir myself kies. Ek was vraatsig, en nou is ek so dik gevreet aan geld dat ek daarvan wil kots."

Ek kyk vinnig op na hom, maar sy gesig bly uitdrukkingloos. Nie eens dit kan hom skok nie.

"Ek het Lisa Groenewald by die skool ontmoet – sy was meneer Meyer se persoonlike assistent. Dieselfde werk as ek, net 'n meer indrukwekkende posbeskrywing. En natuurlik het sy 'n kantoor net vir haarself gehad. Sy het 'n borrelende, sprankelende persoonlikheid. Sy was goed versorg. Sy was pragtig. Sy was alles wat ek wou wees. By haar het ek alles van grimering geleer. Ek het saam met haar begin gym. En saam met haar inkopies gedoen. Waar ek plastiek rondgeswaai het, het sy kontant gebruik. En sy kon kóóp.

"Vir 'n lang ruk het ek myself oortuig dat sy die rede vir my skuldlas was, omdat sy my kon oortuig om iets te koop wat ek nooit sou dra nie. Maar dit was nie haar skuld nie, dit was myne, ek weet dit. Lisa het op trou gestaan met 'n baie welaf man. Ek was oortuig dat hy haar bederf het, want op haar salaris kon sy nie alles bekostig wat sy gekoop het nie.

"In Lisa het ek 'n goeie vriendin ontdek. Iemand by wie ek kon kla oor die werk, die feit dat ek nie 'n man kan ontmoet wat aan my verwagtinge voldoen nie – meaningless goed. En saam met haar kon ek koop sonder om skuldig te voel. Toe kom die rekeninge. En ek maak somme. En besef dat ek in baie groot moeilikheid is. Ek kon vir niemand van my finansiële krisis vertel nie, veral nie vir my ouers nie. En ook nie vir Lisa nie. Ek was bloot te skaam om te moet erken dat ek toe nie so volwasse is as wat ek geglo het nie. Dat ek after all my pa se kind is. Toe skakel een van die klerewinkels my by die kantoor."

* * *

"Ek sal probeer." Ek voel Lisa, wat teen my lessenaar aangeleun staan, se blik op my en praat sagter in die mondstuk. "Ek belowe ek sal 'n betaling maak voor die end van die maand . . . Goed, voor die einde van die week dan."

49

My hand bewe toe ek die gehoorstuk neersit.

Lisa kyk stip na my. "Ek neem jou uit vir ete ná werk, ek het hierdie fabulous Italiaanse restaurant ontdek."

Dit ís 'n mooi restaurant. Ons bestel elk 'n groenslaai en 'n glas water. Bid jou aan, dink ek toe ons die bestelling plaas. Hier sit ons in 'n Italiaanse restaurant met al die indrukwekkende, aptytwek-kende disse op die spyskaart, en ons bestel slaai.

Dis die prys wat jy betaal om in 'n nommer 34-jean te pas, sug ek innerlik en neem 'n groot sluk van die water.

"Ek kon nie help om jou telefoniese gesprek van vroeër te hoor nie," sê Lisa versigtig. "Is jy in die moeilikheid?"

Vir 'n oomblik oorweeg ek dit om alles te ontken. Dis nie lekker om jou tekortkominge met iemand te deel nie. Veral nie met iemand soos Lisa nie. Maar sy is my vriendin, en ek móét met iemand praat.

"Jy kan my vertrou, ek help graag waar ek kan," moedig sy my aan.

En ek vertel haar. Amper alles. Die deel oor minderwaardig voel omdat die skoolkinders beter aantrek, hou ek vir myself. 'n Mens hoef ook nie álles te deel nie.

"Dankie dat jy geluister het, Lisa. Dit help al klaar 'n bietjie. Want behalwe as jy vir my 'n ryk man soos jou verloofde het, kan jy seker nie help nie."

"Emmie, ek het nog nooit 'n sent by Jeff gekry nie. Dis my eie geld wat ek uitgee. Ek het 'n tweede inkomste. 'n Tweede werk." Sy dink 'n oomblik na. "As jy wil, kan ek jou aan my ander werkgewer voorstel. Dis goeie geld; jy sal nooit weer terugkyk nie. Ek wou jou lankal aan hom gaan voorstel het. Ná die troue gaan ek weg, en ie-mand moet my besigheid oorvat. Wat sê jy? Sal jy hom wil ontmoet?"

"Watse tipe werk is dit?" wil ek skepties weet. As dit so 'n wonderlike werk is en dit betaal so goed, hoekom is sy nog by Geelhoutboom?

"Ek sal verkies dat hy jou self vertel. Ons gaan vanaand na sy klub toe. Praat met hom, dan kan jy besluit."

"Dis nie 'n strip-klub nie, of hoe?"

Sy lag lank en hard. "Dis 'n baie eksklusiewe klub."

Sy moes my twyfel raakgesien het, want sy vervolg: "Dit kan nie skade doen nie, kan dit? Ons dans, ons kuier, jy ontmoet hom. Stel jy belang, wonderlik. Indien nie, ook reg."

"As die geld so goed is, hoekom is jy nog by die skool?" wil ek skepties weet.

"Dis ingewikkeld."

"Is dit onwettig?" kan ek nie help om te vra nie.

"Dis easy money, ek belowe. En jy kan my mos vertrou."

"Ek kan nie so goedsmoeds by 'n ding betrokke raak nie, Lisa. Al vertrou ek jou. Jy sal eers vir my moet verduidelik wat ek sal moet doen voor ek jou werkgewer ontmoet."

"Goed, maar nie hier nie." Sy kyk na die ander mense in die restaurant. "Kom ons gaan gesels in jou woonstel. Gaan jy solank, ek het nog een of twee dingetjies om te doen. Ek ontmoet jou daar."

Net toe ek begin glo sy gaan nie opdaag nie, lui my deurklokkie.

"Jy sal nie glo wat ek gekry het nie!" sê sy terwyl sy 'n pakkie opgewonde voor my rondswaai. "Sandale!"

"Sandale?"

"Trousandale!"

A, dis nou al 'n paar weke dat ons elke moontlike skoenwinkel deurloop op soek na die perfekte paar trousandale.

"Ek stap verby daardie klein skoenwinkel in die mall en daar pryk dit in die venster! Kyk!" Sy haal dit opgewonde uit.

"Dis pragtig, Lisa," sê ek terwyl ek die spierwit sandale bewonder.

"Nou het ek alles om dit die perfekte troue te maak," sug sy gelukkig en bêre die sandale versigtig.

Terwyl ek tee skink, vroetel sy senuagtig met haar goue armbande.

"Lisa, gaan jy my nou sê wat ek moet doen vir ekstra geld?" por ek haar aan.

Sy neem haar teekoppie afgetrokke by my. "Dis moeilik."

"Die werk?"

"Nee, die werk is maklik. Ek is net nie seker hoe jy gaan reageer nie." Sy sug. "Ek sal jou vertel, maar jy mag my nie in die rede val nie. Luister eers klaar. Sal jy?"

Ek knik.

"Ek verkoop dwelms vir Jake Muller."

Ek maak my mond oop, maar sy hou haar vinger in die lug.

"Luister eers klaar, Emmie. Ek weet dis onwettig, maar ek glo nie dis verkeerd nie. Dis nie hard drugs nie, dis uppers en downers. Jy weet, dagga, coke, ecstasy. En dis nie asof ek dit steel nie. Jake het 'n . . . kom ons noem dit 'n maatskappy. Hy vervaardig dit self en verkoop dit dan aan ons."

"Op skuld, seker."

"As jy genoeg kontant het om jou eerste voorraad te koop, kan jy. Maar ja, ek het op skuld gekoop. Dis heel eenvoudig: jy koop by hom, sit 'n prys op en verkoop weer. Jake soek net sy geld, die res is joune. Dis 'n wettige besigheid."

"Wettige besigheid? Dwelms?" wil ek verstom weet.

"Jy weet wat ek bedoel." Sy wuif my verontwaardiging weg. "Ek dog jy het geld nodig?"

"Ek het, maar nie só nie! Gebruik jy ook dwelms?"

"Natuurlik nie! Jake laat dit in elk geval nie toe nie."

"Ek kan nie aandadig wees aan so iets nie, Lisa. Nie iets onwettigs nie, en beslis ook nie dwelms nie."

"As jy dit nie verkoop nie, sal hulle dit by iemand anders kry, Emmie. Dis nie asof jy iemand gaan dwing om te begin nie! Vandag se kinders kan nie meer sonder die goed lewe nie."

"Jy verkoop aan kinders?"

"By die skool. Jy sal verbaas wees om te hoor hoeveel van ons toppresteerders gebruik dwelms."

"En jy dra daartoe by!"

"Soos ek sê, ek dwing niemand om te koop of te gebruik nie. Hulle sal dit wel by iemand anders kry. Eintlik doen ek hulle 'n guns. By Jake kry jy net dwelms van hoogstaande gehalte, maar op straat kan hulle enige gemors optel en gebruik. En dis goeie geld, Emmie."

"Ek stel nie belang nie."

"Moenie te vinnig praat nie. As jy dit nie doen nie, sal iemand anders wel. En ek wil graag hê dit moet jy wees. Aangesien jy geld nodig het."

"Ek sal regkom – sonder dwelmgeld."

"Ek gaan nou. Dink eers rustig daaroor, Emmie. Ek weet dis 'n effense skok, maar dis nie so erg soos dit klink nie. Jy sal verbaas wees hoe vinnig jy dit gewoond raak. En dis easy money. Dink net wat jy alles met ekstra, báie ekstra geld kan doen."

"Ek stel nie belang nie."

* * *

"Ek wou regtig nie betrokke raak nie, Migael. Ek het haar by haar motor gaan afsien, my woonstel ingeloop en ek was gewalg. Die idee dat klein, fyn Lisa dwelms aan kinders verkoop sodat sy 'n sekere lewenstyl kan handhaaf, het my gewalg. Ek was beter as dit! Ek het haar die volgende dag geïgnoreer. Net met haar gepraat wanneer ek moes.

"Die dag daarna het meneer Meyer my ingeroep. Hy het Lisa se pos vir my aangebied omdat hy tevrede met my werk was. Dit het 'n salarisverhoging beteken. Nie baie nie, maar genoeg om my te laat besef dat ek die regte besluit geneem het deur nee te sê vir dwelms. En toe . . ."

Ek vryf moeg oor my oë. Hoe sou my lewe uitgedraai het as ek by my besluit gehou het? Sou ek nou doodgelukkig – diep in die skuld, toegegee – gewees het? Sou ek Migael ontmoet het?

Ek laat sak my kop teen die rugleuning. "En toe kom daar twee aanmanings. En 'n hele paar telefoonoproepe. Een aand toe ek by die huis kom, ontdek ek dat my krag afgesny is. Ek is druipstert terug na my ma toe met 'n storie oor kabels wat foutief is, en dat die krag die volgende dag uitgesorteer behoort te wees. Ek het vir amper 'n week uitgehou. Ek kon nie elke aand by my ma opdaag vir 'n bad en 'n warm bord kos nie, dus het ek in koue water gewas en geleer om van brood te hou.

"Ek het my selfoon glad nie beantwoord nie, en die huistelefoon was ook afgesny. Maar by die skool kon ek nie wegkom van die oproepe nie. Ek kon nie so aangaan nie. Ek kon seker my ma gevra het om te help, en sy sou. Maar ek wou nie die teleurstelling in haar oë sien nie. Ek wou haar nie weer deur so 'n hel sit nie. Ek kon dit nie aan haar doen nie, ek kón net nie."

Ek lig my kop en kyk na Migael. Simpatie. Dit staan oral op sy gesig geskryf.

"Die volgende dag is ek na Lisa toe. Daardie aand het sy my na Jake se klub gevat. Ek was bang, maar desperaat genoeg om enigiets te probeer."

Hoofstuk 6

Op Lisa se instruksies trek ek my partytjieklere aan: jeans, plat skoene vir dans, blink, stywe toppie. Hare lank en los oor my skouers.

Lisa kom haal my by my woonstel. 'n Ander Lisa, met 'n kort-kort rompie en hoë hakke aan. Hare wild om haar kop. Swaar gegrimeer.

Sy kyk kopskuddend na my. "Ai, Emmie, ons gaan na 'n klub toe, nie 'n braai nie!"

"Ek kan gou –"

"Daar's nie tyd nie. Kom."

My moed sak in my skoene toe ek die lang ry mense sien wat wag om ingelaat te word. "Ons gaan nooit hier inkom nie, Lisa. Ons sal maar op 'n ander aand moet kom."

Sy lag net en trek my vorentoe. Die deurwag glimlag vir haar, knik vir my en laat ons sonder 'n woord deur.

Dit ís 'n strip-klub, 'n eksklusiewe strip-klub. Soort van. Want nie een van die blink, oliebesmeerde lywe in einaklein stukkies klere wat aan pale rondswaai, raak ontslae van hulle klere nie. Maar nogtans. Hulle dans op verhoë wat oral in die groot klub opgerig is. Strategies opgerig, let ek op. Wanneer jy by die deur in-kom, is dit die eerste ding wat jy sien: die meisies, die ronde ver-hogies, die pale waaraan hulle rondswaai.

Rondom die verhogies is tafels en stoele gerangskik, waar meestal mans, maar ook 'n paar vroue, oopmond na die dansers staar. 'n Groot kroegtoonbank beslaan die hele linkerkantste muur; daaragter is 'n spieël wat die drankbottels weerkaats.

Trappe lei na die boonste verdieping, waar die dansvloer is. Die gewone dansvloer, vir dié wat verkies om met hulle klere aan te dans. My mond dreig om oop te sak, want só iets het ek nog nooit gesien nie. Die vertrek is groot, indrukwekkend en luuks. Daar is 'n menigte mense, polsende musiek, flitsende ligte en mengeldrankies in al die kleure van die reënboog.

Lisa trek my aan die arm dansvloer toe, en daar, met 'n drankie in die een hand, dans ek saam met haar. Totdat 'n man haar op die skouer tik.

"Jake is ready for you, Lisa."

Sy gryp my aan die arm en ons stap agter die man aan. En ek is seker dis nie my verbeelding dat haar hand krampagtig om my boarm sluit nie.

Die een muur is versier met houtpanele en heelparty spieëls, wat die indruk gee dat daar dubbel soveel dansendes is. Ons loop op een van die panele af en nadat die man vinnig geklop het, maak hy dit oop en stap saam met ons in.

Dis 'n groot vertrek; die musiek is skaars hoorbaar hier binne. 'n Kantoor met 'n lessenaar, stoele voor die lessenaar, 'n indrukwekkende boekrak en 'n groot plasmaskerm-televisie. 'n Enorme man staan met sy rug na ons, sy blik op die televisie. Krieket.

Toe hy van ons bewus raak, draai hy stadig om. Nie 'n haar op sy kop nie. Hy glimlag lui, beduie dan vir die ander man dat hy maar kan gaan.

"Lisa!" groet hy uitbundig, en beduie ons na die stoele voor die lessenaar. Hy neem agter die lessenaar plaas.

"En dit moet jou plaasvervanger wees?" Hy praat met Lisa, maar sy oë verlaat my gesig nie 'n oomblik nie.

"Jake, ontmoet my vriendin, Emmie. Emmie, dis Jake Muller." Lisa se stem is effens bewerig.

"Emmie." Hy steek een van sy enorme hande uit en dit sluit warm om myne.

"Hallo, Jake," kry ek dit hees uit.

Sy grootte, sy stem, alles aan hom is intimiderend, tog is sy stem rustig. Maar sy glimlag reik nie tot by sy oë nie. Dié bly koud, berekenend op my gerig.

"Lisa het alles mooi aan jou verduidelik?"

Ek knik.

"Goed so. Dis ook nou nie asof jy slim moet wees om die werk te kan doen nie!" Hy lag bulderend vir sy eie grap.

"Maar soos met alles in die lewe is daar reëls." Hy staan op, stap tot voor my en hou sy regterhand in die lug. Drie bonkige goue ringe pryk aan drie vingers. Hy lig sy vingers soos hy praat. "Een: moet nooit self dwelms gebruik nie. Junkies beteken moeilikheid, en moeilikheid het altyd 'n manier om my geld te kos." Die tweede vinger: "Verkoop altyd meer as wat jy dink jy kan. Dié twee dinge maak my baie gelukkig."

Hy leun nader aan my. "En glo my, Emmie, jy wil my nie ongelukkig sien nie. Quintin!" roep hy so skielik dat ek wip van die skrik.

'n Lang, maer man met olierige hare wat tot op sy skouers reik, kom binne. Hy kyk emosieloos na Jake.

"Maak vir haar 'n sak vol." Jake draai weer na my. "Nou ja, Emmie, dan sien ek jou weer later?"

"Jake?" Lisa se stem klink yl.

"Dis reg, amper vergeet ek." Hy stap na sy lessenaar, haal 'n pak note uit die boonste laai, gooi dit voor my neer. "Lisa sê my dat jy 'n bietjie swaarkry. Dis 'n voorskot."

Ek wil weier om die geld te vat, maar ek weet dat dit 'n warm bad en gekookte kos beteken. Minder telefoonoproepe wat ek moet probeer vermy. Gemoedsrus.

Dis wat maak dat ek die pak note optel en in my handsak druk. "Dankie."

"Dis nie 'n geskenk nie, Emmie."

Ek het dit ook nie aangeneem nie, Jake, wil ek sê, maar ek bly eerder stil. Wanneer het ek so pateties geraak? Ek kon nog altyd sê wat ek wou, aan wie ek wou.

Dis sy oë, besluit ek. Hy het oë wat nie terugpraat duld nie. Gitswart en koud. Ek sal elke sent so gou as moontlik vir hom teruggee, besluit ek. Elke sent. By hom wil ek nooit in die skuld wees nie. En hierdie werk doen ek net tot ek vry van skuld is. Nét tot dan.

Quintin hou die rugsak na my uit; ek neem dit en staan op. En skrik vir sý oë. Donker oë, sonder enige emosie, staar woordeloos na my terug. Amper dieselfde oë as Jake, en ook glad nie. Syne is dood, soos dié van 'n koudbloedige reptiel.

"Hierdie een is nie reg vir die job nie. Sy gaan vir ons net moeilikheid beteken."

Jake draai na hom. "Hoekom sê jy so?"

Sonder om sy slangogies van my weg te neem, antwoord hy: "'n Gut feeling. Ek dink net nie sy is reg nie."

"Gelukkig betaal ek jou nie om te dink nie," sê Jake en draai sy rug op ons. Wat, lei ek af, beteken dat ons weggestuur word.

*   *   *

Migael sit doodstil. Ek kan sien hy luister aandagtig.

"Ek het gebewe toe ek langs Lisa in die motor klim. Sy ook. Ek kon dit aan haar hande sien. Dit het my nie ontstel dat Quintin dink ek is nie reg vir die werk nie. Ek wás nie. Die manier waarop hy dit gesê het, die kyk in sy oë, dít het my ontstel.

"Die volgende dag het Lisa haar kliënte begin inlig dat ek van nou af die goedere sou verkoop. Ek het myself probeer oortuig dat ek nie 'n ander opsie het nie. Dit het nie veel gehelp nie, ek het myself steeds gewalg. Veral toe ek die pak note uit my handsak haal en dit tel. Tienduisend rand. Genoeg vir elektrisiteit, telefoon, 'n paar rekeninge. Dat ek daarvoor dankbaar was, het my nog meer gewalg.

"Toe my eerste wins van vyfduisend rand in my hand lê, het ek myself weer eens belowe dat ek dit net sal doen tot ek vry van skuld is. Daarna sou ek sonder enige skuld leef."

Ek kyk verbaas na die trane wat op my hande drup, ek het nie eens besef ek huil nie. Migael kom sit langs my, neem my versigtig in sy arms, tel my op sy skoot. Soos 'n kind sit ek daar, my gesig in die holte van sy nek gedruk, my arms krampagtig om sy lyf geslaan. En ek huil. Ek huil sy skouer sopwaternat.

Die eerste party van die kwartaal was 'n moerse sukses! Soos gewoonlik! Sean weet hoe. Baie booze, baie E.

Lisa het gisteraand vir ons gesê dat sy weggaan. So, ons het 'n nuwe dealer. Nogal Emmie! Die vaal enetjie wat soos 'n koek aantrek. En sy kan 'n mens skaars in die oë kyk, hoe gaan sy deal? Sal maar moet sien.

Simon is terug, uitgewas en bleek. Ek is bly hy's okay. Ek het daai aand nie gedink hy gaan dit maak nie. Ek wil asseblief nooit in so 'n plek beland nie. Ek weet dis 'n risiko, ek's nie stupid nie! En ek gaan ophou. Eendag. Maar ek is jonk, wat kan nou verkeerd gaan?

En dis 'n feit: alles word die moeite werd wanneer ek high is. Dis wat drugs so awesome maak!

Hoofstuk 7

Ek word wakker, gebaai in die sonlig wat deur die dun gordyntjies syfer. In die krakende bed van die kamer wat ek myself toegeëien het, toegemaak met 'n outydse verekombers.

My oë voel krapperig van al die gehuil gisteraand. Trane van skuld. Trane van spyt. Trane van wat-de-donder-het-ek-gedoen? Ek verlang na my ma. Na my pa. Na André . . . Nee, ek verlang nie na André nie. Ek wil nooit weer na hom verlang nie.

My kop voel dof. Ek staan stadig op en skuifel badkamer toe. Migael, dink ek toe ek die jeans van gister en 'n skoon T-hemp aantrek. Waar is Migael? Ís daar 'n Migael? Of gaan ek nou uitvind dat hy nie bestaan nie? Noudat ek hom juis nodig het? Noudat ek hom alles van my siek lewe wil vertel?

Hy is nie in die sitkamer nie, ook nie in die kombuisarea nie. Ek sal wag. Vir hóm sal ek wag.

Ek gaan op die stoel, sý stoel, sit, laat my kop in my hande sak. "Ek wens jy was hier, Migael," prewel ek saggies.

"Koffie?"

My oë vlieg oop. Daar staan hy, in al sy beeldskone glorie. Die koppie in sy hand hou hy na my uit. Die glas suikerwater is vir hom.

"Waar was jy? Ek het gedink . . . Toemaar, dit maak nie meer saak nie." Ek neem die koppie koffie by hom.

"Ek sal altyd hier wees wanneer jy my nodig het, Emmie."

"Net wanneer ek jou nodig het?"

Hy gee sy skewe glimlag. "Drink jou koffie klaar, dan gaan stap ons. Jy lyk asof jy kan doen met 'n bietjie vars lug."

Ons stap weer na die waterval. Ongelooflik om te dink dat ek gister vas geglo het Migael is hier om my leed aan te doen, om my te vermóór. Dat ek later gedink het hy is net 'n hallusinasie.

Nou sit ek hier langs hom op die plat klip, ek kan hom sien, ek kan sy bors sien dein; as ek my hand uitsteek, sal ek aan hom kan raak. Hy is regtig. Dalk nie regtig 'n engel nie, maar hy is regtig hier.

"Wil jy my verder vertel?" nooi hy sag.

"Nie hier nie, dit voel soos sonde om in hierdie mooi omgewing oor sulke dinge te praat. Ek wil jou eerder iets vra."

"Vra maar."

"Jy is 'n engel. Wat beteken dat jy sekere voordele het. Soos dat jy dinge kan verander. Wonderwerke kan doen . . . Migael, verander asseblief my lewe."

"Dis dan wat ek doen, Emmie."

"Ek bedoel eintlik dat ek wil hê jy moet alles ongedaan maak. Klap jou vingers, en delete alles wat verkeerd gegaan het. Asseblief?"

"Dit kan ek nie doen nie."

"Kan nie of wil nie?"

"Emmie, ek is hier om jou te help."

"Dit sou gehelp het as ek my lewe kon oorleef."

Hy skud sy kop. "Die maklikste uitweg is nie noodwendig die enigste uitweg nie."

"Ek sou enigiets gee om die tyd te kon terugdraai."

"Ek weet. Kom ons gaan stap deur die bos. Dis so mooi daar. Altyd skemer."

Hy staan op, ek volg hom.

Dit ís mooi. Skemer. Koel. Eintlik is dit bleddie koud, besluit ek en ril effens. Ek breek 'n dennetakkie af, vryf dit tussen my vingers om die geur los te maak. Laat die takkie val en ruik aan my vingers. Lekker.

Sonder om te dink hou ek my hand na hom uit. Hy gaan staan, neem my hand in syne, druk sy neus daarteen, asem die geur diep in. Rillings hardloop teen my rug af toe ek sy asem op my hand voel. Lekker rillings. Goeie rillings. Hy laat my hand sak, los dit vinnig toe die eerste vet druppels om ons neerplons.

Ons kyk albei verbaas op.

"Vandag reën ons sopnat! Kom, Emmie!"

Die druppels val sonder ophou terwyl ons 'n pad deur die bome baan. Ek wil vir hom vra of hy weet waar die huis is, want ek weet nie. Ek voel opeens soos Grietjie in die sprokie, en ek is nie seker of Hansie onthou het om broodkrummels – nee, klippies – te gooi nie!

Toe die huis in sig kom, sug ek dankbaar. Ons is nat tot op die been en ek bewe van die koue.

"Jy beter in 'n warm bad klim. Ek maak solank vuur, dan gaan ons pannekoek bak. Ek is seker jy moet honger wees, en hierdie weer vra mos vir pannekoek," stel hy voor.

Ek knik. "Dit sal lekker wees." Draf verkluim badkamer toe.

'n Warm bad ís terapeuties, besluit ek toe ek my tot my volle lengte daarin uitstrek. Sielkundiges – of was dit net Freud? – glo dis omdat dit ons aan ons nege maande in die warm vrugwater van die baarmoeder herinner. Ek weet darem nie – ek kan goed onthou hoe 'n kabaal ons bure se baba opgeskop het wanneer dit bad-tyd was.

So bang soos ek vir water is, so lief is ek vir bad. Dalk is dit die geurige badolies en skuim en sepies en kerse waarmee ek my altyd omring. So 'n dekadente aanslag op die sintuie. Dalk is dit bloot die wete dat redding 'n prop uittrek ver is.

Maar vandag werk dit nie, besef ek en kom regop. Ek trek my bene op, tot teen my bors, laat my kop op my knieë sak. En laat my gedagtes toe om hul loop te neem. Wat het ek gedoen? Hoe kón ek? Twee mense. Aan my hand . . .

'n Leeftyd is te min om hierdie skuld af te werk. As ek net in die toekoms kon sien. As ek destyds verder kon gesien het, sou ek Lisa weggejaag het? Sou ek by my ouers gepleit het vir hulp? Sou ek dit rég gedoen het?

Meneer Meyer se pajamas lê steeds in die badkamer, en toe ek uit die bad klim, trek ek dit weer aan. Dit het skielik koud geword, en dis nie lank nie, toe begin die blitse en donderweer om die huis dreun. Met 'n krag wat die mure laat sidder.

Die sitkamer is heerlik warm toe ek instap, 'n handdoek om my nat kop gedraai. André sit op die bank. Mý bank. Nee, knipper ek vinnig my oë, nie André nie, Migael. En sy oë is hartseer op my gerig.

Hy staan op. "Kom sit, Emmie."

Asof hy weet dat ek alleen wil wees, stap hy kombuis toe. Ek gaan sit terwyl beelde van gister deur my kop spoel. André. Die goeie, sagte André. Die André wat ek liefhet. Vyf maande gelede, voor Annette, 'n verrassingsnaweek in die berge. Ek en hy, alleen. 'n Reënbui wat ons op 'n modderige voetpaadjie betrap. 'n Warm stort. En André op die bank voor die kaggel.

"Kom sit hier, dan vryf ek jou hare droog," het hy aangebied.

Ek gaan sit op die vloer, tussen sy bene. Versigtig maak hy die handdoek los, begin ritmies daarmee oor my kop streel. Toe my hare droog genoeg na sy sin is, staan hy op, kom oomblikke later met my haarborsel terug. Hy borsel my hare met lang hale.

My arms, wat ek styf om my bene gevou gehou het, begin kramp, en ek plaas hulle versigtig op sy knieë, weerskante van my. Met dié aanraking slaan hoendervleis oral op my lyf uit en ek snak onwillekeurig na asem. Sy hand verstil 'n oomblik op my kop. Dan laat sak hy die haarborsel. Sy hande kom versigtig op my skouers tot rus.

"Jou spiere is al op knoppe getrek van spanning," sê hy hees. "Kom sit hier langs my sodat ek dit vir jou kan masseer."

Hy draai my lyf weg van hom, sodat hy agter my sit. Begin aan die onderkant van my nek, beweeg in stadige sirkels na my skouers. Konsentreer 'n ruk lank op my skouers, voor sy hande afbeweeg na my rug. 'n Kreun ontsnap my lippe toe hy op al die regte knoppies aan die onderkant van my rug druk. Sy duime maak sirkelbewegings op na my nek, af na onder. Hoendervleis slaan weer op my lyf uit, saam met 'n intense hitte. Ek het hierdie soort emosie nog nooit só geniet nie.

Hy laat sak sy hande en ek draai om sodat ek na hom kan kyk. Hy plaas sy hande weerskante van my gesig, staar 'n ewigheid in my oë voordat hy vooroor buk. Sy mond is warm op myne. Dis 'n hitte wat soos 'n wegholvuur deur my liggaam versprei. Ek gooi my arms om sy nek en trek hom nader na my. Druk my lyf teen syne, terwyl ek vaagweg bewus word van die klammigheid wat nog uit sy klere opslaan.

Tyd gaan staan stil.

Ek word eers weer van my omgewing bewus toe ek uit 'n droomlose slaap langs André wakker word. Op die mat, voor die kaggelvuur wat uitgebrand is. Met die reën wat saggies teen die ruite tik. Op daardie oomblik het ek nie aan sy liefde vir my getwyfel nie . . .

Ek hoor Migael in 'n kas rondkrap. 'n Bak, 'n pan uithaal.

André behoort tot die verlede, besluit ek. Vir ewig.

Toe Migael my roep, staan ek op en sluit by hom in die kombuis aan.

"Dit sal vinniger gaan as ons albei bak. Kán jy pannekoek bak?" vra hy.

"Hei, jy praat nou met die enigste dogter van die beste pannekoekbakster in die land!" sê ek, my stem lighartig. Hy mag my gedagtes lees. Hy mag weet wat ek dink en wat ek voel. Hy sal nie die seer in my stem hoor of op my gesig sien nie. Want dis myne.

Ek neem die pan by hom, beduie na die bak met beslag. "Is dit nie veronderstel om 'n uur te rus nie? Ek onthou goed dat daardie uur voor ons begin bak het vir my die langste was."

"Nie hierdie soort nie," stel hy my gerus en laat die mengsel in 'n dun straaltjie in sy pan loop.

Ek volg sy voorbeeld, kyk kopskuddend hoe hy die pannekoek ná 'n rukkie die lug inskiet en behendig in die pan vang.

"Kan jy?" wil hy glimlaggend weet.

"En as dit op die vloer beland? In ons huis is daar nooit met kos gemors nie."

"Jy sal nie weet of jy dit kan doen voor jy nie probeer het nie."

Ek rol my oë en gebruik die eierspaan om die pannekoek om te dop.

"Probeer," sê hy weer.

Ek laat die gaar pannekoek in die bak gly, laat nog 'n straaltjie mengsel in die pan drup. Hou hom uit die hoek van my oog dop sodat ek kan sien hoe hy dit in die lug gooi. Arm, gewrig, dit lyk eenvoudig genoeg, besluit ek en gooi. My eerste poging beland wel in die pan, maar so verfrommel soos gister se koerant.

Migael kyk my poging meewarig aan. "Practice makes perfect," lag hy. "Kyk mooi, Emmie, dis alles in die gewrig. Jy moet hom flip, so," en hy beduie weer.

Ek weet nie hoe ek dit doen nie, hoe hy dit doen nie. Maar 'n gemaklikheid kom lê tussen ons terwyl ons pannekoeke in die lug gooi. Ons lag kliphard vir mekaar se mislukkings. Klop mekaar gemoedelik op die skouer as 'n perfekte pannekoek in die bak gly.

Ons gaan sit op die rusbank voor die kaggel, die bak pannekoek op die tafeltjie. Dit reën steeds. Daardie lekker, sagte, deurdringende reën. 'n Vriend wat lankal tot die verlede behoort, het daarna verwys as kopulasieweer. En André het dié gesegde waar laat word. Nee, ek wil nie aan André dink nie.

"Migael?"

"Ja?"

"Waar is jou vlerke?"

Hy kyk verbaas na my. "My vlerke?"

"Ja, is engele nie veronderstel om vlerke te hê nie?"

"Dit hang af, ons het nie altyd vlerke nodig nie. Ons lyk nie altyd dieselfde nie."

"So, jy het net vlerke as jy moet vlieg? En jy is 'n soort shape shifter?"

Hy grinnik.

"Migael?"

Hy sug.

"Hoekom ek?"

Hy antwoord nie, staar weer na die vuur.

"Hoekom ek? Wat maak my so spesiaal dat jy na my gestuur is? Kry almal wat so diep in die moeilikheid is 'n engel om hulle te help?"

"Nie almal nic."

"Hoekom dan ek?"

"Ek kan jou nie nou al sê nie, Emmie."

"Wanneer dan?"

"Aan die einde van hierdie pad wat jy stap, by die begin van jou nuwe avontuur, dan sal alles aan jou geopenbaar word."

Ek knik my kop stadig. "Oukei, is dit nou aan die einde van die begin, of die begin van die einde?"

"Emmie . . ." Hy vryf oor sy hare, sodat hulle regop staan. Baie sexy. "Vertel jou storie eerder verder."

"Ek is nie lus nie. Dit maak my hartseer, dit laat my huil. Ek wil nie meer huil nie, Migael. Ek het lank genoeg gehuil, nou wil ek lag."

"Jy moet hierdeur werk, Emmie. Jy móét."

"Sal ek ook eers by die einde-begin weet hoekom?"

"Jy moet weet waarvandaan jy kom, jy –"

"Jy het my dit al gesê," val ek hom in die rede.

"Moet dan nie dieselfde vrae vra nie," glimlag hy.

"Goed, jy wen. Waar was ek?"

"Vertel my van André."

"Nee! Nie van André nie. Ek is nog nie reg daarvoor nie!"

"Jy is. Vertel my van André."

Ek maak my oë toe, wíl myself om op te staan en te loop. Wíl myself om oor iets anders te praat. Maar ek kan nie.

"Ek het hom ontmoet toe my rekenaar probleme gegee het – 'n virus wat op een of ander manier in my rekenaar beland het. Die maatskappy wat die skool se rekenaars diens, doen dit al jare lank. In die kort tydjie wat ek daar was, moes ons hulle 'n paar keer laat kom. Die ou wat gewoonlik uitkom, het ons almal geken. Kevin, 'n regte IT geek. Al waaroor hy kan praat, is rekenaars en die duistere werke van hulle binnegoed. Of brein, soos hy sê. Dis iets wat ek nie lekker verstaan nie," ek kyk skewekop na Migael, bewus daarvan dat hy weet ek probeer tyd wen, "dat mense na 'n rekenaar se brein verwys. 'n Rekenaar kan tog nie dink nie! 'n Rekenaar voer net bevele uit, dis al. 'n Brein moet eerder verwys na iets wat kan redeneer."

"Wat reg van verkeerd kan onderskei?"

"Presies!"

Hy knik sy kop stadig. "Dit was toe nie Kevin wat opgedaag het nie, maar André?"

"Ja," sug ek. "En presies die teenoorgestelde van Kevin. Mooi bruin oë wat effens waaksaam lyk, ligbruin hare, korterig maar stewig gebou. Sy besoek was lekker. Anders as Kevin, het hy oor boeke, films, sport en nuus gepraat. En hy het baie gelag. Hy het my vir koffie genooi, ná skool."

*   *   *

Die oomblik toe ek die koffiewinkel binnestap, verskyn André asof uit die niet langs my. "Jy het my laat skrik!" roep ek uit.

"Ek was bang ons mis mekaar." Hy glimlag so breed dat ek die kuiltjie in sy linkerwang nie kan miskyk nie. Met sy hand om my elmboog lei hy my na 'n hoektafel.

Nadat ons ons bestelling geplaas het, sak daar 'n stilte oor ons. Ons het reeds vroeër in my kantoor oor boeke en films en wat nog als gesels. Ek bedoel, waaroor práát 'n mens op jou eerste date?

"Um . . . geniet jy jou werk?" probeer ek, en voel onmiddellik asof ek myself moet skop. So 'n stupid vraag!

"Ek het nog altyd daarvan gehou om met rekenaars te werk," glimlag hy. "En jy? Geniet jy jou werk?"

Miskien was dit nie so 'n stupid vraag nie, probeer ek myself troos. "Ja, baie. Dis nie wat ek gedink het ek wou doen nie. Ek was meer ambisieus – te veel, eintlik."

Hy wag dat die koffie voor ons neergesit word voor hy vra: "Wat wou jy gedoen het?"

"Ag, jy weet, veearts, dokter, prokureur . . ."

Hy knik. "Ek het ook altyd groot drome gehad. Toe ek op skool was, wou ek 'n vlieënier word, kan jy glo?"

Dis weer stil terwyl ons suiker en melk byvoeg en roer.

"So, ek weet waar jy werk, maar bly jy hier rond? Jou ouers? Enige broers en susters? 'n Boyfriend?" vra hy.

"Ek bly nie ver hiervandaan nie, in 'n woonstel. Ek het 'n ma en 'n pa. Enigste kind. Geen boyfriend. Jy?"

"'n Pa en 'n ma en 'n broer. En geen boyfriend," lag hy.

Om 'n volgende stilte te vermy, vertel ek hom van my ma. En van my pa. In breë trekke. Hy luister skewekop, sonder om my een keer te onderbreek.

"En jy?" vra ek uitasem toe ek klaar is. "Enige skeletons in jou kas?"

71

"Nee wat, my lewe is doodgewoon. Boring, amper."

"Jy is gelukkig. Ek sou hou van 'n boring lewe."

"Boring is overrated, glo my."

Hy leun nader aan my, neem die suikerpot voor hom afgetrokke, draai dit al in die rondte. "Ek sal jou graag weer wil sien, Emmie. Mag ek?"

Hoe sê jy nee vir so 'n pleitende uitdrukking?

*   *   *

"Ná ons koffie gedrink het, het hy my tot by my woonstel gevolg – sodat hy kan seker wees ek is veilig, het hy gesê. En die feit dat hy nie weggehardloop het ná ek hom van my pa vertel het nie . . . Dalk is dit hoekom ek amper onmiddellik vir hom geval het. In elk geval, die volgende oggend is 'n boks tjoklits by die kantoor vir my afge-laai. Die middag was daar 'n bos blomme by die woonstel. 'n CD, uit-nodigings na films, selfs eenkeer 'n bos ballonne!

"Hy het my motor gediens, my op staptogte geneem. Hy het alles gedoen waarvan ek gehou het. En hy was altyd, oral, 'n gentleman. Hy het die manier gehad om na my te kyk asof ek 'n geskenk was, spesiaal vir hom. En hy kon soen! Die eerste keer toe hy my nader aan hom trek, kon ek sweer my voete verlaat die grond vir 'n ruk. Ek het gesweef.

"Ek was dolverlief. 'n Maand later het ek trourokke begin skets . . . Want hy was snaaks en vrygewig en liefdevol. En hy was gek oor my. Ek het hom aan my ma gaan voorstel. Nie aan my pa nie. Daar-voor het ek nog nie die moed gehad nie."

"En jy het genoeg tyd gehad vir jou besigheid," Migael spoeg die laaste woord uit, "en André?"

"André het die meeste naweke as kroegman gewerk, vir 'n ek-stra inkomste."

"By 'n klub?"

"By 'n klub. Hy het my nooit saamgenooi nie. Daaroor was ek dankbaar. Hy het die agt-tot-twaalf-skof gewerk, en teen daardie tyd was my skof lankal klaar. Kon ek gebad en geroom met 'n boek vir hom lê en wag."

"Julle het nooit uitgegaan nie?"

"Soms gedurende die week. Die naweke wat hy nie gewerk het nie, moes ek verskonings uitdink hoekom ek nie kon uitgaan nie. Meestal kon ek my sake darem so reël dat ek ten minste Saterdae vry was."

"Hoe het jy dit gedoen?"

"Ek het soos 'n prostituut op die straathoek gestaan. Nie ge-staan nie, in my motor gesit. So, tussen die skool en 'n oop erf. Of hulle sou my bel. Daar was selfs dapperes wat aan my deur sou kom klop, my op die skoolgrond by my motor sou inwag. Ander sou bel, dan het ek hulle op 'n afgesproke plek gekry."

"En André het nie onraad vermoed nie?"

"As hy het, het hy niks gesê nie. Maar die gedurige gelieg oor waarheen ek gaan, hoekom ek hom soms nie kon ontmoet nie, het my begin opkeil. Ek het goed geld gemaak, so ek kon dit nie net los nie. En ek was verlief. Hoe gelukkig kan 'n mens wees? Dit het my drie maande geneem om uit die skuld te kom. Net drie maande."

Arme Emmie. Sy sit elke middag ná skool met sulke groot insekoë in haar kar en wag vir kopers. Ek weet darem nie, dit lyk net so desperate. Sy en die klomp wat by haar gaan koop. As jy eers in die week begin koop, is jy in die moeilikheid, sê Sean. Asof hy dink ek weet nie hy koop ook in die week by haar nie! Ek gaan liewers na haar woonstel toe. Dit voel darem meer civilised.

Hoofstuk 8

"Emmie!"

Jake klink opreg bly om my te sien. Ek laat val die pak note op die tafel, maar hy kyk nie daarna nie. Sy oë bly op my.

"Kan ons jou voorraad opskuif?"

"Nee, ek wil nie meer hê nie." Ek sluk hard. "Ek wil niks hê nie. Ek wil ophou."

Hy kyk 'n oomblik verbaas na my, draai dan na Quintin. Hulle gaan hard aan die lag. Toe die gelag bedaar, beduie hy na 'n stoel.

"Sit 'n oomblik, Emmie."

"Ek is haastig. Al die geld is daar. Ook die tienduisend rand wat jy my geleen het."

"Sit." Sy stem is gebiedend.

Ek sit.

"Whisky." Hy vra nie.

Ek antwoord nie.

Hy neem die twee glase met amberkleurige vloeistof by Quintin en plaas een voor my neer. Net so. Geen ys. Geen water. Geen kola.

"Drink," gebied hy.

Ek neem 'n versigtige slukkie. Dit brand al die pad tot in my maag. Hy smak sy lippe en hou sy leë glas na Quintin uit vir 'n hervul.

"Whisky," sê hy en neem die glas by Quintin, "is een van die wonderlikste drankies wat daar is. Die naam whisky kom van die Gaelies uisge beatha, wat 'water van die lewe' beteken. Mooi, nè? En jy drink dit net so. As jy moet, kan jy 'n bietjie water byvoeg. Maar geen ys. Ys laat die drank toeslaan, en so verloor jy al die smaak en al die geur. Sommige mense drink hul whisky met koeldrank. Daarmee kan jy net wegkom as dit 'n goedkoop whisky is. Omdat dit in elk geval te sleg is om skoon te drink."

Hy lag dawerend vir sy eie grap. Beduie na my glas. Ek neem nog 'n versigtige sluk, terwyl ek wonder hoe de hel ek uit hierdie kantoor gaan kom.

"Jy weet, Emmie," sê hy gemoedelik, "ek en jy het meer in gemeen as wat jy dink. Ek het ook sonder geld grootgeword. Maar anders as jy, het ek nooit weelde geken nie. Jy het dit darem gehad tot jy sestien was."

Hoe weet hy dit?

"Ek ken jou. Ek ken jou omstandighede. Moet nooit daaraan twyfel nie. Ek het grootgeword in dieselfde buurt waar jou ma bly, die arm buurt – inderwaarheid nie ver van waar sy bly nie. Jy en ek is bure. Maar anders as jy, was my pa nie in die tronk nie. My pa was 'n alkoholis wat sy kicks gekry het deur sy vrou en seun op te donder. En weet jy wat? Ek het hom nooit daaroor kwalik geneem nie, want hy het deur sy optrede van my 'n man gemaak. Anders as my broer, dié is nooit gedonder nie. My pa se witbroodjie. Daarom was Ouboet te sag. Dis hý wat hierdie besigheid begin het, ek het aan die begin maar vir hom gewerk. Ek het geleer, baie kere op die harde manier. Ek het met my oë gesteel. Ek het goeie kontakte opgebou. Alles wat ek van besigheid weet, het ek by hom geleer. Ek

76

het net een reël vir myself gehad: Ek sal nooit dwelms gebruik nie. Anders as Ouboet. Dis vandag nog my eerste reël. Nie net vir my nie, maar vir almal wat vir my werk. Ek het amper elke sent wat ek gemaak het, gespaar. Suinig geleef, ek het geweet van suinig leef. En kyk nou na my!" Hy draai sy hande teatraal bo sy kop om alles in die kantoor in te sluit.

"Vandag besit ek 'n paar klubs en hierdie besigheid, waarvan jy deel is. Vandag is ek iemand. Word ek genooi om saam met die rykes uit te hang. Beteken my naam iets. Ouboet het nooit genoeg ambisie gehad nie. Hy was tevrede om net te kan oorleef. Tot sy volgende fix. Terwyl ek hierdie besigheid opgebou het, het hy al sy geld geblaas op stront. Terwyl ek 'n wettige besigheid ook op die been moes bring en sy hulp nodig gehad het, het hy net na sy volgende fix verlang. Die dag toe ek besef dat hy 'n liability word, was 'n openbaring. Jy kan tog nie iemand bly saamsleep nie." Hy neem nog 'n sluk whisky. "Vandag is Ouboet nie meer hier nie."

Hy draai sy kop skeef, asof hy diep nadink. "Weet jy wat die grootste les is wat ek geleer het? Dat jy altyd daarna moet streef om jouself te verbeter, tot jy die beste is. Soos hierdie whisky. Soos my produkte. Soos my klubs. En omdat ek die beste is, omring ek my met die beste. Soos Quintin. Hy was in die weermag. Hy is 'n meester met wapens en inligting opspoor. Nie waar nie, Quintin?"

Quintin grynslag.

"Dink jy regtig, Emmie, dat my verkopers sommer van die straat kom? Ek screen elkeen persoonlik. Ek het van jou geweet toe jy by daardie spogskool begin werk het. Dus weet ek van jou pa, van jou ma. Ek ken elke kind in jou Sondagskoolklassie se naam. En ek weet van André. Jy het 'n goeie keuse met hom gemaak.

"Dus, Emmie, het ons 'n probleem. My probleem is dat ek nie kan toelaat dat jy ophou nie, want vir my is jy te waardevol. Jou kliënte is vir my te waardevol. Daardie kinders het meer geld as verstand. En hulle het 'n lus na dwelms. 'n Dodelike kombinasie vir hulle, 'n goudmyn vir my. En jóú probleem is dat jy nooit seker kan wees of die mense na aan jou veilig is nie: jou ma, jou pa, André. Ek weet wat jy dink. En jy's reg, daar is verskeie maniere hoe jy die mense na aan jou kan beskerm. Jy kan 'n gesofistikeerde alarm-stelsel by jou ma se huis laat installeer. Waghonde kry. En glo sy is veilig. Die vraag wat jy jou egter moet afvra, is: Is sy regtig veilig? Want sy moet soggens in haar groen bakkie klim en gaan werk. Sy moet ná werk terug huis toe. En baie kan tussen haar huis en haar werk gebeur, veral met so 'n onbetroubare voertuig. En baie kan by haar werk gebeur. 'n Rooftog, byvoorbeeld."

Ek sluk hard. Kom agter dat die glas in my hand bewe. Ek sit dit vinnig op die lessenaar voor my neer. Strengel my vingers inme-kaar. Hy mag nie sien nie . . .

Te laat, besef ek toe Jake sag lag. Te laat, hy het die bewing van my hande klaar gesien.

"Dis natuurlik moontlik dat ons glad nie by haar kan uitkom nie." Hy lê agteroor in sy stoel, sy vingers trommel op die lessenaar voor hom. "Maar dan is daar altyd jou pa. Hoe beskerm jy hóm? Want, Emmie, jy moet tog besef dat mense soos ek altyd mense aan die binnekant het. Áltyd."

Hy staan op en strek hom tot sy volle lengte uit. "Ek dink dus dat jy met my sal saamstem dat dit in albei van ons se belang is dat jy die sak met ekstra voorraad nou by Quintin neem en jou werk gaan doen."

Ek staan woordeloos op, neem die sak met bewende hande by Quintin.

"En Emmie?"

Ek draai nie om nie, staan met 'n regop rug na Jake gedraai.

"Moenie dink aan polisie toe gaan nie."

Toe ek uitstap, sien ek vir die eerste keer dat dit nie spieëls in sy kantoor is nie, maar eenrigtingglas. 'n Spieël vir die klubganger, 'n venster na buite vir hom.

*   *   *

Migael staar uitdrukkingloos na my.

"Ek het dadelik toe ek by my woonstel kom vir Lisa gebel. Ek wou weet hoe sy dan so maklik van Jake kon wegstap. Sy het gelag toe ek haar vra, Migael, sy het gelág. Want sy kon nie, of wou nie, ontsnap nie. Sy het steeds, tweehonderd kilometer weg, vir Jake gewerk. Ek was vas. Dit het ek geweet. André het gebel net ná ek afgelui het. Hy sou nie kon kom kuier nie, daar was 'n krisis by die werk en hy sou tot laat op kantoor moes bly. Ek was bly daaroor. Ek het tyd op my eie nodig gehad. Uit desperaatheid het ek Jake Muller gaan Google. Behalwe vir al die foto's van hom saam met ons land se rykes en bekendes wat by sy klubs uitgehang het, was die inligting maar skraps. Foto's van hom met sy blonde trofeevrou aan die arm was volop. 'n Ou swart-en-wit foto, half uit fokus, van hom saam met sy eerste vrou en kinders. 'n Artikel oor hom: hoe arm hy grootgeword het, hoe hy met harde werk en bitter min geld gekom het waar hy nou is. Sy pa is lank reeds oorlede; sy ma is in 'n huis vir bejaardes. 'n Hartroerende artikel oor die tragiese dood van sy broer. Dié het vir 'n naweek by Jake gekuier.

Jake en sy vrou is die Saterdagaand na 'n funksie, en Ouboet was alleen by die huis. Toe hulle laataand terugkom, ontdek Jake dat daar by sy huis ingebreek is, waardevolle artikels word vermis, sy broer is dood." Ek kyk op na Migael. "Hy het sy broer laat vermoor, nè?"

As antwoord keep daar 'n frons tussen sy oë.

"Ek het die oorsprong, die betekenis van die naam Jake opgesoek. Dit beteken: die een wat uitoorlê. Toe ek in die bed klim, het ek geweet: hy is invloedryk en hy is gevaarlik. Ek het besef dat ek nie meer 'n keuse het nie, ek sal moet aanhou. If you can't beat them, join them. Ek sou die kinders moes weghou van my woonstel, ek sou húlle moes gaan opsoek. Ek sou nie polisie toe kon gaan nie."

Migael se wenkbroue skiet vraend op.

"Omdat ek nie gevang wou word nie, Migael, dáárom. Maar ek het my voorgeneem ek gaan nie 'n Martie Martelgat wees nie. If you don't *want* to join them, find a way to beat them. Ek moes net uitvind hoe."

"Jy was tien, en een van die skoolboelies wou jou toebroodjies vat. Onthou jy?"

"Ek onthou! Ek het hom bloedneus geslaan!"

Ons lag.

"Op tien kon jy vir jouself opstaan, Emmie. Twaalf jaar later . . ."

"Dit was anders. Ons praat nou van Jake, van dwelms. Dis totaal anders."

Hy skud sy kop. "Dis nie die wie en die wat wat saak maak nie. Maar dis 'n feit dat jy vir jouself moes baklei het. Deur dit nié te doen nie, het jy toegelaat dat Jake jou stywer in sy net vang."

Hoofstuk 9

Ek stuur die volgende oggend 'n boodskap met die grapevine: Moenie weer na my huis toe kom nie. Moenie my ná skool by my motor inwag nie. Ek sal na julle kom. Gee vir my die adresse van julle uithangplekke, en kyk uit vir my.

Die eerste partytjie is in 'n skuur op 'n plaas buite die stad. Die aanwysings is maklik genoeg; om stilhouplek te kry is 'n ander storie. Daar is soveel motors. Van die nuutstes en blinkstes tot ou skedonke. Toe ek die skuur met sy klipharde musiek binnestap, weet ek dat ek soos 'n seer duim uitstaan. Ek het nie moeite gedoen om ná werk te verklee nie, en alhoewel hier mense is wat duidelik ouer as ek is, lyk ek na 'n ouer op soek na haar kind. Daarom vermy hulle my. Een van die skool se leerlinge herken my darem, en daarna kom 'n paar bekendes drupsgewys nader om sake te doen. E is die gewildste, veral dié met die cartoons op. Kinders sal kinders bly. Daarna kom coke, 'n paar gram dagga. Min tik. Ek het later gehoor hulle beskou tik as die armmansdwelm, benede hulle. Wel, benede meeste van hulle.

Ek doen nie goeie besigheid nie. Ek bly nie lank nie, ek voel te uit my plek. Die musiek is te hard, te vol rook, dit rúik hier binne. Ek kan aan heelwat beter dinge dink om op 'n Woensdagaand te doen. Hoe bly hierdie kinders môre in die klas wakker?

Ek strompel weer uit, asem dankbaar diep teue van die vars lug in.

Die volgende oggend keer ek vir Annette voor. "Na watter klubs gaan julle deesdae vir 'n lekker party?"

Sy rol haar oë. "Klubs is eintlik 'n bietjie uit. Hier is 'n paar oulike kuierplekke in die stad, maar 'n mens raak moeg vir na dieselfde plekke gaan. Die in-ding is deesdae om huisparties te hou."

"Hmm . . ." Ek kan nie dink dat ek met ope arms deur die ouers van die huis ontvang sal word nie.

"Soek jy 'n afsetgebied?"

Ek knik.

"Ek sal jou laat weet waar ons wanneer uithang. A word of advice? Ek het jou gisteraand dopgehou. Niemand gaan by jou koop as jy soos iemand se ma lyk nie." Sy kyk lank na my. "Hoe oud is jy?"

"Drie-en-twintig." Dis my verjaardag, maar ek sê dit nie. Ek dink net my ma weet. En my pa.

"Jy trek aan soos iemand van dertig! Jy sal vir jou hipper klere moet kry. Rompies, boots, cool toppies. Jy is mooi en jy't 'n mooi lyf. As jy wys, gaan jy inpas. As jy inpas, gaan jy verkoop."

Ek kyk haar agterna toe sy klas toe stap. Annette Beyers. Een van die gewildste meisies op skool. Graad 10. Goed in sport. Akademies sterk. As iemand soos sý my voorraad koop, kan dit tog nie sleg wees nie?

Sy wag my die middag ná skool by my motor in. "Adres vir vanaand," sê sy en druk 'n netjies gevoude briefie in my hand.

Ek maak dit oop. 'n Straatadres in een van die spogwoonbuurte. "Huisparties gaan nie vir my werk nie! Wat van die ouers?"

"Asseblief! 'n Goeie huisparty word nooit met die ouers se toestemming gehou nie." Sy draai om, sê oor haar skouer: "Moenie voor tienuur kom nie. 'n Goeie party begin nooit regtig voor tien nie."

11 Mei. My verjaardag.

Ek vier dit die middag saam met my ma, met 'n tuisgebakte koek, en ek verlustig my in die atmosfeer van behoort. Wens dat ek langer kon bly, dat ek vir die aand kon bly. Maar ek kan nie. Dus maak ek vroeg verskoning dat ek saam met vriende uitgaan, en ry toe die laaste krummel op my bord geëet is.

Ek hou op die kop tienuur voor die huis stil. Ek klim uit, rem die kort denimrompie 'n bietjie affer, gryp my rugsak en stap deur die groot oop ysterhekke. My mond wil-wil van verbasing oopval toe die huis in sig kom. Dis die soort huis wat ek gedroom het ek eendag in sal bly. Groot, luuks, mooi. Musiek kom dawerend deur die oop vensters. Die tuin is uitgestrek, met liggies oral op die grasperk en tussen die plante in die beddings.

Toe ek instap, sit daar groepies kinders oral rond. Jonk. Niemand dans nie. Hulle klou verbete aan hul drinkglase. Koeldrank of drank? 'n Paar hou bedrewe 'n brandende sigaret tussen die vingers. Daar is nie juis sprake van uitbundigheid nie, eerder 'n soort senuagtigheid. Dalk ook afwagting?

Dit laat my dink aan my garageparties van 'n paar jaar terug. Meisies saamgebondel in 'n hoek. Loerende seuns in 'n ander. Net dié wat date, dans. Die ander wag gespanne om gevra te word. Sulke parties was gewoonlik teleurstellend, veral omdat ons geglo het dat hierdie een anders gaan wees as die voriges. En tog was dit keer op keer dieselfde.

Dis Annette wat my eerste raaksien, haar arms wuiwend bo haar kop. Sy skreeu hard bo-oor die musiek: "E is hie!"

Towerwoorde. Daar is enkeles wat hul rug op my draai, die res storm soos 'n brander op my af. Baie E, baie coke, minder dagga, minste tik. Ek moet kophou met die geld. Toe ek die laaste pakkie uithaal, verwens ek my dat ek nie meer gebring het nie.

'n Blonde seun, niks ouer as sestien nie, hou 'n blikkie dieetkoeldrank na my uit. Ek drink dankbaar diep slukke.

"Sigaret?" skreeu-vra iemand anders.

Ek skud my kop. Terwyl die aandag van my wegbeweeg, laat ek my oë deur die vertrek dwaal. Mooi. Duur. Smaakvol. Só wil ek ook eendag lewe.

"Badkamer?" vra ek die seun wat vir my die koeldrank gegee het.

"Gebruik die een bo."

Ek neem my tyd in die badkamer. Was my hande met die lekkerruikseep. Gebruik handeroom. Loer in al die kassies. Tik 'n paar druppels van die duur parfuum op my polse.

Toe ek uitstap, begroet 'n totaal ander toneel my. 'n Paartjie, hul arms soos 'n seekat s'n om mekaar gedraai, stoot die deur van een van die slaapkamers oop. 'n Ander paartjie is in 'n vurige omhelsing, sommer op die trappe.

'n Wilde dansery het uitgebreek; ek staar verstom daarna. Voete stewig geplant, lywe swaaiend, koppe skuddend. Die hare waai behoorlik. Ander sit twee-twee en vry. 'n Paar drom om 'n borrelende glaspyp saam.

Ek baan my weg tussen die paartjies deur na buite. Waar dit ook nie beter gaan nie. Die geluide van hul vrytery klink oral op. Kan dit dieselfde skaam, senuagtige kinders van netnou wees?

Ek gee haastig pad na my motor en ry huis toe.

Toe ek op my bed neerval, voel ek naar. Ék het dit aan hulle gedoen. Ek dóén dit aan hulle. Waar de hel is die ouers?

Ek is naar tot ek die inhoud van die rugsak op my bed uitkeer. Tot ek die geld tel en besef dat ek in een aand vir Jake kan betaal. Dat ek nog voorraad het, waarvan die wins myne is. Toe onthou ek nie meer die onskuldige kinders by my aankoms wat in diere verander het by my vertrek nie. Of my aandeel daaraan.

Dis my verjaardag. Dis my geskenk. Ek kon nie vir 'n beter geskenk gevra het nie! Happy birthday to me! Ek het die gans wat die goue eiers lê, ontdek. En vergeet dat ek eintlik uit die besigheid wou uit.

*   *   *

Ek kan nie glo dat ek dit so pas vertel het nie! Dat ek my grootste sonde, hebsug, ontbloot het nie. Ek kan Migael se onpeilbare blik op my voel en ek laat my kop in skaamte sak.

"Jy het nie jou verjaardag saam met André gevier nie?"

Ek kyk nie op nie, skud net my kop. "Nee, hy moes werk."

Skud my kop weer. "Ek jok. Die waarheid is dat hy wou hê ons moes uitgaan, maar ek kon nie. Ek moes verkoop. Ek het 'n verskoning uitgedink. As ek reg onthou, het ek vir hom gesê ons het 'n personeelvergadering. Ons het die volgende aand gaan uiteet."

"So dis hoe jy verkies om jou verjaardag te vier."

Ek antwoord nie. Omdat ek niks daarop kán antwoord nie. Die stilte wat tussen ons rek, dwing my eindelik om na hom te kyk.

Hy het sy kop in sy hande laat sak, sy blik op sy kaal voete. Het selfs 'n engel moed verloor met my?

Die party was amazing! Ek worry net 'n bietjie oor Emmie. Sy was so uit haar plek! Totally clueless!

Ek voel nie so lekker nie. Dis asof daar iets in my kop is wat nie wil uit nie. Soos 'n bubble wat wag om te bars.

As ek net iets gehad het om die edge so 'n bietjie weg te vat. Carl rook dagga ná 'n aand op E of coke, maar dagga stink, ek wil nie die aaklige reuk in my hare en aan my klere hê nie. Sal later, as Ma-hulle slaap, in die medisynekas gaan soek vir iets. Ek dink ek het laas 'n pakkie Valium daar gesien.

Hoofstuk 10

"Die euforie van sonder skuld lewe het my lighoofdig gemaak. En slim. Ek het al my rekeninge gesluit – 'n donkie stamp haar kop tog net een keer. My woonstel se huur, motorpaaiement, krag- en telefoonrekening het getrou elke maand van my salaris afgegaan. Die kontant het ek gebruik vir mooi goed. Vir my, vir my huis."

Ek kyk verskonend na Migael. "Dit was nie asof ek net voor die voet gekoop het nie. Maar as ek wou, kón ek. En ek kon my ma bederf met 'n nuwe yskas, oond en naaimasjien. Darem nie alles in een maand nie. Goedgelowig het sy geglo dat ek dit alles uit my spaargeld kon bekostig. En Sondae het my pa goedkeurend geglimlag wanneer sy met my 'kop vir geld' gespog het. Dit was lekker om nie meer 'n geldbekommernis te hê nie. Want geld was skielik oral. Tussen my klere, tussen die linne, oral. Ek was Jakc se goue gansie. Die rykmanskinders en 'n paar volwassenes was myne. Ek het altyd groot gedroom, en my drome het gedraai om geld – wat ek daarmee sou doen as ek dit wel het. En altyd is ek hard aarde toe gebring deur realisme. My doelwitte sou altyd buite bereik bly, omdat ek nie geld gehad het nie. En skielik het ek dit in oorvloed. My lewe was volmaak."

Ek kyk na Migael en lag wrang. Hy sit net voor hom en uitstaar.

Ek trek my asem diep in, sug. "Is dit nie ironies hoe vinnig jy jouself van alle blaam kan onthef nie? Hoe vinnig jy vergeet van jou goeie voorneme om op te hou? Is dit nie ironies dat jy siende blind deur die lewe kan gaan nie? Dat jy jouself kan wysmaak dat jy onskuldig is? Dat jy net 'n diens lewer?

"Dit het daardie eerste paar maande goed gegaan met my. Ek het siende blind deur die lewe gedartel. Toe eendag, terwyl ek agter my rekenaar sit en tik aan 'n boring brief, toe gaan my oë oop en ek sien." Ek kyk af na my hande, sukkel om die woorde te vorm.

Toe ek te lank stilbly, vra Migael sag: "Wat het jy gesien?"

Ek skud my kop.

"Emmie, wat het jy gesien?"

"Nie nou nie, Migael, ek . . . Nie nou nie."

"Hoe gouer ons dit doen, hoe beter. Jy moet dit uitkry. Dis al manier."

"Vir wat?" vra ek en kyk op in sy mooi oë.

Hierdie keer is hy die een wat sy kop skud.

"Migael? Is daar iets wat jy my wil vertel?"

Hy ontwyk my oë.

"So, dis jou antwoord. Jy kan nie 'n leuen vertel nie, en wanneer jy nie die waarheid mag sê nie, verkies jy om stil te bly?"

Hy glimlag sy onweerstaanbare skewe glimlag. "Jy sal wel die antwoorde op al jou vrae kry. Maar eers moet ek antwoorde op mý vrae kry."

"Watter vrae?"

"Wat het jou oë gesien?"

"Weet jy nie hierdie dinge nie? As jy 'n engel is, móét jy dit weet."

"Ek weet nie alles nie."

"Wat weet jy?"

"Ek weet wat jy gedoen het, ek weet wat gebeur het, maar ek weet nie hoe jy gevoel het tydens al hierdie dinge nie. Daarom, Emmie, wil ek dit uit jou mond hoor."

"Ek kan lieg, ek kan dit erger of minder erg maak as ek wil. Hoe sal jy weet dis hoe ek werklik gevoel het?"

"Jy sal nie lieg nie. En ek sal weet."

Dit raak stil tussen ons. Ons is al twee hardkoppig genoeg om nie eerste die stilte te verbreek nie. Migael wen. Soos gewoonlik, vermoed ek.

"Dit reën nog steeds," sê ek terwyl ek deur die ruit na buite staar.

"Ek dink nie die reën gaan vandag ophou nie. En daarmee saam gaan die pad onbegaanbaar wees, veral vir jou motor."

Dis waar, dink ek. My motor is gebou vir teerpaaie, nie vir hierdie gramadoelas nie. Hoe weet hy dat ek lus is om te ry? Weg te hardloop? Wéér. Die storie van my lewe. Waarheen ek sal gaan, weet ek nie. En met dié reën kan ek ook nie. Ek wil verdwyn omdat ek nie verder wil vertel nie.

"Kan ek jou iets vra, Migael?"

Hy sug, maar knik tog sy kop.

"Hoe verwag jy dat ek moet glo dat jy 'n engel is? Jy lyk dalk soos 'n engel, maar dit beteken ook nie veel nie, daar is baie mooi mans daar buite. Hoe moet ek vir seker weet dat ek nie aan 'n oorywerige verbeelding ly nie?"

"Jy moet glo."

"Soms is geloof nie genoeg nie, soms is klipharde bewyse nodig. Ék het daardie bewyse nodig."

"Wat wil jy hê moet ek doen voor jy sal glo? 'n Wonderwerk? 'n Soort toorkunsie? My vlerke vir jou uitsprei en vlieg?"

"Dit sal help."

"Ek is nie 'n kulkunstenaar nie, ek is 'n engel. En ek doen nie toertjies op aanvraag nie."

"Nie eens om my waarlik te laat glo nie?"

Hy staar voor hom uit, staan dan op om nog hout op die vuur te gooi. Hy probeer tyd wen, dit kan ek sien, maar hy maak 'n groot fout as hy dink dat ek hom weer sal laat wen.

Ná wat soos 'n ewigheid voel, draai hy om en kom langs my sit. Hy neem my hande in syne. 'n Doodgewone gebaar, maar een wat tot die ongewone lei. Want 'n kalmte neem van my besit. Nie die normale nou-voel-ek-beter-want-'n-mooi-man-hou-my-hand-vas-kalmte nie. Dis anders. Dis soveel beter. 'n Totale aanslag op my sintuie. My sig verdof, die klanke van die sputterende vuur word uitgedoof, my hande, voete, lyf, kop, álles word rustig. Asof daar 'n slaap oor my kom. Maar ek is nog wakker, bewus. Dis net anders. Rustig. Kalm. Vredevol. Liefdevol.

Toe weet ek dat Migael 'n engel moet wees. 'n Ware, deur God ge-stuurde engel. Geen mens kan so 'n invloed op iemand anders hê nie. Geen mens kan jou so totaal van jou sintuie, van jou sinne be-roof en jou steeds tot kalmte bring nie. Geen mens kan jou so to-taal met sy aanwesigheid oorrompel nie. Geen mens kan liefde so uitstraal nie.

Ek wil hom nie verder vertel van die hel waarin ek was en wat ek gesien het nie. Veral nie nou nie. Tog weet ek ek moet, dat ek dit in elk geval sal doen. Vir myself, sodat ek sin kan maak uit my lewe. Ek was nog altyd inherent 'n selfsugtige mens.

"Ek was siende blind omdat ek dit so verkies het. Dalk sou ek steeds so gewees het as dit nie vir Lucky was nie. En vir Annette.

"Die volgende dag het ek skaars in my motor geklim toe daar 'n boodskap van Jake deurkom: *Lanklaas gesien. Kom drink koffie.* Dit was die eerste van baie sulke boodskappe wat ek ontvang het. En soos dit 'n goeie werknemer betaam, het ek van roete verander en klub toe gery. Ek wou in elk geval sy geld vir hom gee, nog voorraad kry."

Ek sluk hard, skud my kop.

"Wat wou hy hê?"

"'n Les. Hy wou my 'n les leer."

*   *   *

Jake staan agter sy lessenaar. Die altyd teenwoordige Quintin met sy slangogies sit met 'n tydskrif op 'n stoel voor die koffietafel.

Hy freak my uit. Jake is anders. Ek is onder geen wanindruk nie, ek weet dat daar onder sy rustige stem wreedheid skuil, maar ek is nie regtig bang vir hom nie. Nie soos vir Quintin nie.

Jake glimlag toe ek die pak note voor hom neersit, kyk skaars daarna. "Sit."

Ek gaan sit.

"Ons gesprek van nou die dag het my ontstel. Dit wil voorkom asof ek verkeerd was oor jou. En ek hou nie daarvan om verkeerd te wees nie."

Ek maak my mond oop om te protesteer, maar hy skud sy kop.

"Ek werk volgens reëls, en reëls moet nagekom word. Dit werk so: vir 'n eerste oortreding, soos joune, leer ek jou 'n les. Ek wys vir jou waar jy kan beland. Waar ék jou kan laat beland. Ek vind dit maak die oortreders dankbaar vir waar hulle is, vir waarvandaan hulle werk. Ek het vir jou 'n takie." Hy tel 'n sak van die lessenaar op en hou dit na my uit. "Lewer dit by hierdie adres af," hy hou 'n papiertjie na my uit, "sodat jy die werklikheid van dealers kan sien."

Ek staan op, neem my sak ook, maar hy skud sy kop. "Jou sak kan hier bly."

Toe ek die deur oopmaak, praat hy weer. "Jy klop, tel tot twee, klop weer. Onthou dit, net dit sal jou inkry. Moenie terugkom vir jou voorraad voordat jy nie die sak afgelewer het nie."

Die adres is dié van 'n ou woonstelblok in 'n buurt wat berug is vir misdaad. Waar dwelms, prostitusie en moord hand aan hand loop. Lank gelede moes dit een van die spogwoonstelblokke in die stad gewees het, maar nou lyk dit sleg met verf wat afdop en lelike vlekke teen die mure.

Ek kyk weer na die adres op die papiertjie, dit ís die regte plek. Woonstel nommer dertien. Toeval? Ek haal diep asem, probeer ontspan, hou die mense dop wat by my motor verbyloop voor ek uitklim.

Ek wil nie hier wees nie. Nie in hierdie buurt nie. Ek weet ek kon geweier het, maar nuuskierigheid dwing my die trappies op na die tweede verdieping. Ek wil sien waarmee Jake my dreig. Hoe kan hy dink dat hy my hiér kan laat beland?

Die mure weerskante van die trappe is smerig vuil, die handreling swart van al die hande en lywe wat daarteen skuur. Ek is versigtig om nie aan iets te raak nie. Voor nommer dertien haal ek eers weer diep asem, klop, tel tot twee, klop. Niks.

Weer klop ek, tel tot twee, klop. Ek wag. Toe ek moedeloos weer my hand lig, gaan die deur op 'n skrefie oop. Die oë wat na my staar, is dood. Ek het genoeg bedwelmde tieners gesien om te weet dat sy kyk nie dáárvan dood is nie. Dis iets anders.

Hy kyk lank na my, laat sy blik dan teen my lyf af beweeg. Toe hy die sak raaksien, maak hy die deur oper. Met sy een hand beduie hy my binnetoe. Ek staan eers onseker, voor ek die sak optel en die woonstel binnestap. Die reuk wat drukkend om my vou, laat die naarheid in my keel opstoot en ek moet vinnig sluk. Urine, die sweetreuk van lank ongewaste lywe, ander slegte reuke. Ek hou my asem op, nie vir lank nie, ek moet tog asemhaal.

"J kies julle al hoe mooier."

Ek hou die sak na hom uit. Hy neem dit, dop die inhoud op 'n tafel uit en begin tel. Terwyl hy besig is, kyk ek in die woonstel rond. Die mat is só aangepak van vullis dat dit moeilik is om die kleur daarvan te raai. En op die mat lê 'n figuur doodstil. Of dit 'n man of 'n vrou is, kan ek nie sê nie. Langsaan lê 'n glaspyp.

"Is hy dood?"

Die man kyk op van die dwelms op die tafel. "Nee, hy slaap net sy roes af. Behoort enige oomblik wakker te word."

Dis 'n klein woonstel: oopplansitkamer, -eetkamer en -kombuis, 'n vertrek wat daaruit loop. Die slaapkamer, neem ek aan. Ek stap nader sodat ek in die vertrek kan kyk. Op 'n vuil dubbelbedmatras lê twee figure, die een met bloed aan haar gesig wat haar hare hard laat koek het. Die ander lig haar kop toe sy van my bewus word. Sy glimlag 'n swarttandglimlag wat maak dat ek vinnig terugtree.

"Is sy dood?"

Hy kom langs my staan. "Nee, nog nie. Hoe lank sy nog aan die lewe gaan bly met daardie boyfriend van haar, weet ek nie. Wanneer hy haar so slaan, is dit hier waar sy skuiling kom soek."

Hy staar 'n rukkie na die figure voor hy na my draai. "Kom, ek stick jou vir 'n koppie koffie."

"Nee, dankie."

"Hoekom dink jy het J jou na my gestuur? Ek het ook werk om te doen. Kom."

Ek volg hom buitentoe, met die vuil trappe af, na die sypaadjie. Hy stap voor, ek volg naby hom, bang om aan die lywe om my te raak. Bang dat hulle aan mý sal raak. Voor nog 'n woonstelblok sit 'n vrou met 'n pap baba aan haar bors, 'n zol tussen haar vingers. Die reuk is onmiskenbaar. Ek voel naarder met elke tree wat ons gee.

By 'n vuilerige winkel stap hy in, gaan sit by een van die tafeltjies. Ek wens dat ek iets by my gehad het om oor die sitplek te gooi.

"Sit," sê hy toe ek besluiteloos rondstaan.

Ek neem versigtig plaas.

"Die plek lyk dalk nie na veel nie, maar hulle maak die lekkerste koffie."

Hy beduie na iemand agter my, hou twee vingers op. "Wat is jou naam?"

"Emmie." My stem klink vreemd, nie soos my eie nie.

"Ek is Lucky. Dis my naam – lucky was ek lanklaas." Hy gee 'n hartseer glimlag. "Dis 'n ou trick van Jake Muller: om die rookies wat skielik 'n conscience ontwikkel na my te stuur. Sodat ek julle op sy regte pad kan help."

Die koffie word deur 'n oorgewig, nors vrou op die tafel neergesit.

Lucky gooi suiker in, roer en vat 'n groot sluk. Uit ordentlikheid tel ek ook my koppie op. Ek sal vanaand maar net 'n goeie dosis Vermox sluk, besluit ek, en is verras toe die koffie my smaakkliere tref. Dit ís lekker.

"Jou mos gesê," lag Lucky. "Nou toe, laat ek begin vertel. Dis 'n storie waarmee ek jou dae lank kan entertain, maar ek is al so gatvol daarvoor dat ek dit tot die minimum gaan beperk. Ek het 'n lewe gehad voor dwelms, 'n werk, 'n kar, 'n huis. Toe gaan my pa dood en ek moet na my ma kyk. Die ander broer en susters kon dit nie bekostig nie. Of wou nie. Nie eens toe ek hulle gaan smeek het vir hulp nie. Want toe word sy siek, Alzheimers, en moes in 'n tehuis opgeneem word, wat 'n fortuin kos. Ek wou haar nie in 'n staatsinstansie laat vergaan nie, en ek kon nie na haar kyk nie, ek moes werk. Deur vriende het ek met Quintin kennis gemaak, en hy het my aan J voorgestel. Alles het goed gegaan totdat ek 'n conscience ontwikkel het en wou uit. J het dit so bewerkstellig dat ek my job kwyt is, my huis en my kar."

"Hoe?"

"'n Anonieme oproep na die polisie: dwelms in my besit. Baie dwelms, wat J natuurlik in my huis laat plant het. Toe word ek vir 'n ruk opgesluit. Ek het nogal gedink dit kan nie so bad wees nie, ten minste is ek uit sy kloue. Ek was verkeerd. Sy invloed strek tot in ons tronke. Ek het hel op aarde gehad.

"Toe ek uitkom, is ek na my ma. Omdat ek nie die betalings kon doen nie, is sy oorgeplaas na 'n staatshospitaal. Dit het sleg gegaan met haar. En ek het nou 'n rekord. Niemand wou my aanstel nie. Ek is druipstert terug na J.

"En hy was so gaaf," hy glimlag hartseer, "om hierdie woonstel vir my te gee. Hy betaal al my ma se rekeninge. Sy word goed versorg, so ek mag nie kla nie. Daarvoor is ek dankbaar. In ruil daarvoor het ek my siel aan hom verkoop. Dis nie die soort plek waar jy wil beland nie, Emmie. Hier gebeur dinge wat 'n mens nie moet

95

sien nie. Soos die arme prostituut wat telkens deur haar boyfriend-pimp gemoer word omdat sy nie genoeg cash terugbring nie. Of omdat sy die cash by my kom blaas, sonder hom. Of soos die vrou met die baby by wie ons nou net verby is, sy is lief vir haar kind, ek is seker daarvan, maar haar craving is groter. My woonstel het die wegkruipplek geword vir junkies. Soms bly hulle dae lank, en al wat hulle doen, is use. Hoe het jy in hierdie gemors beland?"

"Ek vra myself daardie vraag elke dag af." Ek kan hom nie in die oë kyk nie.

"Waar is jou afsetgebied?"

"Partytjies, ek verkoop aan skoolkinders. Soms gaan ek strate toe."

"Kom ek gee jou raad, Emmie: bly weg uit die strate, al wat daar wag, is moeilikheid. Konsentreer op jou skoolkinders. En moet nooit, ooit op skuld verkoop nie. Maar die beste raad wat ek jou kan gee: bly in J se goeie boekies. As jy in is, is jy in. Hy is ruthless, hy skroom nie om te moor nie. Nie hy persoonlik nie, hy maak nie sy hande vuil nie, maar sy boys hou daarvan om ander te sien ly. Sorg dat jou kant skoon bly. En bid dat jy uit hierdie gemors kan kom en dat jy nooit hier beland waar ek nou is nie. Ek word elke dag omring deur die skuim van die mensdom. En ek praat nie net van my customers nie."

Hy drink die laaste van sy koffie, staan op om te betaal.

Toe ons weer verby die vrou met die baba loop, lê hulle albei vas aan die slaap.

"Hoe kan jy so lewe? Hoekom kom jy nie uit nie?"

"Hoe? En my ma? Wat word van haar? Ek doen dit vir haar."

"Daar móét 'n manier wees. Gaan polisie toe."

"J se invloed strek te ver."

Voor die woonstelblok gaan hy staan, draai na my. "Jy hoort nie hier nie. Sorg dat jy nooit hier beland nie. Ek haat dit om dwelms te verkoop. Ek haat dit om die pyn wat dit bring te aanskou. Maar ek is vasgevang. Sorg dat jy nie word nie. Die skuim van die mensdom beland hier, Emmie. 'n Junkie se soeke na sy volgende high sal hom maak lieg en bedrieg en steel. Wees versigtig."

Hy byt hard op sy onderlip. "Jy weet jy is in jou moer as jy begin bid dat jou ma moet doodgaan, sodat jy uit hierdie hel kan losbreek. Want dan sál ek. Dan kan J aan my doen wat hy wil."

Laataand val ek moeg op die rusbank neer, my kop so vol van Lucky, van die kinders wat vanaand weer met natgeswete note voor my gestaan het, dat ek nie eens die moeite doen om die ligte aan te skakel nie.

"En as jy so in die donker sit?" onderbreek André my gedagtes. Hy skakel die lig aan. "Moeilike dag gehad?"

Ek glimlag. "En hoe."

Hy kom sit langs my, neem my hand in syne. "Wat maak jy op hierdie personeelvergaderings?"

"Sorg dat elke woord neergeskryf word, juffrou Engelbrecht, woord vir woord!" maak ek meneer Meyer se stem na. "En dan moet ek ook nog sorg dat almal koffie en tee het. En eetgoed, as daar is. Soms haat ek my werk!"

"Ons moet almal maar soms iets doen waarvan ons nie noodwendig hou nie."

"Kan jy weer sê."

"Is hier iets om te eet?"

Ek kyk skuldig op na hom. "Nee, ek was nie lus om iets te maak nie. Ek kan gou . . ."

Hy skud sy kop. "Nee, los. Jy is moeg, ek sal vir ons iets gaan kry. Sommer pizza? Maar eers gaan ek vir jou 'n lekker skuimbad tap. Terwyl jy lê en soak, gaan kry ek kos, oukei?"

Ek knik dankbaar. Wat het ek gedoen om hom te verdien?

Toe ek later, kamerjas aan, hare nat oor my skouers, kaalvoet die sitkamer binnestap, moet ek glimlag ten spyte van my moegheid. André het moeite gedoen. Kerse aangesteek, reusepizza in die middel van die tafel, 'n glas rooiwyn vir my. Whisky in sy glas?

"Kom sit," sê hy en trek die stoel vir my uit.

Ek reik na 'n sny pizza, maar hy keer vinnig. "Eers 'n toast."

Hy lig sy glas na my. "Op jobs wat nie altyd lekker is nie, maar wat gedoen moet word!" Ons klink glase, elkeen neem 'n groot sluk.

"En dié? Ek dog jy drink net bier?" beduie ek na sy glas, tel die bottel whisky op om dit van nader te bestudeer. "Chivas Regal? Maar is dit nie baie duur nie?"

"Een van die perks van kroegman speel!" lag hy.

Toe daar net krummels oor is, staan ek op en gaan sit op die rusbank.

"Nog 'n glasie?"

Ek skud my kop. Hy skink vir hom nog whisky en kom langs my sit. Oudergewoonte laat ek my voete op sy skoot rus. Hy begin eers saggies, dan al harder aan my voete druk en ek kreun van plesier.

"Wat jy nodig het, is 'n ordentlike ruskans. Wat van ons gaan weg vir 'n naweek? Iewers waar ons nog nie was nie."

"Dit klink lekker, maar sal jy kan afkry? Naweke is seker baie besig by die klub." En my naweke is altyd besig!

"Vir jou, my skat, maak ek 'n plan." Hy leun vooroor, plant 'n soentjie op my neus. "Kom ons gaan bed toe."

Dan sal ek ook 'n plan maak, besluit ek.

"Hoe uitnodigend dit ook al klink, ek moet seker eers skoonmaak," beduie ek na die tafel.

"Los. Ek sal dit môreoggend doen."

Dis my beurt om na hom oor te leun. Sy lippe is sag en warm onder myne. "Dankie. Ek is lief vir jou, André," fluister ek sag.

As antwoord staan hy op, tel my in sy arms en stap met my kamer toe.

Hoofstuk 11

Ek sug, vryf met my vingerpunte oor my slape, maak my oë toe. Ek wil nie aan André dink nie!

"Ek het gehoor wat Lucky sê. Ek het hom geglo, maar ek het ook geweet dat dit nie met my sou gebeur nie."

"Omdat jy dit geniet het om dwelms te verkoop."

"Ja, ek het gevoel ek is nodig. En ek het van die geld gehou."

"En die tieners? Annette?"

"Die meeste van die tieners was te jonk vir klubs. En die klubs wat nie juis na identiteitsboekies gekyk het nie, was blykbaar nie die moeite werd nie. Dus is die meeste van hulle na huispartytjies. Wanneer niemand se huis beskikbaar was nie, sou hulle een-voudig 'n perseel huur, soos die skuur op die plaas buite die stad. Die meeste van hulle het slegs naweke dwelms gebruik. Baie het elke dag. Maar ek kon ook nie miskyk dat baie van dié wat slegs naweke by my gekoop het, ook later in die week by my kom aanklop het nie. Mettertyd het ek hul name leer ken: Annette Beyers, Simon Meiring, Sean Hattingh en Carl Naudé. Hul gevalle was nie geïso-leer nie. Daar was heelwat soortgelykes. Dalk ook erger. Maar vir die doel van ons gesprek," ek glimlag vir Migael, "sal ek jou van hulle vertel. Omdat hulle my aan die hart gegryp het."

*   *   *

'n Vakansiedag is 'n seëning, dink ek terwyl ek die straat oorsteek. Ek het later as gewoonlik geslaap; ná die vorige aand het ek die rus nodig gehad. En so pas klaar gegym. Nou kan ek op my tyd deur die winkels drentel. Dalk 'n paar CD's koop. Dis waarvoor ek gebore is, hierdie lewe van luuksheid! As ek maar my werk by die skool kon los en net dit doen wat vir my geld inbring!

"Juffrou! Juffrou Emmie!"

Ek draai verras om, Annette wuif en wink my nader. Sy sit alleen by een van die vele restaurante se buitetafels. Ek stap na haar. "Annette! Dis gaaf om jou raak te loop. Geniet jy ook die vakansiedag?"

"Wil juffrou saam met my 'n cappuccino drink? Carl was veronderstel om my hier te ontmoet, maar hy gaan soos gewoonlik nie opdaag nie. En ek haat dit om alleen by 'n tafel te sit."

Ek het nie iets dringends om te doen nie, so hoekom nie? Ek neem oorkant haar plaas.

"Doen hy dit baie?"

'n Kelner staan nader en ons bestel.

Annette sug. "Ek is al gewoond daaraan. Deesdae is ek eerder verras as hy wel opdaag."

"Dis nie mooi van hom nie."

"Nee," stem sy skouerophalend saam, "maar dis Carl."

Bitterheid hoort nie by so 'n jong mens nie, dink ek toe die cappuccino's voor ons neergesit word en ons suiker byvoeg. "Kan ek jou iets vra? Iets persoonliks?"

"Natuurlik, juffrou."

"Ek weet ek ken nie vir Carl nie, en dit het niks met my te doen nie, maar hoekom laat jy dit toe? Hy behandel jou nie juis met respek nie. Dink jy nie jy verdien beter nie?"

101

Sy lag. "Respek? Watter ou het deesdae nog respek vir 'n girl?"

"Heelwat, dink ek."

"Het juffrou se boyfriend respek vir jou?"

"Ek sou so dink."

"Dan is juffrou gelukkig."

"Annette!" roep iemand.

Skielik word die tafel omring. Van die gesigte herken ek, nie almal nie. Hulle neem by die tafel plaas en ek besluit dis tyd om te gaan. Omdat ek die meeste van hulle ken. Aan hulle gesigte. Aan hulle dwelm. Ek wil nie hulle name ook leer ken nie. Só betrokke wil ek nie wees nie.

Hulle groet vriendelik toe ek opstaan en gaan.

Dankie tog, hierdie boring vakansiedag is amper op 'n einde! Het vandag vir Emmie in die mall raakgeloop. Sy's nie so bad nie. Het eintlik vir Carl gewag, maar hy't nie gekom nie.

Wat gaan met Simon aan? Ek dink hy het homself as my guardian aangestel! Hy preek en preek en preek! En dit omdat hy 'n pakkie snow in my kamer ontdek het!

Ek het nog nie eens daarvan gebruik nie. Dis vir later. Volgende Saterdag is die netbalproewe. Ek stress kwaai daaroor. En Carl sê 'n lyn snow sal my beter laat voel en sal maak dat ek beter speel. So, die snow is vir dan.

Ek's gatvol vir Simon se gepreek! Sean sê hy wil ook al mal raak. Carl sê: Los die ou, hy't die lig gesien. Maar hy weet nie hoe dit voel om elke dag voor gepreek te word nie.

Saterdag. Groot rugby-en-netbaldag. Een van die vele voordele om vir 'n skool te werk: staan vroeg op op 'n Saterdag om die kiosk te beman. Ek háát dit. Ek sou eerder nog agter André se rug wou lê. Saam met hom opstaan, vir hom ontbyt gee voor hy moet gaan werk.

Ek wens ek kon hierdie werk los, dat ek net my tweede beroep kon doen. Ek is goed daarmee, ek maak goed geld. Maar ek moet soos 'n neet klou aan hierdie verspotte werk omdat dit 'n dekmantel is.

Daarom staan ek gedwee op toe die wekker lui, trek aan en ry skool toe. Waar ek sukkel om parkering te kry. Waar ek swetend, al is dit die middel van die winter, eindelik by die kiosk aankom. Waar ek gekonfronteer word met kaste koeldrank wat nog nie in die yskaste gepak is nie. Met honderde worsrolletjies wat nog gemaak moet word. Met die walglike reuk van pannekoek wat reeds in die lug hang. Kyk, ek is gek oor 'n pannekoek of tien, maar nie so vroeg op 'n nugter maag nie!

Ek gryp eerstens na die koffiekan, skink vir my 'n groot beker en sluk dit af voor ek die kaste koeldrank begin uitpak. Ons bly besig. Kinders en grootmense kom en gaan. Baie van die kinders ken ek. Of dan, hulle dwelm. Dit laat my ongemaklik voel om hulle hier te sien. Gedurende skool is dit makliker. Hier in die buitelug voel dit net verkeerd om te weet wat hulle buite skoolure doen. Aan hulleself doen. Ek moet toegee dat die kinders wat die meeste gebruik nie eintlik na sulke sportdae kom nie. Die klomp wat wel hier is, is van die ligte gebruikers.

"Juffrou Emmie!"

Ek hoor Annette voor ek haar sien. Langs haar staan twee seuns, die een lank en maer, die ander korter, frisser. Albei het rugbytruie aan. Die frisse is 'n kliënt, die ander een ken ek nie.

"Hallo, Annette," groet ek en loer onderlangs na die ander mense in die kiosk, skielik bang dat die kinders openlik dwelms gaan vra.

"Geluk, Annette, jy het pragtig gespeel," praat 'n ouer agter haar en sy draai stralend om.

"Dankie, oom," sê sy beleef en draai terug na my toe.

"Ek is bly om te hoor dat jy goed gespeel het, Annette. En wie is Carl?" wil ek weet terwyl ek na die seuns kyk.

Sy lag. "Nie een nie! Dis Simon," sy wys na die lang, maer een, "en Sean. Carl is nie meer in die skool nie. Ek het gehoop hy sou vandag hier wees om te kom kyk, maar nou ja."

"Juffrou ken my mos," sê Sean en knipoog vir my.

Ek voel hoe my hart teen my ribbes begin skop, kry dit darem reg om met 'n kopknik en 'n glimlag te reageer.

"Ek glo nie juffrou ken vir Simon nie. Hy is nou wel my brother from another mother, maar hy is deesdae so 'n goody two-shoes dat 'n mens dit nooit sou raai nie!"

"Inderdaad," sê Simon terwyl hy reguit na my kyk. En dis nie 'n vriendelike kyk nie. Ek kyk vinnig weg.

"Om ons oorwinning te vier, hou ons vanaand 'n partytjie by my huis," sê Annette onderlangs en gee vir my 'n opgevoude briefie. "My ouers is in Europa vir 'n paar weke, so die plek is myne!"

"'n Partytjie is 'n goeie idee," sê ek en gee die drie koeldranke wat hulle bestel het aan.

Tienuur die aand hou ek voor die indrukwekkende huis stil. Ek stap in, word begroet asof ek 'n verlosser is. Vir 'n waansinnige oomblik voel ek wel soos hulle verlosser. Dis tog wat ek doen: ek bring vir hulle verlossing.

Geldnote word in my hand gestop en ek haal vinnig die dwelms uit, begin uitdeel. Vyftien minute. Jy kan hulle time, dink ek half geamuseerd. Vyftien minute, dan is hulle transformasie voltooi. Word die kinders roekeloos. Wild. Sonder inhibisies. Ek staar soos soveel keer tevore na hulle. Dis vreesaanjaend, maar op 'n perverse manier ook fassinerend.

Ek bly nooit lank nie. Te bang iemand sien my. Te bang iemand vang my. En dis nie lekker om die enigste een te wees wat nie op 'n high is nie.

Ek voel die hand op my arm en draai om. Sean.

"Het jy nog coke?" snuif hy.

"Het jy nog geld?"

"Jy kan mos maar op skuld gee."

"Jy weet ek doen dit nooit."

"Een keer. Vir my. Jy ken my tog."

"Nee. Kontant is al wat ek ken."

"Asseblief, Emmie," smeek hy.

"Hoekom leen jy nie 'n paar rand by jou vriende nie?"

"Dit doen ek nie."

"Dan kan ek jou nie help nie."

Ek draai om en stap uit. Op skuld sal ek nie verkoop nie. Hy gaan net weer en weer koop, en later met te veel skuld sit. Lucky se woorde is nog te vars in my kop.

Ek voel sleg. Naar en bewerig. Toe ek by Carl kla, sê hy dit sal later beter word. Ek moet baie water drink om dit uit my gestel te spoel. Toe sê ek ek kan nie water drink nie, ek is te naar.

Toe sê hy dis omdat ek 'n vraat van myself gemaak het, ek is besig om te crash. Ek moet óf 'n Valium drink óf nog 'n lyn doen, maar ek moet ophou om in sy ore te kerm. Toe ek begin huil, het hy aangetrek en geskreeu dat hy gatvol is vir kinders en uitgestorm! Dis nou my boyfriend.

En gister was so 'n lekker dag! Ek het nog nooit so goed gespeel nie! Ek kon daardie bal asof in slow motion na my toe sien aankom!

En die party was great! Ek het gedink E is die wonderlikste ding wat nog uitgevind is, maar toe probeer ek gister coke. WOW! My eerste snuif het gebrand asof iemand vuur in my neus maak. Dit was my eerste gedagte – dit brand. En toe: Is dít nou waaroor al die fuss gaan? Tot daai wave my tref. Toe is dit lekkerder, beter as E. Dit was awesome. Totally. Net jammer ek het nie geweet hoe ek vanoggend gaan voel nie.

Hoofstuk 12

"Die ergste ná so 'n aand was dat ek die volgende dag met moeite in die oë van die vyf- en sesjariges in my Sondagskoolklas kon kyk."

Ek kyk verskonend na Migael. "Ek het elke Sondag gewonder hoeveel van hulle dieselfde pad oor tien jaar of dalk selfs vroeër sou loop. En gewens ek kon hulle daarteen waarsku. Maar ek het nooit geweet hoe nie."

"Jy het nooit probeer nie?"

"Soms. Maar dan was dit asof iets my keer. Asof ek 'n bespotting sou maak van alles waarvoor ek staan. Nie dat ek pro-dwelms was nie," keer ek vinnig, "maar ek was ook nie meer noodwendig daarteen nie."

"Selfs al het jy gesien wat dit aan die kinders doen?"

"Selfs toe," moet ek erken. "Ek kan dit nie beskryf nie, ek het tegelyk gewalg en gefassineer gevoel."

"Maar jy het nooit self probeer nie."

"Nee." Ek skud my kop beslis. "En nie net omdat Jake dit uitdruklik verbied het nie. Ek was net nooit so desperaat nie."

Migael sug. "Ek sukkel om dit bymekaar te bring, hierdie dubbele lewe wat jy lei. Aan die een kant verkoop jy dwelms aan kinders, aan die ander kant leer jy kinders van God. Aan die een kant kyk jy toe terwyl kinders hulle gesondheid in gevaar stel, aan die ander kant sorg jy dat jy gesond bly deur te oefen en gesond te eet."

"Ek weet ook nie. Ek het kerk toe gegaan omdat dit van my verwag is. Ek het Sondagskool gegee omdat dit van my verwag is, nie omdat ek wou nie. Want jy kan nie God en Mammon gelyk dien nie. En Mammon het my lewe oorgeneem. Dit het alles wat lig was uit my lewe gesuig, tot net die swart oorgebly het. Ek dink ek was by die kerk betrokke as 'n soort boetedoening. Sodat ek minder skuldig moes voel."

Migael skud sy kop, en ek kan nie anders nie, ek moet saam kop skud.

*   *   *

Net ná eerste pouse laat Sean my opskrik van die brief waaraan ek sit en tik. 'n Taamlik bebloede Sean.

"Juffrou, ek moet meneer Meyer kom sien."

"Wat het gebeur?" wil ek weet, my hand reeds op die telefoon.

"Dis daardie donderse Simon!" snuif hy verwoed. "Juffrou moet versigtig wees, hy sit dalk die polisie op juffrou!"

Ek skrik. "Wat bedoel jy?"

"Hy het mos die lig gesien en is nou skoon. Nou dink hy hy kan vir almal preek! Hy weet dat ek net nou en dan iets gebruik. Ek's nie 'n junkie nie! En nou sien hy kans om vir my te preek. Ek het nie sy hulp nodig nie, ook nie sy gebede nie!"

Ek bly onseker met die telefoon in my hand staan. Moet ek vir Sean na meneer Meyer stuur? Sal iemand agterkom as ek hom net laat loop? Want wat sal gebeur as Sean my naam daar binne laat val?

Asof hy my gedagtes kan lees, sê hy: "Juffrou hoef nie bekommerd te wees nie, ek sal niks sê nie. As een van ons waag om ons dealer se naam bekend te maak, sal die ander sorg dat ons gestraf word. Dis 'n ongeskrewe reël, maar een wat niemand sal waag om te verbreek nie."

"Jy het dan pas gesê dat Simon . . ."

"Hy sal nie. Ek sal daarvoor sorg."

Ek moet sou gou as moontlik met Simon praat. "Waar is hy?"

"Siekeboeg."

Ek skakel meneer Meyer en neem Sean dan tot by die kantoordeur. Toe vra ek een van die ander om 'n ogie oor my telefoon te hou en storm siekeboeg toe.

Daar is 'n verpleegster by hom toe ek daar aankom. "Kan ek gou met hom praat? Alleen?"

Sy stem teësinnig in en gaan uit, trek die deur agter haar toe.

Ek kyk verskrik na die gekneusde gesig voor my. As ek gedink het Sean lyk sleg, is dit niks in vergelyking met Simon nie. "Simon? Wat het gebeur?"

Hy kyk duidelik gewalg na my en draai net sy kop weg.

"Simon, asseblief, ek wil net help."

Toe hy terugkyk, is daar woede in sy oë. "Miskien moet jy na mense soos Sean en Annette kyk, dan sal jy dalk besef dat jy genoeg 'gehelp' het. Ek wil nie met jou praat nie, jy kan maar gaan. Indien jy bang is dat ek iets sal sê – jy hoef nie te wees nie. Dink jy dit lyk erg?" Hy wys na sy gesig. "Dit sal soos grimering lyk teen wat die ander met my sal doen as ek iets sê."

Ek draai om. Siek tot in my maag vir myself, maar dankbaar dat ek veilig is. Met lam bene loop ek terug na my kantoor.

Ek sien hoe Sean se ouers opdaag, ek sien hoe hulle hom wegneem. Ek sien hoe bekommerd meneer Meyer lyk. Ek sien al hierdie dinge en 'n ysige hand klem om my hart.

Tweede pouse val daar harde woorde in die personeelkamer.

"In my skool!" vaar meneer Meyer uit. "Die kind was so bedwelm dat hy skaars regop kon staan!"

Ek weet darem nie so mooi daarvan nie, meneer, wil ek sê. Vir my het hy nie onder die invloed gelyk nie.

"Hy is so 'n voorbeeldige seun," meen iemand.

"Was. Hy wás 'n voorbeeldige seun. Sy gedrag die laaste tyd laat veel te wense oor. Dis nie die eerste keer dat hy in die moeilikheid is oor 'n bakleiery nie, en dit met sy beste vriend. Die twee was nog altyd onafskeidbaar. Ek sou nooit kon dink dat hulle handgemeen sou raak nie. En dit omdat Simon blykbaar die moed gehad het om met Sean oor sy dwelmgebruik te praat."

Die koppe knik. "Dis so hartseer, iemand so talentvol soos Sean."

Dit ís hartseer, ook vir my sak, dink ek en voel onmiddellik skuldig.

"Gaan hy na 'n rehabilitasiekliniek, meneer?" vra iemand.

"Dis gelukkig nou sy ouers se probleem. Ek het hulle gekontak en hulle het hom kom haal. Maar," hy kyk kwaai oor sy bril na almal, "ek wil hê hierdie euwel moet met wortel en tak uitgeroei word! Gebruik elke oomblik tot julle beskikking om die kinders in te lig oor die gevare van dwelms. Miskien is dit nodig dat ons die polisie weer inkry met hulle snuffelhonde. Ek sal dit reël," hy kyk na my, "en dalk moet ons ook iemand kry wat met die kinders kan kom praat. Iemand met ondervinding." Hy kyk weer na my.

Want natuurlik is dit ék wat alles moet reël.

111

Simon en Sean het vandag by die skool baklei. Fok! Ek het my doodgeskrik. Ek het nog nooit so iets gesien nie. Sean sê dat dit Simon se skuld was, en Simon sê dit was Sean.

Ek glo vir Sean, want Simon is deesdae so 'n pyn in die ass! Tot ek wil hom soms 'n klap gee. En ek hou van Simon. Ek is lief vir Simon. Hy is dan soos my broer. Maar ek is lief vir Sean ook. Ek wil nie hê my twee beste vriende moet baklei nie. En dit oor drugs! Almal gebruik drugs! Wat is Simon se probleem? Net omdat hy dit nie kon hanteer nie en in 'n inrigting beland het, beteken nie dat ons dieselfde paadjie gaan loop nie. Ons weet waar ons limit is!

Ek MOET vandag score. Gaan by Carl probeer kry. Maar hy's ook so suinig. Sny twee lyne, maar syne is altyd dikker. Emmie het gesê ons mag nie meer na haar woonstel kom nie, so Carl is my enigste opsie. Moet daaraan begin dink om my eie stash aan te hou.

Die aand van die skool-fight oefen ek harder as gewoonlik in die gym, hoop dat die demone van die dag saam met die sweet van my lyf sal verdamp. Ek ry moeg woonstel toe, waar André al vir my wag.

Toe my selfoon 'n boodskap aankondig, stap ek met 'n sug uit sy omhelsing. Asseblief, net nie weer iemand wat dwelms wil hê nie. Nie vanaand nie. Ek is moeg om laataand uit die huis te sluip terwyl André salig onbewus lê en slaap. Ek is moeg om "gou winkel toe te ry vir sjokolade". Ek is moeg daarvan om altyd laat te wees vir ons afsprake. Of vroeg te moet loop. Dat hy nie al moeg is vir my nie, vir my verskonings . . .

Ek maak die boodskap oop en kyk verskrik na die foto waar ek 'n pakkie wit poeier aan 'n kind oorhandig. Lees die boodskap onderaan: *Foto vi jo. Pol sl drʋn ho.*

"Wat is fout?"

Ek klap my selfoon verskrik toe. "Niks!"

Ek skud my kop, vervolg stadiger: "Niks, ek is sommer net moeg. Dit was 'n harde dag. Kinders wat baklei het en bebloed die kantoor instorm . . ."

"Boys will be boys," lag André.

"Inderdaad."

Die deurklokkie lui en terwyl my hart teen my ribbes skop, kry ek dit tog reg om gemaak kalm te vra: "Wie kan dit tog wees?"

Ek maak die deur versigtig oop. "Simon?" wil ek ongelowig weet.

"Kan ek inkom?"

"Kom in." Ek laat hom eerste instap.

"André," sê ek toe ons voor hom staan, "dis Simon. Hy is 'n leerling by die skool. Gee jy om as ek gou alleen met hom praat?"

André kyk lank na Simon se vernielde gesig voor hy sê: "Ek gaan takeaways koop. Chinees goed vir jou?"

"Dit sal lekker wees," glimlag ek dankbaar.

Ek wag tot André die deur agter hom toegemaak het, skink vir ons elk 'n glas koeldrank en nooi Simon om te sit.

"Ek is jammer as ek vanoggend ongeskik voorgekom het, ek is regtig. Maar ek is vir jou ook kwaad." Hy praat moeilik deur sy geswelde lippe.

"Hoekom?"

"Jy verkoop gif aan my vriende en jy wil weet hoekom ek kwaad is?" Hy lag vreugdeloos.

"Sal dit help as ek sê ek wil dit nie verkoop nie? Ek doen dit omdat ek moet." Omdat ek bang is vir wat Jake aan my en my ouers kan doen.

"Moet dan nie. Asseblief, hou op."

"Hulle sal dit tog net by iemand anders kry."

"Dis waar," knik hy, "maar jy is nie 'n slegte mens nie. Jy lyk nie eens soos 'n dealer nie. Jy behoort dit nie te doen nie."

"Ek het nie 'n keuse nie."

"Gaan dan polisie toe."

"Sal dit jou vriende help?"

"Seker nie."

"Ek is jammer dat jy en Sean vandag baklei het. Was julle baie na aan mekaar?"

Hy bly lank stil voor hy sê: "Ek en Sean en Annette is al vriende vandat ons klein was. Ons ouers is vriende, so ons het nie juis 'n keuse gehad nie."

"En julle het saam dwelms begin gebruik?" raai ek.

114

"Ja, sommer vir die sports. Carl, Annette se boyfriend, het dagga en ecstasy gehad. Ons het sommer so saam met hom gekuier."

"Toe raak julle verslaaf daaraan?"

"Nie dadelik nie. Hy het ons voorgestel aan ecstasy. En ek moet erken, dit help vir alles. Jy kry selfvertroue, jou skaamheid verdwyn. Jy vergeet dat jy 'n lomp, puisierige tiener is. Annette glo dat dit haar help om maer te bly. Die probleem is net dat jy later nie meer wil ophou nie. Jy raak verslaaf aan die goedvoel-gevoel."

"Jý het opgehou."

"Met moeite. En geluk. En baie hartseer. En baie pyn."

"Sal jy my vertel?"

Hy glimlag effens. "Is jy seker jy wil hoor? Dis nie 'n mooi storie nie."

"Ja, ek wil hoor."

"Ek was by 'n huispartytjie. Elkeen moes 'n bottel drank saambring. Die gasheer het al die drank in 'n groot emmer gegooi. Hieruit kon jy skep soveel jy wil. Ek het my glas vir 'n paar minute op 'n tafel gelos terwyl ek gedans het. Iemand moes dit gespike het. Daar was E in die glas, baie E. Ek weet nie wie dit gedoen het nie, ek sal seker nooit weet nie."

Hy vryf moeg oor sy gesig. "Ek kan niks verder onthou nie – die ander het later vir my vertel wat gebeur het. Ek het begin opgooi en toe my bewussyn verloor. My vriende was nie bekommerd nie, hulle het gedink ek het uitgepass, dat ek dit sou afslaap. En ek is seker dat hulle vir die kots aan my lyf en my klere gegril het. In plaas daarvan om my te help, het hulle my na een van die kamers gedra en op die bed laat lê. Ek was ure lank bewusteloos, maar niemand het hulle aan my gesteur nie. Eindelik het Annette my daar gekry en

115

besef daar's groot fout. Sy het Carl geroep en hy het met my hospitaal toe gejaag. Dis sy wat my lewe gered het."

"En daarom skuld jy haar."

Hy knik. "Ja. Hulle het my voor die hospitaal, waar 'n paar verpleegsters rondgestaan het, afgelaai en weggery."

"Hulle het jou nie tot binne gevat nie?"

"Ek neem haar nie kwalik nie, sy was bang. Onder ander omstandighede sou ek dalk dieselfde gedoen het. Gelukkig het die verpleegsters dadelik my simptome herken. Ek was vir vier ure in 'n koma. Toe ek wakker word, het dit gevoel asof ek verstik. Ek het nie geweet waar ek was nie, wie ek was nie. Dit het 'n paar verpleegsters gekos om my te laat verstaan dat dit die ventilator se pyp was wat die gevoel van verstikking gegee het."

"Jou ouers?"

"Iemand, ek dink Annette, het hulle gebel. Hulle was vinnig daar. Toe ek dwelms gebruik het, het ek geglo dat ek wonderlike vriende gemaak het. Maar die aand toe ek hulle die nodigste gehad het, het hulle my in 'n kamer gedruk sodat ek nie hulle party moes bederf nie. Net Annette het haar oor my ontferm, net sy en Sean het my in die hospitaal kom besoek. Toe ek daar uitstap, is ek reguit na 'n rehabilitasiesentrum. Ek wou nooit weer aan dwelms raak nie."

"Ek is bly dat jy nou skoon is, Simon. As jou vriende jou só in die steek gelaat het, hoekom gee jy hoegenaamd nog vir hulle om?"

"Ek weet dat hulle my nie so sou gelos het indien hulle nugter was nie. Was dit iemand anders wat ge-overdose het, het ek dalk dieselfde gedoen. Dit maak my bang dat Annette en Sean nog steeds drugs gebruik. Veral omdat hulle weet wat dit aan my gedoen het. Ek wil nie hê dat hulle hulleself vernietig nie."

"Wat met jou gebeur het, was uitermate erg, maar dit beteken nie noodwendig dat dieselfde met hulle sal gebeur nie."

Hy staar ongelowig na my. "Dit gáán! Daaraan is daar nie twyfel nie. Dis net 'n kwessie van tyd. Sean gebruik elke dag drugs, en ek dink Annette gaan binnekort dieselfde paadjie loop. En die ironie is dat Annette in die eerste plek nooit drugs wou gebruik het nie, ek het haar gedare. En sy sê nie nee vir 'n dare nie."

"Het jy al met hulle daaroor gepraat?"

Hy kyk kopskuddend na my. "Het jy nie gesien hoe goed dit afgeloop het nie?"

"Hoekom praat jy nie met hulle ouers nie?"

"Hulle sal my nooit vergewe nie."

"Maak dit saak?"

Hy staan op. "Natuurlik maak dit saak, hulle is my vriende. Hulle is al vriende wat ek het. Ek het baie verloor, ek wil nie hulle ook verloor nie."

Hy gaan staan in die oop deur. "Pasop vir Sean. En vir Carl."

Oor sy skouer kan ek André die trappe sien opklim. "Hoe bedoel jy?"

"Wees net versigtig, dis al."

Ek kyk hom agterna toe hy verby André die trappe afstap. André wat met 'n breë glimlag die pakke kos vir my oplig om te sien. Ek bly in die deur vir hom wag.

Toe hy voor my staan, vra ek: "Wil jy nie weet hoekom Simon hier was nie?"

"Skoolsake, wat anders? In mý tyd het ons die onderwysers gaan sien wanneer ons 'n probleem het. Maar ek moet toegee, as my skoolsekretaresse soos jy gelyk het, sou ek ook eerder na haar wou gaan."

117

Ek moet die huil keer wat skielik in my opstoot. Wat het ek gedoen om hom te verdien?

Ná ons geëet het, gaan ek stort, al het ek vroeër by die gym gestort. Ek staan baie lank onder 'n baie warm stort, maar die vuilheid wil nie afwas nie.

Daar was vandag mense van een of ander organisasie by die skool, seker 'n kerk. Wat ons kom vertel het van die belofte wat jy maak dat jy 'n virgin sal bly tot jou troue. En as bewys dra jy hierdie ring – hulle noem dit die silver ring thing.

Ek wou vir hulle gil: Julle is clueless! Kyk om julle rond! As jy wil inpas, as jy vandag aanvaar wil word, sê jy ja! Vir seks. Vir drugs. Vir sigarette. Vir drank. Anders is jy 'n uitgeworpene.

Dis hoe ons cope. Dis hoe ons LEWE! Wake up and smell the coffee!

Hoofstuk 13

Migael kyk stil na my, en ek weet ek moet voortgaan.

"Die volgende dag het die polisie opgedaag, gewapen en gehond tot die tande toe. Ek het nie geweet hulle sou daardie dag kom nie. Ek het aangeneem hulle sou my laat weet, aangesien ek dit moes reël. Wys jou net, hulle is nie dom nie. En ek het my gat los-geskrik."

Ek kyk verskonend na Migael, maar hy verroer nie 'n spier nie.

"Ek kon eers nie aan 'n plan dink nie, maar het later besef al uit-weg is 'n sms. Ek het vir Annette en Sean ge-sms: *Honde in skool.* En gebid dat hulle sal verstaan, gebid dat niemand anders moet weet die sms kom van my af nie.

"Ek weet nie hoe die kinders dit reggekry het nie, maar niemand is daardie dag gevang nie. Die polisie laat die verskillende klasse buite in 'n ry staan en laat dan die honde die snuffelwerk doen. Of die honde regtig goed genoeg is, sal ek nie kan sê nie. Dalk is dit eerder 'n geval van hulle hoop vir die beste.

"Wat ek wel weet, is dat ek daardie dag bewend van angs was. Voorheen was ek nooit bang dat ek deur die polisie gevang sal word nie; die idee het nie eens by my opgekom nie. Want ek was onaan-tasbaar." Ek glimlag wrang. "En skielik was hulle 'n werklikheid, 'n intimiderende werklikheid met hul uniforms en wapens en honde. Ek het gebewe so groot soos ek is. Al wat ek kon registreer, was kleur. Hoe eienaardig is dit? Blou uniforms, swart wapens, swart leibande aan bruin honde.

"Ek het die hele tyd aan die sms van die vorige aand gedink. Want as iemand wou praat, was hierdie oomblik ideaal. Kan die polisie my dwing om my kattebak oop te sluit en op die rugsak af-kom? Mag hulle? Of moet hulle eers in besit van 'n lasbrief wees? Wonder bo wonder het niemand iets gesê of gedoen nie. Ek was veilig.

"Later die middag het daar weer 'n sms deurgekom, dreigender dié keer. Ek het dit geïgnoreer. En die aand, terwyl ek en André 'n DVD lê en kyk, weer. Toe weet ek dat ek nie meer 'n keuse het nie: ek moes na Jake toe. Want ek wou nie gevang word nie. Ek wou nie tronk toe gaan nie. Ek wou nie soos my pa wees nie."

Vandag was die slegste dag van my lewe. Die simpel juffrou Fourie het my uit die netbalspan gedrop. En dit nadat ek basies alleen verantwoordelik was vir die wen van die laaste paar wedstryde. Haar rede is dat ek nooit meer kom oefen nie. Dis sommer kak, ek gaan oefen gereeld genoeg. Okay, ek het 'n paar oefeninge gemis, maar dis sekerlik nie só erg nie!

Sy sê ook dat ek nie meer dieselfde dryfkrag het nie. Dat my spel verswak het. Dat ek nie op die baan konsentreer nie. What the hell! Ek het soveel energie dat ek daarvan kan oopbars. Sy wil my net nie meer in haar span hê nie, dis al. Want sy hou nie meer van my nie.

En Emmie raak al hoe meer tjommierig. Ek hou van haar, maar ek wil nie met haar vriende wees nie. Ek hét vriende. Soms is dit tog lekker om met haar te gesels. Behalwe wanneer sy oor drugs wil praat. What is that all about? Wil sy my haar charity case maak? Well, too late, Emmie! Ek kyk na myself.

Daarom dat ek deesdae eerder vir Carl geld gee om by sy dealer vir my te koop. Sodat ek Emmie nie so baie moet face nie. En sodat Emmie nie vir Simon kan sê nie, want Simon preek nog elke dag, en Simon en Emmie gesels alte lekker. Maar hierdie girl is slimmer as hulle. Ek sorg dat ek net op partytjies by Emmie koop. Ek weet Carl verneuk my gruwelik met die geld, maar so what?

Ek moet darem byvoeg, liewe dagboek, dat Emmie vandag

my ass gered het. 'n Paar van ons s'n, seker. Met haar sms toe die polisie opdaag. Daar was net genoeg tyd om die enigste pilletjie in my besit in die toilet te gaan afspoel en die ander ook te waarsku. Sean sê hy moes ook hardloop om dit betyds weg te kry.

So, daarvoor sê ek dankie, Emmie. Die honde het nogal 'n rukkie by my gestaan en snuffel, maar hulle moes opgee. Dankie tog! Wat sou gebeur het as hulle wel iets aan my moes kry? Ek wil nie eens daaraan dink nie!

"Ek is na Jake toe met die sms'e. Daar het bykans elke dag een gekom, almal min of meer dieselfde. Ek het geantwoord, gevra wat hy – of hulle – wou hê. Geld. When all is said and done, draai die wêreld tog maar om geld, nie waar nie, Migael?"

Hy knik sy kop hartseer.

"Om tyd te wen het ek hulle aan 'n lyntjie probeer hou. Belowe dat ek vir hulle geld sou gee, hulle moes net geduldig wees tot ek genoeg kon bymekaarmaak. Toe gaan ek na Jake toe. Hy het dit gelees en na Quintin se selfoon aangestuur. Die nommer ook aangestuur. En Quintin se glimlag het groter en wreder geword elke keer wat hy 'n boodskap oopmaak. Jake het my selfoon teruggegee, my sak laat vol maak. My aangesê om nie bekommerd te wees nie en my werk te doen. Ek het beter gevoel omdat iemand van die sms'e weet. Tog het daar 'n narigheid op die krop van my maag kom lê.

"Die volgende twee weke was gewoon. Snags het ek die plekke besoek wat Annette vroeër die dag vir my gegee het, en daarna het ek die strate gepatrolleer vir ander desperate soekers na 'n paar uur van genot en ontvlugting. Ek het soms vir my regulars gevra hoekom hulle dwelms gebruik, en die antwoord was gewoonlik dieselfde. Dat hulle ontvlugting soek. Dat hulle selfvertroue nodig het. Dat dit die in-ding is. Dat almal dit doen. En dat dit in elk geval fokkol met my te doen het.

"Ek het die ewige soeke na dwelms nie verstaan nie, maar hulle redes vir die gebruik daarvan wel. Het ek dan nie my ontvlugting in geld gesoek nie? Ek het ontvlugting aan hulle verkoop sonder om hulle ooit in die oë te kyk. Ek het weggekyk wanneer daar nog een van my kliënte ingeroep is kantoor toe omdat hy hom wangedra het. Ek het anderpad gekyk wanneer 'n ouer in trane by my verby is

124

omdat haar tienerdogter swanger was. Ek het weggekyk van die be-skuldigende oë van die kinders wat ek soms op my kon voel brand. En vurig gebid dat een van hulle nie moes sê waar hulle hulle daag-likse fix kry nie. Want die sms'e het nie dadelik opgehou nie.

"Die gesprek met Simon het my tog ontstig, al het ek hard pro-beer om dit te ignoreer. Simon was nooit by wanneer hulle party-tjie hou of klubs besoek nie. Die ergste wat hy kon doen, was om by die skool met walging na my te staar. Maar dan, hy het met walging na die meeste van die kinders gestaar. Sy en Sean se vriendskap was weer aan, wankelrig maar darem. Ek vermoed dat Annette heelwat daarmee te doen gehad het. Ek vermoed dat albei van hulle heimlik op haar verlief was en dat dít die band was wat hulle bymekaarge-hou het. Dit was maklik om Simon se afkeer te ignoreer, behalwe snags wanneer ek in my bed gelê en besef het dat dwelms ook my meester was. Ek het so min as moontlik by my ma gekom. Ek kon haar oortuig dat my Sondae te besig was om elke keer na my pa te gaan. Ek het die kuiers by hom afgeskaal na een keer 'n maand. Want dit was te moeilik om te weet dat ek sy kind is. Dat daar waar hy is, ek eintlik hoort. Ek was veral bang dat hulle die verandering wat ek in myself kon voel, sou kon sién. Ek wou nie hê hulle moes weet nie. Ek wou hê dat hulle steeds goed van my moet dink. Al-tyd. Ek wou hulle nie teleurstel nie.

"Iets van wat Simon daardie aand gesê het, het tog iewers in my hart 'n lêplekkie gekry. Ek het met meer deernis en bekommernis na Annette begin kyk. Ek kon nie met sekerheid sê of sy E ook in die week begin gebruik het nie, want sy het al minder by my ge-koop. Maar Sean het al meer gekoop."

"Hy is nie na 'n inrigting nie?"

"Nee. Sy ouers het nie eens die moeite gedoen om hom te laat toets nie. Inteendeel, hulle het só gal afgegaan teenoor meneer Meyer dat ek hom half jammer moes kry. Sean se ouers het sy verduideliking – wat dit ook al was – aanvaar sonder om twee keer te dink."

Migael skud sy kop.

"Ek weet, ek kon dit ook nie glo nie. Ná wat met Simon gebeur het – en hulle weet daarvan – nadat meneer Meyer met hulle gepraat het oor sy vermoedens, ná dit alles glo hulle Sean se verduideliking. Hoe verstaan 'n mens dit? Is ouers nie veronderstel om in die beste belang van hulle kind op te tree nie?"

"Sommige ouers doen dit nie."

"Dit kan jy weer sê."

"Het jy begin om op skuld aan hom te verkoop?"

Moet die engel álles wil weet?

*　*　*

"Sean! Watter deel van die boodskap het jy nie verstaan nie? Ek wil nie hê dat jy na my woonstel moet kom nie!"

Hy snuif, vee met sy hand oor sy neus. "Dit kan nie anders nie."

Ek sug. "Wat wil jy hê?"

"Coke."

"Het jy geld?"

Hy skud sy kop, snuif weer. "Maar ek het dié." Hy druk 'n plat swart boks in my hande.

"Kom tog in," sê ek en staan eenkant toe.

"Wat is dit?" vra ek toe ons teenoor mekaar in die gang staan.

"Kyk."

Die boks is swaarder as wat ek verwag het. Ek maak dit oop. Die binnekant is uitgevoer met dieprooi fluweel. En daar, vonkelend, selfs in hierdie swak lig, lê die mooiste halssnoer. 'n Fyn goue ketting met 'n peervormige diamant so groot soos my duimnael. Langsaan bypassende oorringe.

Ek kyk verskrik op. "Waar kry jy dit?"

"Dis my ma s'n."

"Jy het dit gesteel!"

Hy skud sy kop heftig. "Nee, dit word tog eendag myne."

"Dis steeds steel, Sean! Vat dit terug, ek wil dit nie hê nie!" Ek hou die boks na hom uit.

"Jy wil nie op skuld aan my verkoop nie en my kontant is klaar, dis al wat ek het!" Hy weier om die boks te vat. "Dis al wat ek het. Asseblief!"

Ek maak die boks weer oop. Dis so mooi. Dis iets wat ek nooit vir myself sal kan koop nie. Wat ek tien teen een nóóit sal kan bekostig nie. Die duiwel is listig, baie listig, dink ek en kyk op na die snuiwende Sean. "Hoekom verkoop jy dit nie?"

Hy trek sy skouers op.

"Hoeveel wil jy daarvoor hê?"

"Jy kan besluit."

"Ek weet eerlik nie wat dit werd is nie!"

"Gee my 'n maand se voorraad."

"Sean, dis nie reg nie, ek behoort jou ma te bel. Ek behoort dit nie te vat nie."

"Maar jy wil," snuif hy en glimlag.

Ek knik. Ek wil. Ek lig die pragtige halssnoer met bewende hande van die fluweel af. Sean help my om dit om my nek vas te maak. Ook sy hande bewe.

Ek voel hoe die diamant swaar teen my hart gaan lê. Ek weet wat my antwoord gaan wees. Tog stap ek eers na die gangspieël om bewonderend daarna te staar.

"Dit lyk mooi aan jou, Emmie."

Ek laat my hand beskermend oor die diamant rus, voel die dowwe slae van my hart.

"Twee weke se voorraad is ook reg, maar nie minder as dit nie!"

My hand val van die diamant tot langs my sy. "Ek kan nie, Sean. Ek is jammer."

* * *

"Ek wou daardie halssnoer só graag hê, Migael. Hebsug was my naam. Maar ek kon nie. Ek kón nie 'n dief ook nog wees nie. Ek kon dit veral nie bekostig om nog 'n demoon by te voeg nie."

Hy kyk vraend na my.

"Die Jode glo dat vir elke goeie daad wat ons op aarde doen, 'n engel saam met ons stap, en dat jy met elke slegte daad 'n demoon skep wat agter jou aan sluip. Hoeveel demone dink jy is om my?"

"Dieselfde Jode het die mooiste storie. Wil jy hoor?"

Ek knik.

"'n Ryk man het gesterf en moes voor die Hemelse Hof verskyn. Sy goeie en slegte dade is geweeg en sy sondes het die skaal na die verkeerde kant laat kantel. Maar toe stap 'n engel nader en sit 'n dik, warm jas op die skaal. Die skaal sak na die ander kant toe en die man mag hemel toe gaan. Verbaas vra die ryk man die engel hoe dit moontlik is. Die engel antwoord: 'Onthou jy die koue winter-aand toe jy jou warm jas vir 'n bibberende man op straat gegee het? So 'n jas kan nogal swaar weeg.'"

"Ek het nog nooit so 'n goeie daad gedoen nie, Migael!" roep ek desperaat uit.

"Maar jy gaan, Emmie, jy gaan."

Ek kan net verslae na hom staar.

"En Annette?" vra hy sag.

"Ek het probeer vriende maak met Annette. Gehoop dat sy na my sou kom vir raad, of hulp, of wat ook al. Dit het gewerk. Sy het my begin vertrou. Maar ook nie altyd nie. Sy wou nie oor dwelms praat nie. Sy wou nie oor partytjies praat nie. Sy het getrou elke Vrydag die opgevoude briefie in haar netjiese handskrif aan my oorhandig. Sy het die aand van die partytjie getrou 'n pilletjie gekoop – net een. Sy sou met my praat oor baie dinge: drome, ideale, maar nie oor dwelms nie."

Môre is dit my verjaardag! Ek is sewentien! Pa en Ma het vir my 'n groot klomp geld gegee om 'n party te hou. Ek is bly dat hulle meetings het en vir 'n paar dae weg sal wees. Ons kan 'n helse party hou en ek kan die volgende dag behoorlik herstel. Wens net dat hulle vandag al gery het en nie eers môre nie. Ma voel helse sleg omdat hulle nie hier kan wees nie, so ek is seker ek kan 'n groot geskenk verwag.

Ek het vir Simon ook genooi. Maar ek het hom laat belowe dat hy nie vir almal gaan preek nie en dat hy nie dikmond eenkant gaan sit nie. Toe het ek met Sean ook gaan praat. Hy en Simon moet hierdie ding tussen hulle uitsort. Ons is pelle, dis nie lekker as ons vir mekaar kwaad is nie. Simon moet eenvoudig verstaan dat ons nie soos hy is nie. Ons kan ons fix vat. En hy hoef dit nie saam met ons te doen nie. Hy hoef nie eens te kyk nie, maar hy moet sy bek van ons afhou.

My verjaardaggeskenk aan myself is 'n ekstra pakkie coke. En ek het klaar my eerste snort gevat. Moet tog begin vier, of hoe? Wens Ma-hulle wil ry. Ek verlang na Carl, ek wil hom hier hê.

Hoekom is almal teen my? Juffrou Fourie, Simon, Emmie, Ma-hulle, almal! Dis aaklig om ek te wees. Almal is teen my. Almal!

Hoofstuk 14

"Koeldrank?" vra Simon en hou 'n blikkie na my uit. "Eerste reël van 'n recovering addict: Drink altyd uit 'n blikkie, nooit uit 'n glas nie."

Ek neem die blikkie by hom. "Dankie."

Ek was nie verbaas om hom te sien nie, ek het vermoed hy sal hier wees. Dis immers Annette se verjaardag. Wat sy alleen vier, aangesien haar ouers iewers kerjakker. En Simon is haar vriend, vir haar sou hy 'n partytjie soos hierdie trotseer.

Praat van vriendskap. Dan beteken dit seker ook dat ek haar vriendin is, want hier sit ek nog steeds, al het almal klaar gekoop.

Simon kom sit langs my. Ons staar saam na hulle terwyl hulle gebruik. Wat my die meeste opval, is dat daar nie skaamte is nie. Hulle vorm groepies, help mekaar, moedig mekaar aan. Dié wat coke snuif, drom rondom die spieëls saam. Die wit poeier word op die spieël uitgegooi en 'n skeermeslemmetjie – daardie outydse soort – word gebruik om die lyne te sny. Die opwinding hang dik in die lug voor die gelukkige persoon tooter in die hand vooroor buk en snuif.

Die meeste tooters is opgerolde banknote, merk ek. En dis duide-lik dat daar neergesien word op dié wat Suid-Afrikaanse banknote gebruik. Die in-ding is buitelandse note. Dié wat strooitjies gebruik, of die – hopelik skoon – invoegbuisies van tampons, word openlik uitgelag en gejou. Dra hulle die goed saam met hulle, of het Annette gesorg dat hier is?

Ander groepies rol zolle met ingevoerde papier wat vir sigarette bedoel is. Gaan bedel 'n bietjie van die coke wat op die spieëls agtergebly het om oor die dagga te strooi voor hulle die zol oprol. Nie almal staan daardie krummels coke af nie; deel daarvan word gretig met 'n vinger aan die tandvleise gesmeer.

Ek kyk vraend na Simon.

"Numbies, nie almal hou daarvan nie."

Almal het klaar gebruik, en nou hang 'n ander soort opwinding in die lug. Veral by die coke-gebruikers. Dit neem hulle langer om 'n high te kry as dié wat E sluk, en vir dié met zolle tussen die vingers, blyk die hele ervaring – van zol draai en aansteek tot die diep intrek en binne hou – 'n high te wees. Ek kan sweer dis net ek en Simon wat nie onder die invloed van een of ander dwelm is nie.

Saam kyk ons hoe die verandering intree: hoe hulle oë glasig word, hoe hulle lywe begin ruk, hoe hulle inhibisies wegval. Hoe hulle selfvertroue toeneem, hulle gelag harder word. Saam kyk ons hoe die fopspene uitgehaal word.

"Hoekom suig hulle aan fopspene?" vra ek.

"Ecstasy laat jou op jou tande kners, iets vreesliks."

Dis onmoontlik om sulke gedrag as normaal te beskou, maar hoe langer ek daarna kyk, hoe meer normaal voel dit vir my. Ek is tog onskuldig, 'n blote toeskouer. Ek het nie regtig 'n aandeel hierin nie, of hoe? Net omdat ek die verskaffer is, is ek tog nie skuldig nie? Ek lewer bloot 'n diens. Soos 'n wapenhandelaar. Hy verkoop niksvermoedend 'n jaggeweer aan 'n kliënt en glo dit sal vir jag gebruik word. Maar die kliënt gaan huis toe en moor sy gesin uit met dieselfde geweer. Maak dit die wapenhandelaar medepligtig aan moord?

"Kom dit al makliker?" vra Simon skielik.

"Wat?"

"Jou aanvaarding van hierdie soort gedrag."

"Ek het hulle nie so gemaak nie!"

"Maar jy hou hulle so."

Ek laat my blik weer oor die klomp dwaal. Is ek tóg skuldig?

Nee! Ek is nie. Ek dwing niemand om te koop nie. Ek dwing niemand om te gebruik nie.

"Mis jy dit?" verskuif ek die aandag na hom.

Hy kyk vinnig na die dansendes voor hom, dan weer na my. "Elke oomblik."

"Hoekom is jy dan hier?"

"Vir Annette. Sy het mooi gevra."

"Is dit vir jou moeilik?"

"Baie."

"Is jy nie bang dat jy in die versoeking sal kom nie?"

"Natuurlik is ek. Sou jy aan my verkoop het as ek nou wou hê?"

Ek dink 'n oomblik. "Ek sou. Maar ek het niks meer by my nie."

Hy staan op en loop weg, sê oor sy skouer: "Jy het geen integriteit nie! Geen skaamte nie!"

"Ek lewer 'n diens, ek dwing niemand nie!" skreeu ek agter hom aan.

Toe ek eindelik by die huis kom en in die bed klim, kan ek nie aan die slaap raak nie. En nie oor ek skuldig voel oor dit wat ek aan-

133

skou het nie. Ek het dit lankal vir myself uitgewerk: ek verkoop, punt. Ek maak hulle nie gebruik nie. Ek dwing hulle nie. Maar solank ek kan, sal ek aanhou, want my ouers is vir my meer werd as hulle. En ek wil nie soos Lucky eindig nie.

Sommige sal my gewetenloos noem, ek noem myself 'n realis. My plan om op te hou was idioties en gevaarlik, ek sal dit nie weer waag nie.

Nee, dwelms is nie die rede hoekom ek sleg slaap nie. Ek slaap sleg omdat André nie opdaag nie. Ek slaap sleg omdat ek enige oomblik nog 'n dreigende sms verwag.

Daar is dae soos vandag dat ek wens ek kan ophou. Wanneer my keel rou gekots is. Wanneer my hande bewe. Wanneer dit voel asof duisende bytende rooimiere oor my vel krioel.

Ek weet ek moet ophou. Iewers, ver agter in my brein, lê dié wete.

Maar voorop lê die smagting na meer. Kom lê die excitement in my. Begin ek beplan. Maak ek somme. Score ek.

Toe my deurklokkie vroegoggend lui, spring ek op en maak haastig oop, oortuig dat dit André moet wees. Dalk het hy sy sleutel verloor of vergeet.

Maar dis nie André wat voor my deur staan nie, dis Annette. En vir haar en dwelms het ek nie nou krag nie.

"Annette! Jy kan nie so vroeg in die oggend hier by my opdaag nie. Ek het bejaarde ouers, elke keer as my telefoon of deurklokkie so vroeg lui, verwag ek die ergste!" raas ek sommer.

Ek voel dadelik skuldig toe ek haar oë sien. Verward, groot, bang.

"Is jy ook nou teen my?" beskuldig sy. "Ek sal maar eerder huis toe gaan."

Sy draai om, maar ek gryp haar aan die arm. "Nee, ek is jammer. Natuurlik is ek nie teen jou nie. Kom in."

Sy draai tog terug en kom die woonstel binne.

"Kan ek vir jou iets gee om te drink? Te eet?"

"Het jy nie eerder vir my iets wat my beter sal laat voel nie?"

"Soos wat?" Só vroeg op 'n Sondagoggend al?

"Nie E nie. Iets wat my net rustiger sal maak."

"Nee, ek het nie."

"Iemand het my gevolg tot hier, gaan kyk asseblief of hy nog daar is!" onthou sy skielik en wys verskrik na die venster.

Ek trek die gordyn op 'n skrefie oop. "Ek sien niks. Kan jy onthou hoe die motor gelyk het?"

"Rooi."

"Daar is nie 'n rooi motor nie. Ek is seker niemand het jou agtervolg nie. Hier is nogal heelwat verkeer hier rond, selfs op 'n Sondagoggend."

"Ek is seker iemand het. Net toe ek by die huis uitry."

"Het jy gery tot hier? Jy het nog nie 'n bestuurslisensie nie, dis gevaarlik!"

"My ouers gee nie om nie, hulle weet ek is verantwoordelik."

Verantwoordelik? Ek hou my verstomming vir myself.

"Carl was gisteraand so 'n verleentheid," gesels sy verder. "Hy het my van ontrouheid beskuldig – voor almal. Ek dink hy is nie meer lief vir my nie."

"Kom ek maak vir ons iets om te drink," stel ek voor en stap voor- uit kombuis toe. Sy volg sonder 'n woord.

Koffie? Nee, nie terwyl sy in so 'n toestand is nie. Tee. Kruietee. Net die ding om die gemoed te kalmeer. Ek haal teesakkies en 'n teepot uit, skakel die ketel aan.

"Juffrou?" vra sy agter my en ek skrik vir die toon in haar stem. "Juffrou, ek is bang, en ek weet nie hoekom nie. Ek weet nie wat met my aangaan nie."

Sy wring haar hande inmekaar, kyk hulpsoekend na my.

"Kan ek iemand bel om met jou te kom praat?" Want ek kan haar nie help nie . . .

"Wie?" wil sy agterdogtig weet. "Net nie weer daardie ou man wat nou die dag by die skool was nie!"

"Ek neem aan jy verwys na dokter Rossouw? Hy is baie bekend, en uitstekend in sy veld."

"Hy is 'n poephol."

"Annette!"

"Is!"

Ek skud my kop. "Ek het in elk geval nie aan hom gedink nie."

Ek gee die beker tee vir haar aan. "Drink dit, jy sal beter voel. Ek het eerder aan iemand soos Simon gedink."

"Simon?"

Ek knik.

"Simon hou nie meer van my nie. Ek dink hy wil my ook in 'n in-rigting sien. Hy kan nie ophou om vir my te preek nie."

"Waaroor preek hy?"

"Drugs, Carl, Carl, drugs. Tot satwordens toe. Ek dink Simon wil my weg hê."

"Hoekom sou hy dit wou doen?"

"Omdat ek lief is vir Carl en nie vir hom nie."

"Ek is seker dis nie vir hom lekker nie, maar hy sal jou nie wil kwaad aandoen nie."

"Hoe weet juffrou?"

"Omdat hy lief is vir jou."

Sy oordink dit 'n rukkie. "Miskien is juffrou reg. Maar wat moet Simon hier kom maak?"

"Ek dink hy kan jou huis toe neem. Dis Sondag en ek moet gaan Sondagskool gee. Of wil jy saam met my gaan?"

"Kerk toe?"

"Ja."

"Nee. Hulle gaan my net oordeel."

"Hulle sal nie." Ek lê my hand vertroostend op hare neer, maar sy ruk amper gewelddadig weg.

"Ek is uit die netbalspan geskop."

Ek sukkel om by te bly, sy spring so vinnig van die een onderwerp na die volgende. "Hoekom?"

"Omdat ek 'n paar oefeninge gemis het. Hoe belaglik dink juffrou is dit?"

"Wel . . ."

Sy spring op, laat die teekoppie kletterend val. "Sien, ek het dit geweet! Juffrou is ook teen my! En hoekom nie? Almal is!"

"Ek is nie teen jou nie. Hoe kan ek wees?"

"Jy is! Jy wil nie by my bly nie, jy wil eerder kerk toe gaan. Jy wil nie met my praat nie, jy wil eerder hê Simon moet dit doen. Jy dink ek is onverantwoordelik omdat ek 'n paar oefeninge gemis het, en dat dit reg is dat ek gestraf word!"

Sy gaan sit, druk haar hande onder haar boude in, vervolg sagter: "Juffrou kan dit maar erken."

"Dis nie waar nie, Annette."

Ek is nie in staat om hierdie kind voor my te hanteer nie. Ek weet nie hoe nie. Ek voel hoe die spanning my maag op 'n knop laat trek. Wat moet ek doen? Wat is die regte ding om te doen?

"Natuurlik wil ek jou hier hê," sê ek paaiend. "Ek hoef nie kerk toe te gaan nie. Simon hoef nie hiervan te weet nie. Jy kan net hier bly."

Sy kyk verbaas na my. "Rêrig?"

"Rêrig."

"Dankie, juffrou."

"Kan ek vir jou iets kry? Enigiets?"

"Valium."

"Ek het nie Valium nie."

"Iets vir die pyn dan."

"Het jy pyn? Waar?"

Sy druk haar hand op haar bors. "Hier, die pyn is in my hart."

"Wag, ek kom nou."

Ek soek vervaard tussen die medisyne in my badkamerkassie na die botteltjie slaappille wat ek 'n tydjie terug op voorskrif gekry het.

139

Vat dit eindelik raak. Ek het dit nooit eens gebruik nie, merk ek verras op toe ek die seël breek. Ek gooi een in my hand uit en breek dit in die helfte. Ek hoop net ek het haar reg verstaan, dat haar hart figuurlik gesproke seer is.

In die kombuis tap ek 'n glas water en hou die pil en glas na haar uit. Sy neem dit sonder om te vra wat dit is, sluk dit gretig weg.

"Kom lê in my kamer, jy sal gemakliker wees daar," stel ek voor.

"Wil jy my nie hier in die sitkamer hê nie?"

"Jy kan hier ook bly," sus ek vinnig. "Ek gaan haal vir jou 'n kussing en kombers, dan kan jy lekker op die rusbank lê en ontspan."

Toe ek die kombers om haar vou, sug sy liggies. "Dankie, juffrou."

"Dis 'n plesier, Annette."

Ek bly langs haar sit, haar hand in myne, totdat ek seker is dat sy slaap. Toe eers staan ek op om die dominee te skakel. Hy aanvaar my verskoning dat ek 'n familiekrisis het sonder vrae.

Terug by Annette maak ek weer seker dat sy vas slaap, voor ek haar selfoon optel en deur haar kontakte blaai. Hieroor kan sy maar vir my kwaad wees. Ek kan nie hierdie situasie hanteer nie, iemand sal moet kom help, en daardie iemand is Simon.

Hy antwoord op die tweede lui en belowe om vinnig hier te wees.

Ek ruim die kombuis op en gaan kamer toe om aan te trek. Ek is net besig om die borsel deur my hare te trek toe die deurklokkie lui.

Ek gaan maak oop en nooi Simon binne.

"Dankie dat jy gekom het. Ek weet nie wat ek moet doen nie. Ek is nie opgelei vir sulke situasies nie!"

"Nee, jy is opgelei om sulke situasies te skep."

Ek besluit om die sarkasme te ignoreer. "Wat is fout met haar? Sy is paranoïes. Ek het haar nog nooit só gesien nie!"

"Dis wat drugs aan jou doen."

Hy buk oor haar, vee 'n haarsliert uit haar gesig en gaan sit dan op die bank langs haar. "Ná 'n aand op drugs is jy die volgende dag paranoïes. Die enigste manier hoe jy dit kan keer, is om iets daarvoor te vat."

"Soos wat?"

"Valium, byvoorbeeld. Enigiets om die edge 'n bietjie af te vat." Hy kyk weer na Annette. "Wat het jy vir haar gegee?"

"'n Halwe slaappil. Dis nie sterk nie."

"Dis goed. Slaap is wat sy nou nodig het."

Ek gaan oorkant hom sit. "Ek verstaan dit nie. Sy koop steeds dieselfde hoeveelheid by my: een pil elke Saterdag. Maar om só te lyk, moes sy meer as een pil gesluk het."

"Ek stem saam. Hoeveel koop Sean en Carl?"

Ek moet 'n oomblik dink voor ek antwoord: "Sean koop baie. Ek weet nie van Carl nie, hy het nog nooit by my gekoop nie."

"Sy kan dit by enige van hulle twee kry. Nie een van hulle sal vir haar nee sê nie."

"Die bose kringloop van verslawing . . ."

Hy knik. "Dis 'n junkie se lewe: die craving na meer en meer en meer. En op 'n dag is selfs meer nie genoeg nie. Want niks kom by daardie eerste keer nie. Die eerste pil wat jy sluk, laat jou onoorwinlik voel. Sterk. Slim. Jy kan alles doen. Jy is almal se liefling. Almal geniet jou geselskap, jou grappe. Jy is die gewildste persoon in die vertrek. Die aantreklikste. Jy is beeldskoon en begaafd. Dis 'n ongelooflike high, 'n gevoel wat jy vir niemand regtig kan beskryf nie." Hy lag sinies.

"Vir my het dit só gevoel, en nog meer. Ek kon die polsslag van die heelal voel. Elke asemhaling, elke aanraking het aan my siel gevat. Dit was asof ek 'n geheime wêreld oopgesluit het, asof ek die sleutel tot dié wêreld ontdek het. Maar hoe hard jy ook al probeer, jy kry nooit weer daardie perfekte high van die eerste keer nie. Jy moet meer pille sluk, jy moet dit meer kere 'n week doen, en die gevoel is nooit weer dieselfde nie. Dis voorwaar 'n once-in-a-lifetime experience. En wanneer die dwelm eers jou meester is, dan begin jou hel. Wanneer jy wens jy kan ophou, maar jy kan nie. Wanneer jy jou in gevaarlike situasies bevind en jy kan nie daar uitkom nie. Wanneer jy jou beste vriend met jou vuiste takel, dan is dit hel."

Hy streel afgetrokke oor Annette se hare, 'n gebaar wat trane in my oë laat kom.

"Drugs het 'n geweldige uitwerking op jou liggaam, Emmie. Fisiek én geestelik. Wanneer jou lyf volgepomp is, loop jy oor van selfvertroue, maar in die rare oomblikke van nugterheid het jy geen selfbeeld meer oor nie."

Hy bly stil, staar net woordeloos na Annette.

Ek staan saggies op en stap kombuis toe. Ek hou my hande besig, maak toebroodjies, skink koffie, my kop vol van die dinge wat hy pas gesê het. Ek weet dwelms is sleg vir jou, ek is nie onnosel nie. Maar ek het nooit gedink dit sou lei tot daardie verskrikte bondeltjie mens op die rusbank nie.

Toe ek die skinkbord op die koffietafel neersit, kyk Simon op. Hy aanvaar 'n toebroodjie, kou lusteloos daaraan.

"Wat kan ons vir haar doen?" vra ek sag.

"Ons?"

"Ek sou graag wou help. Ek is nie die monster wat jy dink ek is nie, Simon."

Hy lag sinies. "Enigiemand wat iets met drugs te doen het, of jy dit gebruik of verkoop, is 'n monster, Emmie. Of jy nou wil wees of nie."

Ek redeneer nie daaroor nie. My woede gaan Annette nie help nie. "As jy so sê. Hoe help ons haar?"

"Sy kan alleen gehelp word as sy erken dat sy 'n probleem het. En sy sal dit nie erken nie."

"Hoe kan jy so seker wees?"

"Sy's te vas aan Carl."

"Wie is hierdie Carl?"

"'n Lowlife, dis wat hy is. En hy is besig om vir Annette en Sean ook onder te trek."

"Waar kom sy aan hom?"

"Hy was in Geelhoutboom. Hoofseun, kaptein van die eerste rug-byspan. Aantreklik, 'n rebel – Annette se soort. Hy was die een wat almal voorspel het 'n sukses van sy lewe sou maak. Maar hy het 'n paar maande op universiteit gehou, toe skop hy op. Drugs was vir hom beter as swot. Sy ouers het blykbaar alles probeer om hom skoon te kry en skoon te hou. Hy wou nie saamwerk nie. Toe skop sy pa hom uit die huis – tough love. Maar sy ma gee hom steeds 'n maandelikse toelaag en betaal vir die huis wat hy met 'n klomp ander lowlifes deel.

"Dis deur hom wat ons met drugs begin het. Annette het my en Sean een middag saamgenooi soontoe. Ons wou graag gaan, want ons ken hom. Hy was die vorige jaar nog in die skool. Hy was 'n big shot. Wie sou nie saam met hom wou uithang nie?

"Hy het dagga en ecstasy uitgehaal. Ek wou vir Annette wys dat ek ook 'n rebel kan wees en het een gesluk. Saam met Carl vir haar en Sean gespot omdat hulle nie wou nie. Of dit was om Carl te ple-

143

sier, weet ek nie, maar sy het een gesluk. Dit was al aanmoediging wat Sean nodig gehad het. Ek het aangeneem dis 'n once-off. Ons het geëksperimenteer, so what? Dit was nie veronderstel om weer te gebeur nie."

"Maar dit het?"

Hy knik. "By 'n klub een aand. Die high was nie so goed soos die eerste keer nie, maar dit was naby genoeg. Van toe af was ons hooked."

"Wat van haar ouers? Sien hulle dit dan nie raak nie?" vra ek kwaad.

"Dis nie hulle skuld nie. Hulle is goeie mense."

"Goeie mense? Hulle los haar alleen op haar verjaardag en gaan kerjakker rond! Dit klink nie vir my baie na goeie mense nie!"

"Haar pa is weg vir besigheid, hulle het nie gaan kerjakker nie. En sy was veronderstel om by ons oor te bly, maar sy wou nie. Sy het hulle nog nooit enige rede gegee om haar te wantrou nie, hoe-kom sou hulle nou?"

"Haar ma kon gebly het," sê ek hardkoppig.

"Dis darem ook nie regverdig teenoor haar ma nie."

"Soos jy wil. Wat gaan ons doen?" vra ek weer.

"As jy nie omgee nie, gaan ek hier sit tot sy wakker word. Dan sal ek haar huis toe vat. Haar ouers kom môre terug."

"Gaan jy hulle vertel?"

"Nee, sy moet self."

* * *

Ek kyk skaam na Migael.

"Ek weet nie wat tussen Simon en Annette gesê is nie. Ek het hom teen twaalfuur met haar sien wegry in sy motor. Toe ek later deur die venster loer, was haar motor ook weg. Maar iets het my bygebly, iets wat Annette gesê het toe ons haar oor haar dwelmmisbruik konfronteer. 'Ek is nie 'n addict nie! Drug addicts is maer, met donker kringe onder hulle oë. En vuil hare. Lyk ek vir julle so?'

"Toe eers het ek besef dat dit ook nog altyd my idee van 'n verslaafde was. Want ja, Annette het nie soos die tipiese verslaafde gelyk nie. Die meeste tieners het nie. Maar hulle het ook nie gelyk soos normale skóón tieners nie."

"Wat het geword van jou besluit om op te hou verkoop?"

"Ek is moeg en dis laat, ek gaan nou slaap."

"Jy moet eers eet."

"Ek is nie honger nie."

"Kom ons maak gou ietsie, 'n broodjie miskien?"

"Ek wil nie eet nie."

Ek staan op en stap uit. Soms wil 'n mens net alleen wees met jou gedagtes. Sodat jy 'n ander, béter scenario vir die waarheid kan uitdink.

Toe ek onder die komberse inkruip, is dit wat ek doen: droom oopoog dat ek daardie aand ingegryp het. Ek sien myself ná skool na haar ouerhuis ry, hoe ek aan die voordeur klop. Hoe ek haar voor haar ouers met die waarheid konfronteer. Hoe ek haar tas pak, haar na 'n kliniek neem. Hoe dankbaar sy is omdat ek ingegryp het.

Ek wens ek het. Ek wens ek kan nog 'n kans kry sodat ek kán. Maar die waarheid is: ek het nie. Want ek wou nie verder betrokke raak nie.

Ek druk my gesig in die kussing om my snikke te probeer demp. Want dis al wat oorbly: verwyte en trane, trane en verwyte.

Ek het my biologietoets gedop. Solidly. Vir die eerste keer in my lewe. Ek verstaan dit nie, ek het tog daarvoor geleer.

Carl het gesê as ek 'n snort vat voor ek leer, sal ek beter onthou. Toe doen ek dit. En toe dop ek. En Pa is livid! Ek het hom nog nooit kwaad gesien nie. Behalwe daardie een keer toe ek en Simon bubblebath in die visdam gegooi het en al sy koi's gevrek het. Maar toe was ons ses. Die feit dat hy kwaad is, kan ek nog hanteer, dit sal oorwaai, maar dat hy sê hy is teleurgesteld in my, dít maak my mal.

My lewe is 'n gemors. Alles waarvoor ek gewerk het, is moer toe. Netbal, onderskeidings, die hele lot. En wat de hel het my besiel om na Emmie toe te hardloop nou die oggend? En toe laat sy vir Simon kom. Om te wat? Meer te preek?

Ek is gatvol vir Emmie! Ek is gatvol vir Simon! Hulle verstaan nie! Elke fix maak die seer 'n bietjie minder, die moeilik 'n bietjie makliker. Ek is gatvol vir Ma wat al die Valiums opgesuip het! Ek is gatvol vir Pa met sy "ek is so teleurgesteld in jou"-speech! Ek is gatvol vir Carl ook. Ek dink hy gebruik my net vir seks.

Ek is veral gatvol vir myself! Vir my stupid lewe. Vir drugs. En om niks te kan onthou nie. Vir die stupid skool ook. Ek is lus en pak 'n tas en gaan net. Weg, weg, weg. Waar niemand my kan kry nie. Waar ek alleen kan wees.

Ek is GATVOL!!!

146

Hoofstuk 15

"En jou besluit om op te hou?" vra Migael die volgende oggend, asof daar nie 'n onderbreking van 'n hele nag was nie.

"Ek was te bang om op te hou."

Sy wenkbroue skiet op.

"Ek was. Jake het my gedreig met my ouers, die tieners, my Sondagskoolklas . . ."

Migael staan op. Kaal voete wyd geplant. Arms oor sy bors gevou. Ek hou my blik op sy arms.

"Kyk vir my, Emmie."

Ek lig my oë 'n fraksie, kyk teen sy ken vas.

"In my oë, Emmie."

My blik vind syne. Ek maak my mond oop; hy skud sy kop.

"Ek was bang."

"Moenie lieg nie."

My oë sak.

"Kyk vir my. Praat met my. Hou op om jouself te verontskuldig. Hou op om die onskuldige slagoffer te speel."

My blik vind weer syne. "Goed, ek wóú nie ophou nie. Hoekom sou ek? Ek het alles gehad: geld, André, my woonstel vol goed. Die dreigende sms'e het opgehou. My kliënte het meer geword. Hoekom sou ek wou ophou?"

147

Migael gaan sit, kruis sy bene.

Mission accomplished, dink ek wrang.

"Is jy seker jy is 'n engel?" praat ek eerste. "Jy is nie dalk 'n sielkundige nie? Jy klínk soos een. Al hierdie 'vertel my' en 'hoe het dit jou laat voel'."

Hy skud sy kop. "Die voorbarigheid van die mensdom darem, om te glo dat hulle 'n kundige van die siel kan wees. Daar is net een Siélkundige. Hierdie mense moet eerder bekend staan as onderbewussynkundiges."

"Hulle doen darem goeie werk."

"Daarteen sal ek nie stry nie. Maar vertel my verder. Vertel my van die partytjie."

"Jake se partytjie?"

"Ja."

"Jake het 'n partytjie vir sy werknemers gereël. Dit was blykbaar 'n gereelde ding, maar dit sou my eerste wees. Ek was taamlik op my senuwees daaroor en het Lisa gebel vir 'n paar pointers. Want ek het vermoed dat daar ongeskrewe reëls sou wees. Daar was. Moenie naby Jake kom nie, tensy hy jou roep. Moenie met hom praat nie, tensy hy dit versoek. Geen wapens. Geen dwelms. En al haat jy elke oomblik, wys jy dit nooit. Jy lag, jy gesels, jy kuier.

"En Jake het pertinent versoek dat André ook moet saamkom. Ek was terselfdertyd bekommerd en gevlei daaroor. Lisa se man is nog nooit genooi nie. En selfs sy moes erken dat dit ongewoon is dat die uitnodiging 'n metgesel insluit.

"Dit sou 'n doodgewone braai wees, het Lisa my verseker. Ons sou vir 'n buitestander lyk soos vriende wat bymekaarkom. En dit nogal by Jake se huis, nie by een van sy klubs nie. En, het sy bygevoeg, daar word nooit oor dwelms of verkoopsyfers gepraat nie. Wel, dalk onder mekaar, maar nooit openlik nie."

"Hoekom dink jy het hy julle genooi?"

"Ek weet nie. Dalk sodat almal mekaar kon ontmoet?"

"Maar hoekom?"

"By nabetragting glo ek dat hy wou hê ons moes stories uitruil. Oor hom. Oor die manier waarop hy ons in toom hou. Sodat daar by jou geen twyfel kon wees oor wie se woord wet is nie."

"Gaan aan."

"Met ons aankoms by Jake se ongelooflik indrukwekkende huis is ek deursoek. Die twee wagte was ook die uitsmyters by die klub, en hulle het hulle werk deeglik gedoen." Ek bly stil.

"André ook?"

Ek knik.

*   *   *

Die oggend het ek en André 'n hewige uitval omdat hy daarop aandring dat ons met sy motorfiets ry. Ek wil nie. Ek hou nie van motorfietse nie, al is dit 'n Harley-Davidson.

Ek wil in my motor gaan, sodat ek nie verwaaid of met platgedrukte hare daar opdaag nie. En ek wil 'n rok aantrek, dis te warm vir 'n langbroek.

"Jy is so donders selfsugtig!" skreeu hy. "Ek is gatvol daarvoor om alewig met jou kar te ry! En dit terwyl jy soos 'n ou tannie aankruie!"

"Jy kan bestuur," paai ek, verbaas oor dié skielike uitbarsting.

"Ek fokken bestuur nie 'n fokken kar nie! Veral nie jou lelike krok nie! Ons ry met my bike!"

"Maar my hare . . ."

"Te hel met jou hare! Dink jy ek gee om hoe jou hare lyk? Jy kry altyd jou sin met alles! Dis nie cool om met so 'n ou krok by iemand op te daag nie. Óf ons gaan met my bike óf ek bly."

Van wanneer af steur hy hom aan cool?

Hy storm uit die sitkamer, laat die kamerdeur dawerend agter hom toeklap. En ek, pateet wat ek is, stap agter hom aan, kamer toe. En trek 'n langbroek aan.

"Jy is reg, ek is jammer, ons ry altyd met my motor. Ons kan vandag met jou motorfiets ry."

Hy kyk my 'n oomblik deur vernoude oë aan, voor hy van die bed opstaan. "Nou kom, ons wil nie laat wees nie."

Ons kom taamlik windverwaaid en kwaad vir mekaar daar aan. Terwyl die een deurwag met my besig is, staar die ander een na André. Dis een van daardie kyke wat ek nie kan plaas nie.

André glimlag, maar die glimlag reik nie tot by sy oë nie. Hy is nog moerig oor vroeër, kan ek sien. Hy strek sy arms na weerskante uit, en toe eers kom die wag nader.

Toe hulle klaar is, slaan André sy arm beskermend om my skouers. "Jou vriend is behep met sekuriteit, of hoe?"

Dankie tog, dink ek, ek wil nie met hom baklei nie.

Ek kyk verskonend na hom op. "Deesdae kan mens nie versigtig genoeg wees nie. Net verlede week is daar by twee van ons leerlinge se huise ingebreek. Albei ouerpare is erg aangerand. Die kinders is geweldig getraumatiseer. Waardevolle items is gesteel."

Ek besef ek is bang dat André gaan agterkom wat hier aan die gang is, daarom praat ek te veel, te vinnig.

Hy frons diep. "Is daar enige verdagtes?"

Voor ek hom kan antwoord, stap ons op die patio uit, en ek voel hoe my mond van verbasing oopval. Dis asof ek pens en pootjies in 'n film beland het. 'n Yslike swembad, 'n dosyn of meer meisies in verskillende grade van ontkleding wat soos nete klou aan al wat 'n man is. En hulle snuif openlik coke, wat deur kelners op spieëls rondgedra word. Die meisies, nie die dealers nie.

Ek kyk vinnig op na André, maar sy aandag is by Jake, wat soos 'n koning op 'n yslike stoel in die middel van die uitgestrekte grasperk sit. Soos gewoonlik is Quintin aan sy sy.

"Jou vriend?"

Ek knik. Dit was 'n fout om André hierheen te bring. Hy gaan weet waarmee ek my ophou. Ná vandag gaan hy weet!

Tussen die ander gewaar ek vir Lisa en ek stap daarheen, met André agterna. 'n Man kom haal André by ons, neem hom eers na die kroeg en dan na 'n groepie mans wat eenkant staan en gesels. Ek bly bekommerd na sy kant toe loer.

"Hou op," sis Lisa. "Hy sal niks oorkom nie."

"Hy gaan weet wat ek doen. Ná vandag gaan hy weet! Hoekom het ek ooit Jake se uitnodiging aangeneem?"

"Asof jy kon weier."

"Maar hy gaan weet!"

"Ek dink hy weet al klaar. Volgens jou bly julle basies saam. Hy móét weet. Of dink jy hy snuffel nie tussen jou goed rond as jy uit is nie?"

"Hy weet nie, hy sou iets gesê het."

"As jy so sê. Ten minste lyk dit of hy homself geniet."

Ek volg haar blik. André blyk die middelpunt van aandag te wees daar waar hy met 'n bier in die hand tussen die ander staan. Hulle hang behoorlik aan sy lippe.

151

Een van die skrapsgeklede meisies stap na hom en haak by hom in. Sy nestel stywer teen hom aan terwyl sy iets vir hom fluister. Ek glimlag vir die eerste keer toe hy sy kop skud en haar amper hard-handig wegstoot. Attaboy!

*   *   *

Dis lank stil tussen ons voor Migael vra: "En Jake, het hy met jou gesels?"

Ek knik.

"Vertel my."

"Jake het my ná 'n tydjie laat roep. Jy moet weet, by so 'n party-tjie is dit 'n eer om in Jake Muller se geselskap gesien te word. Hy sit altyd eenkant, met 'n paar van die ander om hom, mense soos Quintin. Gewone siele soos ek word nie naby hom toegelaat nie."

"En dit was vir jou 'n eer toe hy jou roep."

"Ja." Ek probeer nie eens meer voorgee nie. "Veral omdat al die ander kon sien dat ek na hom geroep word."

"Sy huis en sy leefstyl het jou beïndruk?"

"Baie. Weet jy hoe dit voel om tussen soveel weelde te loop? Nee, jy sal seker nie weet hoe dit vir 'n gewone mens voel nie."

"En toe?"

"Eers het hy oor gewone dinge gesels. My liefde vir engele, waar-van ek hom al by 'n vorige geleentheid vertel het. Gevra of ek nie saam met die ander wou swem nie. Ek het van my vrees vir water verduidelik. Hy het my geprys omdat my syfers weer hoër is. 'n Paar voorstelle gemaak oor hoe ek nog meer kon verkoop."

"Wat was die voorstelle?"

"Dat ek die rykmanskinders aan tik moes voorstel."

"Ek dog dis nie hulle soort dwelm nie?"

"Ja, maar soos 'n goeie sakeman het Jake geweet hulle sal baie meer uitgee op 'n goedkoper dwelm. En tik is goedkoop."

"So jy het ingestem?"

"Om hom te beïndruk sou ek tot enigiets instem. Hy het my ook geprys omdat ek 'n goeie ou soos André aangekeer het."

"En toe?"

"Toe vra hy of ek nog moeilikheid het met die sms'e."

"En?" vra Migael toe ek te lank stilbly.

"Ek het nee gesê. Hom bedank dat dit agter die rug is. Gevra hoe hy hulle opgespoor het. Toe vertel hy my hoe." Ek maak my oë toe. "Die twee graad 10-leerlinge wie se ouers so wreed aangerand is . . ."

"Dit was Jake."

"Sy mense, nie hy nie."

"Hoe het dit jou laat voel?"

"Ek kon hom net daar met my kaal hande vermoor! Ek kon nie glo dat hy so laag kon daal nie!"

"Wat het jy gedink sou hy aan hulle doen?"

"Ek weet nie . . ."

"Emmie?"

"Ek wou nie daaraan dink nie. Ek het vir myself prentjies gemaak van 'n paar dreigende woorde wat sou val. Dat Jake se mense – waarvan Quintin beslis een is – met hulle sou praat. Hulle dalk 'n paar honderd rand in die hand stop. Maar vir geen oomblik het ek gedink dat hulle iemand sou seermaak nie!"

"Regtig?" Die sarkasme slaan deur in sy stem.

Ek sug. Sal ek nooit leer nie? Niks, absoluut niks kan vir Migael weggesteek word nie!

"Emmie?"

"Ek het gedink dat daar dalk 'n paar houe sou val. Net dit. Nie dat die arme kinders se ouers pap geslaan sou word nie! Watter soort mens doen dit aan ander, Migael?"

"Jake se soort," antwoord hy droog.

Ek knik. "Jake se soort."

"En toe?"

"Toe ek en André by die partytjie wegry, het ek 'n idee gekry. Want ek wou nooit gehad het dat iemand moes seerkry nie. Veral nie kinders nie."

"Vertel my."

Hoofstuk 16

Ek hou nie van motorfietse nie. Maar vandag is ek nog banger as gewoonlik, want André ry teen 'n spoed wat my kop laat draai, en ek weet dat hy alkohol inhet. Ek slaan my arms stywer om hom, dis al wat ek kan doen: hou stywer vas en bid. En dink aan iets anders.

Ek maak my oë toe, bedink die plan wat so onverwags by my opgekom het. Sal dit werk? Dit móét werk. Maar ek het nodig om dit anoniem te doen sodat ek nie ook tronk toe gaan nie. En ek weet nie hoe nie!

Skielik is die antwoord daar, reg voor my: André. Hy is 'n kenner van rekenaars en rekenaarprogramme. Maar as ek sy hulp inroep, moet ek hom alles vertel. En die kans staan om hom te verloor. Sien ek daarvoor kans?

Ja, erken ek aan myself. Ek sal eerder sonder hom wees voor ek weer toelaat dat onskuldige kinders misbruik word. Ek is dit aan Annette en al die kinders wat by my gekoop het, verskuldig.

Maar heel eerste moet ek teruggaan na Lucky toe.

Ek loop met meer selfvertroue as die vorige keer die ou, verwaarloosde gebou binne. Klop, tel tot twee, klop.

Die deur word op 'n skrefie oopgemaak. Lucky se oë rek toe hy my herken en hy maak die deur wyer oop. "Wat maak jy hier?"

Ek stap verby hom, die woonstel in. Waar die reuk my weer oorweldig. Ek het vergeet hoe sleg dit hier binne ruik. Ek hou my asem 'n rukkie op, blaas dit dan met 'n plofgeluid uit.

"Kom ons gaan drink koffie?"

Hy knik net en beduie my deur toe.

Dié keer trek ek nie my neus vir die koffiewinkeltjie op nie. Die stilte hang dik tussen ons tot die koffie voor ons neergesit word.

Lucky kyk my stip aan. "Wat wil jy hê?"

"Ek wil weet of dit wat jy my vroeër vertel het, van jou ma en van jou, of dit waar is."

"Hoekom sou ek lieg?"

"As jy vir Jake werk, word lieg 'n gewoonte."

"Ek lieg nie."

Ek knik. "Hoekom gaan jy nie polisie toe nie? Hulle het jou tog gevang vir besit van dwelms, hulle sal jou glo."

Hy skud sy kop. "J se invloed strek ver, Emmie. Dit strek baie ver. Ek het gesien wat gebeur met sy ouens wat polisie toe hardloop, en ek wil nie een van hulle wees nie."

"Wat gebeur met hulle?"

"Jy wil nie weet nie."

"Ek wil juis weet!"

Maar hy skud sy kop.

"Sal hy iets aan my doen as ek polisie toe gaan? Sal hy my . . . doodmaak?"

"Ek het jou vroeër al gewaarsku: J slaan waar dit die seerste maak. Familie, lovers, vriende. Dan is dit jou beurt. En glo my, as jy moes aanskou hoe 'n geliefde gemartel of vermoor word, leer jy vinnig om jou bek te hou."

Ek herkou 'n rukkie aan sy woorde. "Het jy dit gesien?"

"Meer as een keer. Dis een van J se mees suksesvolle taktieke: sleep die ou wat uit lyn wil trap saam met hom en sy boys wanneer hulle met iemand anders gaan afreken. Glo my, dis daarna baie makliker om jou kop weg te draai en jou bek te hou."

Dis lank stil tussen ons.

"Ek dink daaraan om polisie toe te gaan."

Hy kyk net na my, sê niks.

"Ek wil weet of jy saam met my sal gaan. As ons twee is, as ons dieselfde storie vertel, móét hulle ons glo!"

Hy skud sy kop. "J se invloed strek tot in die polisie."

"Maar nie al die lede van die polisiemag kan korrup wees nie!"

"Nee, maar hoe seker kan jy wees dat die een met wie jy praat nie in J se sak is nie? Hy kry gereeld tip-offs vir raids, hy weet wanneer 'n dealer gevang word. Hy weet alles."

"Ek verstaan nie hoekom die polisie nie meer dealers arresteer nie," sê ek verslae. "Soos ek. Hoe is dit moontlik dat ek nog nie gevang is nie?"

Hy haal sy skouers op. "Die polisie het belangriker dinge om te doen as om die strate te patrolleer."

"Jý is gevang."

"Omdat dit J self was wat hulle getip het. En as een skoon, wetsgehoorsame polisiebeampte iemand vang, kry J se oorbetaalde prokureur jou vinnig uit op borg, en daarna vry omdat jy 'n eerste oortreder is."

"Maar J sal mý nie seermaak nie? Sulke goed gebeur seker net in die movies."

"Die werklikheid is erger as movies, Emmie."

Ek vertel hom van die sms'e, hoe Jake dit stopgesit het. "Ek moet iets doen, Lucky! Ek kan nie net terugsit nie. Help my, toe?"

"Hoekom vra jy my?"

"Ek soek hulp en raad."

Hy bestel nog koffie, leun dan vorentoe, plaas sy hande oor myne. "Emmie, jy soek gemoedsrus. Dit kan ek nie vir jou gee nie. Wat jy ook al beplan, moenie. Los dit. Dit gaan nie die moeite werd wees nie."

Ek bly stil, hou my besig met die tweede koppie koffie wat voor my staan en stoom.

"Hoor jy? Jy het 'n goeie ding aan die gang en –"

Ek kyk verbaas na hom.

"Ek bedoel dit nie so nie. Niks in hierdie wêreld waarin ons ons bevind, is goed nie, maar jou situasie is as good as it gets. Doen jy iets simpels, soos ek, beland jy waar ek nou is, of in 'n sloot iewers."

"Is my situasie regtig beter as joune? Ons is in dieselfde bootjie, en albei van ons roei dat dit klap om bo te bly."

"Kom ek herinner jou aan my lewe soos dit nou is. Ek bly in 'n vuil, stinkende woonstel. Nie omdat ek te lui is om skoon te maak nie, maar omdat ek nie meer omgee nie. Waar ek nou skoonmaak, kom kots 'n junkie oor 'n minuut. Ek leef tussen hulle, elke dag. Hulle daag op, met of sonder geld. Hulle koop en loop. Ander kere bly hulle dae lank. Dié sonder geld kruip op hul knieë rond, bedel vir 'n fix. Of verkoop dit waarop hulle hul hande kan lê. Gesteelde goed, gewoonlik. Maar daar was al fotograwe, professionele fotograwe wat so down on their luck is dat hulle bereid is om hulle kameras te verkoop. Hoe dink jy werk hulle weer? 'n Junkie is bereid om die klere aan sy lyf te verkoop vir 'n fix. Die vrouens is bereid om hul lywe te verkoop. Ek het elke dag te doen met die heel desperaatstes uit hierdie siek samelewing. Élke dag. Prostitusie en dwelms loop gewoonlik hand aan hand, veral hier. Daarmee het jy nie te doen nie, of hoe?" Hy vryf deur sy rastalokke. "Stem jy nou saam dat jou situasie beter is?"

"Ons omstandighede verskil," stem ek saam, "maar dit bly siek. Ek het elke dag te doen met tieners op soek na 'n fix."

Hy laat sak sy kop in sy hande.

"Lucky, jy sê dat prostitusie en dwelms hand aan hand loop. Is Jake by prostitusie ook betrokke?"

Hy lig sy kop, lyk skielik baie oud. "Nie Jake Muller nie. Hy maak nie sommer sy hande vuil nie. Maar sy boys, dis hulle kos. Prostitusie, dwelms, moord – dís waarvoor hulle lewe. Wees versigtig vir sy boys. Ek noem hulle Q & A. Want vir elke verkeerde vraag wat jy vra, lê hulle antwoorde in hulle vuiste."

Hy loop saam met my tot by my motor. Klop aan die ruit net toe ek wil wegtrek.

"As jy só sterk daaroor voel om polisie toe te gaan, moet jy gaan. Ek kan jou nie keer nie. Maar onthou, jy sal bereid moet wees om die gevolge te dra."

Sondag. Ek skakel my ma vroegoggend om te sê dat ek nie saam met haar na my pa sal kan gaan nie. Daarna die dominee om verskoning te maak dat ek nie by die Sondagskool sal uitkom nie.

Daarna begin ek kook terwyl André laat slaap. Al sy gunstelingkosse. In 'n waas van stoom en geure bedink ek my plan, beplan ek wat ek gaan sê. Wat hy mag weet, wat nie. Toe die kos op die tafel is, is ek doodmoeg.

"En dit?" wil André verbaas weet toe hy aansit.

"Ek probeer jou sag maak. Ek het iets om jou te vertel, en daarna wil ek jou 'n guns vra."

"Vra my enigiets," sê hy ná hy die eerste mond vol weggesluk het. "Vir hierdie kos verkoop ek my geboortereg. Ek het laas só geëet by my ma."

"Wanneer gaan jy my meer van haar vertel? En van jou pa?"

"Nie nou nie. Vir wat wil jy altyd krap waar dit nie jeuk nie? Julle vroumense wil gedurig derms uitryg, ek verstaan dit nie."

Kalm, maan ek myself, kalm. Ek wil nie met hom baklei nie. Ek wil hom juis aan my kant kry. Dus glimlag ek mooi en skep vir hom nog gebakte aartappels in.

"Nou toe, vra wat jy wil vra."

Ek kyk vinnig anderpad. "Later. Ons eet eers klaar."

Om tyd te wen dek ek eers af, pak die skottelgoedwasser, krap die kos vir die rondloperhond uit, maak koffie.

En toe sit ek oorkant hom, beker koffie in die hand, en weet dis te laat vir omdraai.

"Ek wil jou eers alles vertel. Daarna wil ek jou 'n guns vra."

"Nou toe," jaag hy my aan.

En ek vertel. Van Jake en die werk wat ek vir hom doen. Van Annette en Sean en Carl en Simon. Van die sms'e en die inbrake, die aanrandings. Van Lucky.

Nie een keer val André my in die rede nie. Nie een keer rek sy oë nie. Nie een keer wys hy walging of misnoeë nie. Toe ek klaar is, is daar net 'n vreemde trek om sy oë.

"Wat is die guns?"

"Ek wil 'n verklaring uitreik en aan die polisie stuur, maar dit moet anoniem wees. Ek kan dit nie van die skool se rekenaar of van myne doen nie, of hoe?"

"Nee, dis te maklik om jou só op te spoor."

Ek knik. "Dis waar die guns inkom. Jy's 'n ekspert met rekenaars, jy kan my mos help?"

Dis lank stil voor hy sê: "Ek kan."

"Sal jy?"

"Ek sal. Maar Emmie, is jy seker jy wil dit doen? Volgens wat jy my vertel het, is dit nie mense met wie jy moeilikheid moet soek nie."

"Ek weet," sug ek. "Maar ek sien geen ander uitweg nie."

"Wil jy nie eers daaroor dink nie?"

"Ek het genoeg gedink. Ek wíl dit doen. Ek is moeg vir hierdie besigheid. Ek wil uit. Ek is moeg daarvoor dat kinders in die proses seerkry."

"Jy maak dan soveel geld? Vir wat wil jy ophou? Hulle het tog nog niks aan jou gedoen nie."

'n Swaarte kom lê op die krop van my maag. Ek skud my kop ongelowig. "Het jy niks gehoor van wat ek pas gesê het nie? Ek verkoop dwelms! Aan kinders!"

Hy hou albei sy hande in die lug, palms na my gedraai. "Ek weet, ek weet!" Dan laat sak hy sy hande en vervolg sagter: "Jammer, dis nie hoe ek dit bedoel het nie. Dis net . . . ek weet hoe dit voel om finansieel te sukkel. En . . . dis goeie geld."

"Maar teen watter prys?" wil ek stroef weet.

"Jy's reg. Jammer."

"Geld is nie alles nie. Al wat ek wil hê, is hulp. Sal jy my help?"

Hy bly lank stil, sy blik op die televisie. "Oukei."

"Dankie. Wat moet ek doen? Moet ek die verklaring vir jou tik?"

"Dit sal goed wees. Sit dit op 'n stick en ek sal dit dan na my rekenaar oordra."

"Hoe gaan jy dit by die polisie kry?"

"Per e-mail. Dis nie moeilik om 'n adres te skep en daarna weer te skrap nie."

"Wees net versigtig, André. Jy is reg, met hierdie mense soek jy nie moeilikheid nie."

"Hulle sal my nie vang nie."

"Is jy seker? Ek wil nie hê dat jy in die moeilikheid moet kom nie."

"Ek sal nie. Emmie, ek moet ry. Tik jou verklaring, ek sal dit môre by jou kom kry. Ek moet ongelukkig vanaand die aandskof doen."

"Op 'n Sondag?" vra ek verslae.

"Dit kan nie anders nie. Ek moet môre vroeg by die werk wees, so ek sal eers laat in die dag 'n draai kom maak om die verklaring te kry."

"'n Draai? Gaan jy nie oorslaap nie?"

"Nie as jy daai verklaring gestuur wil hê nie."

Nadat ek die deur agter André gesluit het, begin ek die verklaring tik. Plekke, name, datums. Alles. Sonder om een keer my of Lisa se naam te noem.

Iets lewe onder my vel en dissie ek nie hulle krap en krap
en krap aan my binnegoed aan my binnekant hulle wil uit
daar was alien eiers in my stash nou lê hulle in my lyf en broei
uit groen jellieagtige wesens met skerp tande wat soos hake
in my lyf slaan ek krap en krap maar dit help nie as ek stil lê
op een liggaamsdeel fokus fokus fokus kan ek hulle onder
my vel sien beweeg maak my vel knoppe scary scary stuff
hulle wil uit hoe keer ek.

Hoofstuk 17

Maandagoggend ry ek vroeër skool toe sodat ek eers by André se werk kan aangaan. Die stick met my verklaring is veilig in my handsak. Ek wil dit nou vir hom gee, dit kan nie wag tot later nie.

André se motorfiets staan nog nie in die parkeerarea nie. Maak ook nie saak nie, besluit ek, ek kan maar binne vir hom wag. Maandagoggende is dit saal, ek is seker niemand sal my te veel mis nie.

Dis Kevin wat my met 'n breë glimlag verwelkom. "Emmie! Dis 'n verrassing, ek het jou lanklaas gesien!"

Ek glimlag terug. "Omtrent. André nog nie hier nie?"

"Jy weet mos hy werk net freelance."

Hy sien my verwarring raak, vervolg vinnig: "Jy weet dit tog seker?"

"André werk nie voltyds nie?"

"Nie by ons nie, nee."

"Dis omdat ek alewig met 'n halwe oor luister dat ek nie daarvan bewus is nie," maak ek verskoning. "Dankie in elk geval, Kevin."

"Geen probleem. Dit gaan darem goed tussen julle?"

"Baie goed."

Ek moet hier wegkom, besef ek. As Kevin eers begin praat, is daar nie keer aan hom nie.

"Ook maar goed so. Hy het my omtrent mal gehad destyds. Het

my allerhande dinge belowe indien ek hom sou bel wanneer jy 'n probleem met jou rekenaar ondervind."

"Hoe so?"

"Nee, ek was mos destyds verantwoordelik vir Hoërskool Geel-houtboom, toe vra hy as daar ooit 'n call-out kom en dis 'n Emmie, moet ek hom dadelik laat weet sodat hy kan gaan."

"En jy het."

"Ek het. So, eintlik skuld jy my iets."

"Jy's reg, ek skuld jou."

Vir die waarheid.

* * *

Ek kyk op na Migael, wat steeds doodstil sit.

"Die hele dag het ek oor André getob, oor wat Kevin gesê het. Is André regtig wie hy voorgee om te wees? Ken hy Jake-hulle? Is dít hoekom hy by die partytjie so goed tussen hulle ingepas het? Of ly ek aan vervolgingswaan? Is dit my verbeelding wat ooraktief is?"

Ná 'n lang stilte sê Migael: "Jy het tot 'n besluit gekom."

"Ja, ek het besluit om hom reguit te vra. Ek het hom ten minste dít geskuld. En vir kat-en-muisspeletjies het ek nog nooit veel tyd gehad nie."

"Jy het in sy onskuld geglo?"

"Ja. Hy het vir alle praktiese doeleindes by my gebly. Dit was by uitsondering dat hy nie daar oornag het nie. Ek het hom geken."

"Toe praat jy met hom."

"Daardie selfde aand. Maar eers het ek my gewone roete gery, op my gewone plek gaan staan. Die gewone beledigings aangehoor van kliënte wat op skuld wou koop en weggewys is. Die gewone desperaatheid in hul oë gesien. Die dankbaarheid wanneer 'n pakkie in hul hand lê. Ek het gesien hoe 'n vrou by 'n wildvreemde man in die kar klim omdat hy 'n fix kon koop en sy nie. 'n Doodgewone aand." Ek glimlag wrang vir Migael.

"Ek het by 'n donker woonstel aangekom en moes bykans nog 'n uur wag voor André doodmoeg daar ingestrompel het. En amper het ek hom jammer genoeg gekry om stil te bly. Maar toe hy begin vertel van sy moeilike dag op kantoor en nog die werk by die nag-klub ook, kon ek nie langer stilbly nie."

* * *

Ek voel hoe woede in my opborrel terwyl hy daar staan en openlik oor sy dag lieg.

"Jy lieg." Ek skreeu dit nie, al wil ek. Ek sê dit. Duidelik, sodat daar geen twyfel oor my woorde kan wees nie. En ingeval hy my nie gehoor het nie, sê ek dit weer: "Jy lieg."

"Ekskuus?" Hy antwoord sag.

"Jy lieg. Ek was vanoggend by jou kantoor en jy was nie daar nie. Jy werk nie meer daar nie, vertel Kevin my."

"En jy vat sy woord bo myne?"

"Hy het geen rede om vir my te lieg nie."

"En ek het?"

"Dis wat ek graag wil uitvind."

"Kevin lieg."

"Nee, jý lieg!" Nou skreeu ek.

Hy draai om, stap kamer toe, ek agterna.

"Jy lieg! En jy lieg lankal vir my! Ken jy vir Jake-hulle? Is dit hoekom jy so lekker gekuier het Saterdagaand? Is dit hoekom die

166

deurwag nie geweet het of hy jou ook moes deursoek nie? En Kevin vertel my dat jy van my geweet het vóór jy daardie keer na my re- kenaar kom kyk het. Hoe de hel is dit moontlik?"

Hy draai só skielik om dat ek in hom vasloop. Hy gryp my aan my boarms, skud my dat my tande klap.

"Nou luister jy na my! Genoeg hiervan! Jy wil die waarheid hoor? Ek weet nie of jy die waarheid kan hanteer nie! Nee, Emmie, ek werk nie meer daar nie. Ek is afgedank. Is dit wat jy wil hoor?"

"Jy maak my seer." Ek probeer uit sy greep loswring.

Hy versterk egter net sy greep. "Nee, jy wou hoor. Hoor dan! Ek is afgedank omdat hulle my nie meer kon bekostig nie. Net wanneer hulle my nodig het, is ek goed genoeg. En vergewe my," sê hy sar- kasties, "dat ek jou raakgesien het en met jou wou kennis maak."

"Waar?"

Hy los my só skielik dat ek agtertoe steier.

"Een aand by 'n klub. Jy en Lisa was daar. Jy is badkamer toe en ek het met Lisa gaan gesels. Jou naam gevra, die plek waar jy werk. Ek het onthou dat ons Geelhoutboom se rekenaars doen en vir Kevin gevra om my volgende keer te stuur sodat ek jou kon ont- moet."

Hy stap na die telefoon, lig die gehoorbuis op en hou dit na my uit. "Vra vir Lisa as jy wil. Bel haar!"

"Dis nie nodig nie, ek glo jou. Ek is jammer."

"Hoekom sou ek vir jou lieg, Emmie? Ek is lief vir jou. Dis nie lekker om te moet erken dat ek nie eens 'n vaste werk het nie. Jy doen goed vir jouself, ek moet kroegman speel."

"Ek verkoop dwelms. Aan tieners. Ek sou dit nie goed doen noem nie."

Hy ignoreer my woorde. "Ek sal nie vir jou lieg nie. Ek ken nie vir Jake nie, ook nie die ander wat Saterdagaand daar was nie. Ek het myself geniet, dit erken ek, maar vir jou ontwil. Omdat dit jou vriende is."

"Hulle is nie my vriende nie."

"Dit weet ek nou."

"Ek is jammer, André." Ek loop na hom toe, maar hy draai weg.

"Gee vir my die stick sodat ek dit kan stuur."

"Jy hoef dit nie nou te doen nie. Bly hier."

"Ek moet dit nou doen, Emmie, sodat jy my sal glo."

"Ek glo jou. Bly by my." Ek probeer nie eens die smeking uit my stem hou nie.

"Gee die stick."

Nadat ek die deur agter hom gesluit het, val ek op die bed neer. Trane van verwyt tap uit my oë. Hy is die enigste een wat my werklik ken, en nou lyk dit asof ek hom gaan verloor. Omdat ek so agterdogtig geword het. Omdat ek almal om my wantrou. Daar is nog goeie mense, soos André. Dis tyd dat ek dit weer besef.

Dis reeds blou waar hy my aan my arms gegryp het en ek begin verwoed daaroor vryf. Vind genot in die pyn wat dit meebring. Dis nie minder as wat ek hom aangedoen het nie.

Ek het gedroom ek is dood. En ek sien vir Jesus en die duiwel. Die duiwel lag, wink my nader, 'n stash groter as ek in sy een hand. Sy ander hand hou 'n gloeiende rooi vurk hoog bo sy kop vas. En Jesus staan net daar, sy hartseer oë op my gerig. Hy sê niks. Ek weet ek moet kies. Toe kies ek die drugs.

Hoofstuk 18

"Het hy die volgende dag na jou gekom?"

"Nee."

Ek neem dankbaar die beker koffie wat Migael na my uithou. Hy gaan voor die vuur staan, sy rug na my, 'n glas suikerwater in sy hand. 'n Mooi man. Maar onaantasbaar. Nie net omdat hy 'n engel is nie, maar omdat ek nie aan hom, aan enigeen kan raak nie. Ek is Emmie Engelbrecht, die aanbidder van Mammon, die verwoester van lewens. My pad loop na die verderf, en ek het dit so uitgelê. Daar is niemand om te blameer nie, al sou ek wou. Net myself.

"Hoekom drink jy suikerwater?"

Hy draai glimlaggend om.

"Toemaar, ek wil eerder nie weet nie," sug ek.

Hy kom sit op sy gewone plek. Bene lank voor hom uitgestrek, kaal voete oor mekaar gekruis. "Jy het niks van hom gehoor nie?"

"Nie Dinsdag nie. My oproepe, my desperate boodskappe het onbeantwoord gebly. Ek kon hom nie daaroor kwalik neem nie, of hoe?"

As antwoord skreef sy oë 'n bietjie.

"Woensdag was daar 'n kort boodskap van hom: *Moenie worrie nie, ek sal jou verklaring stuur. Net besig om e-mail-adres te skep. Of vertrou jy my nie?*

"Woensdagaand het ek 'n partytjie ná my straatverkope gehad. Toe ek laataand by die woonstel kom, wag hy daar. Bloederig geslaan."

* * *

"André! Wat het met jou gebeur?" 'n Naar kol vorm op my maag, want ek ken reeds die antwoord.

Ek lei hom badkamer toe sodat ek sy gesig kan skoonmaak. Die bloederige stukke toiletpapier wat die wêreld vol lê en die bloed-spatsels in die wasbak wys dat hy homself al probeer help het.

Ek gaan haal my noodhulpkissie en begin sy wonde ontsmet. "Het Jake dit aan jou gedoen?"

Hy skud sy kop stadig. "So 'n lange met olierige hare." Dit klink asof hy met 'n mond vol watte praat.

"Quintin. Maar hoe . . .?" Ek sluk, probeer weer. "Ek verstaan nie hoe dit moontlik is dat hulle kon weet nie."

Hy neem my hande in syne. "Maak dit saak?"

"Maar hoe het hulle geweet om jou te target? Het hulle jou van my woonstel af gevolg?"

"Het jy vir iemand anders van jou plan vertel?"

Vir Lucky. Ek skud my kop.

"Hy het vir my 'n boodskap gegee om vir jou te gee."

"Wat?" Die hol kol op my maag trek pynlik saam.

"Pasop, Jake sien alles, hoor alles."

"My ma!"

Ek hardloop vervaard telefoon toe. Voor ek die gehoorbuis kan oplig, sluit André se hand om my boarm.

"Luister eers, Emmie. Jy staan nie 'n kans teen hulle nie! As hulle dit aan my, 'n groot, sterk man, kon doen, watse kans het jy?"

"My ma . . ."

"Wag eers! Jy sal moet aanhou verkoop. Jy het nie 'n keuse nie. Ek is nie 'n bang man nie, maar vanaand was ek bang. Ek ís bang."

"My ma!" Ek ruk los, skakel die bekende nommer.

"Hy het die stick gevat nog voordat ek dit kon stuur. Ek is jammer. Ek het misluk. Ek wou so graag vir jou wys dat jy my kan vertrou. Ek wou jou so graag uit hierdie ding kry. Maar ek kan nie, Emmie. Jy is vas. Jy sal nie kan ophou nie."

Ek kyk desperaat na André, luister na die telefoon wat aan die ander kant lui en lui en lui. Ek is vas.

*   *   *

Ek vryf moeg oor my gesig, kyk vlugtig na Migael.

"Ek het my ma eindelik by die buurvrou opgespoor. Sy was ongedeerd. Dit was biduur, en toe sy terugkom by die huis ontdek sy dat daar by haar ingebreek is. 'n Paar waardelose items is gesteel. Nie veel nie, omdat daar nie veel was nie. Maar haar kissie was weg. Haar waardevolste besitting. My pa het die houtkissie vir haar gemaak en die dag van hul troue aan haar gegee. Binne het hy 'n boodskap vir haar uitgekerf. Daaroor het sy aangegaan en aangegaan. Oor die res het sy stilgebly."

"Sy het jou nie laat weet nie, want sy wou jou nie ontstel nie," sê Migael sag.

"Sy móés laat weet het. Veral van my pa."

"Wat van jou pa?"

"My pa en twee ander is op dieselfde tyd by een of ander samekoms aangeval. My pa was in die hospitaal. Hy was nie kritiek nie, maar ernstig genoeg."

172

"En julle kon hom nie besoek nie."

"Nie tot die volgende dag nie."

"Hoe het dit jou laat voel?"

"Hoe dink jy het dit my laat voel? Hè, Migael? Hoe dink jy het ek gevoel?"

"Dit was nie jou skuld nie, Emmie."

"Dit was my skuld! Natuurlik was dit my skuld! Alles wat verkeerd gegaan het, álles was as gevolg van my."

"Jy wou net die regte ding doen. Soort van."

"En wat het ek toe van my goeie voornemens?"

"As jou pa geweet het wat die waarheid was, sou hy trots gewees het op jou. Jou ma ook."

"Nee, Migael, hulle sou my verag het. Soos ek myself verag het. Ek het 'n groter gemors van die bestaande gemors gemaak. Ek het drie onskuldige mense bygesleep. Die drie mense vir wie ek die liefste is, het ek die seerste gemaak."

"Dit was nie jou skuld nie. En hulle sou trots op jou gewees het omdat jy die regte ding wou doen."

"Wat het jy bedoel met 'soort van' die regte ding?"

"Jy het die uitweg van 'n lafaard gekies. Stuur 'n anonieme boodskap en laat die skuldiges aan die pen ry. 'n Edel gedagte, behalwe dat jy wat ook skuldig is, dan skotvry sou bly."

Ek ignoreer hom. Ek was vas, het ek daardie aand geweet. Vás.

"Jou pa het herstel."

"Ja. Ons het hom die volgende dag besoek. Hy was seer, verward. Hy kon nie verstaan hoekom hy uitgesonder is nie. Hoekom iemand dit aan hom wou doen nie. Hy was 'n modelgevangene, dit was nie meer lank voor hy vir parool kon aansoek doen nie, en nou dit. En die hele tyd wat ons daar langs hom sit, sit ek met die wete dat dit mý skuld is."

"Dit was nie jou skuld nie."

Ek skud my kop. Ek wéét wat die waarheid is.

"Dit was vir my 'n verwarrende tyd. Ek het Annette al meer agteruit sien gaan. Ek het Simon sien wegkwyn onder bekommernis en seker ook skuldgevoelens. Sean sou die jaar moes herhaal, en steeds het sy ouers hulle blind gehou. Daar het soveel nuwe kopers bygekom, en vir my het dit gevoel hulle raak al jonger. Dit was skrikwekkend."

"Tog het jy steeds aangehou om dwelms te verkoop, ook aan Annette?"

"Ek kon nie anders nie. Ek weet dit klink verskriklik, maar ek kón nie. Jy moet my glo, Migael, ek was te bang. Te bang vir Jake, te bang vir wat hy aan André en aan my ouers sou doen."

"Te bang dat jy sonder jou luukses sou moes klaarkom? Te bang dat jy nie meer in geld sou rol nie?"

"Nee," ek kan dit eerlik sê, "dit was nie dit nie. Geld het sy bekoring begin verloor. Ek het die geld wat ek met die verkoop van dwelms gemaak het, begin weggee. Vir die kerk, in 'n anonieme koevertjie gegooi en vir hulle gepos. Aan die kankervereniging. Die dierebeskermingsvereniging. Aan almal waaraan ek kon dink."

"En tog daag jy hier op met 'n sak vol note? Jy het tog geld vir jouself gehou."

"Ek het. Net soms, as die lus na koop te sterk was. Maar die geld wat hier is, was bestem vir die kerk. Ek het net nog nie tyd gehad om dit te gaan pos nie."

"Het jy gedink dat jy jou skuld sou kon afkoop?"

"Ek weet dit werk nie so nie, maar ja, ek het tog so gehoop. Dat God op my sal neerkyk en my vergewe. Aan die ander kant het dit my ook 'n perverse genot gegee om te weet dat die bloedbevlekte geld vir iets goeds gebruik gaan word. As ek nie kon ophou nie, was dit die minste wat ek kon doen. André sou my in elk geval nie toegelaat het om op te hou verkoop nie, hy het te groot geskrik. Hy was so bang dat Quintin iets aan my sou doen dat hy soms saam met my strate toe is, of na partytjies toe. Hy het hom as my beskermheer aangestel. En elke keer moes ek eers my oë toemaak, my pa se stukkende lyf en verwarde gesig sien, my verwese ma, André bebloed, eers dan het ek die moed gehad om die sak te vat en te gaan verkoop."

"En Jake? Wat het hy vir jou gesê?"

"Die Woensdag het alles gebeur, Donderdag is ons na my pa toe, André ook. Die Vrydag is ek na Jake toe."

"Vertel my."

*   *   *

Jake groet nie, beduie net na Quintin. Woordeloos hou ek my sak na hom uit sonder om na hom te kyk. Ek kan sy blik op my voel brand. Hoe haat ek hom nie!

Ek bly staan, hou my oë op Jake terwyl Quintin in die kluis vroetel. Hoe dom is die polisie? Die klub se naam is Ecstasy, for fuck's sake! Kan hulle nie twee en twee bymekaartel nie? Kan hulle nie met hul honde hierheen kom en die kluis oopbreek nie? 'n Anonieme telefoonoproep na die polisie dalk? Ek kan 'n simkaart koop, bel en die kaart weggooi. Vinnig. Maklik.

Hoe goed hoor Jake? Hoe goed sien Jake? Ek moet uitvind.

175

"Hoe het jy geweet?" vra ek.

"Ek is baie nader aan jou as wat jy ooit sal raai, Emmie."

"Hoekom het jy dit aan my pa gedoen? Aan my ma? Jou fight is tog met my, nie met hulle nie!"

"'n Mens slaan altyd waar dit die seerste maak."

"Hulle is oud en hulle is onskuldig, hulle verdien nie om so behandel te word nie."

Ek hoor my stem breek en sluk verbete aan die knop in my keel. Ek sal nie huil nie. Daardie satisfaksie sal ek hom nie gee nie. Ek weet hy weet hy het my seergemaak. Hy hoef dit nie te sien nie.

"Hulle verdien dit nie, jy is reg, maar jý verdien dit. Dit was net 'n waarskuwing, Emmie. 'n Ligte, eerste waarskuwing. Hoe erg dink jy gaan dit wees as jy weer so iets probeer?"

Ek vat die sak wat Quintin na my uithou.

Toe ek omdraai, keer Jake: "Jou ma wil hierdie dalk terughê. Ek glo dit het sentimentele waarde."

Hy hou die houtkissie na my uit. My pa se kissie. My ma se kissie. Ek neem dit sonder 'n woord by hom.

Eers toe ek in die motor sit, maak ek dit oop. Laat my vingers oor die bekende woorde aan die binnekant van die deksel gly: *'n Belofte is 'n belofte. Ek is joune vir ewig.* Skeef en krom, maar dié woorde het vir my ma so baie beteken. Sy sal die kissie nooit weer sien nie. Ten minste is dit veilig by my.

Op die bodem van die kissie lê 'n pakkie foto's. Ek maak dit oop. My pa. My ma. André. 'n Paar tieners, hul gesigte bekend. Jake se siek grappie. Hoe haat ek hom nie! Hoe haat ek hom en Quintin nie!

Ek skakel my motor aan en ry. Hoe weet Jake alles? Hoe sien Jake alles? Is daar 'n meeluisterapparaat in my woonstel? Dalk kameras? Want Lucky sou nie . . . Ek weet dit net. As ek net ongesiens die klub kon in, petrol oral kon uitgooi. 'n Vuurhoutjie kon trek. Die spul in vlamme kon sien opgaan. Verkieslik met hulle daarin. Die gedagte laat my hart teen my ribbes skop. As ek net kon. Tog weet ek dat dit altyd net 'n wonderlike fantasie sal bly. Want ek is Emmie, die banggat.

Die aand tref André my op 'n leer aan, my vingers tastend teen die mure, plafon, bo-op die deurkosyne. Niks.

"Wat maak jy?" vra hy verbaas.

"Ek soek 'n meeluisterapparaat, dalk kameras."

Hy lag. Hy lag wragtig.

"Emmie, jy sal nie so iets kry nie!"

"Hoe weet jy?"

"Ons praat van professionele mense. Hulle sal nie só deursigtig te werk gaan nie. Klim af en maak eerder vir ons iets om te eet."

"Hoe weet Jake dan alles? Hier móét iets wees!"

"Hier is nie. Klim af. Ek is honger."

Soms mis ek my lewe voor drugs. Toe 'n loopneus beteken het dat ek verkoue kry. Toe 'n nagmerrie net 'n droom was.

Hoofstuk 19

"Vertel my van Lucky."

Ek kyk vinnig na Migael, maar sy oë is ver, turend.

"Maande later toe ek een oggend die koerant oopslaan, kyk ek in Lucky se gesig vas. Sy liggaam is iewers in 'n sloot gevind. Die polisie het enigeen met inligting gevra om na vore te kom. Ek het gewonder: Is Lucky se ma dood, en het hy probeer uitkom? Of lewe sy ma nog, en wat word nou van haar? Was dit Jake? Of het een van die mense met wie hy daagliks te doen gehad het dit aan hom gedoen?"

"Ek wil die waarheid hoor, Emmie, nie jou verbeeldingsvlug nie."

Ek laat my kop in skaamte sak. "Ek kan nie. Dis hoe ek die waarheid vir myself uitgemaak het. Ek kan jou nie vertel nie."

"Jy moet."

"Ek is skaam oor baie dinge wat ek gedoen het, maar hierdie is een van die erger goed. Ek kan jou nie vertel nie." Ek kyk smekend na hom.

"Jy wil nie, Emmie. Jy kán, maar jy wil nie."

Ek sit my hande oor my oë, asof ek die beelde só kan keer. Maar ek kan nie.

"Ek wil jou dit hóór sê." Sy stem is onverbiddelik.

* * *

Toe ek vroegaand die boodskap kry dat ek Jake dringend moet kom sien, het ek nie die vaagste idee waaroor nie, maar ek klim dadelik in my motor en ry.

Jake staan voor sy klub vir my en wag. Vreemd.

Ek parkeer my motor en gaan stadig, behoedsaam, nader.

"Emmie," knik hy.

"Hallo, Jake."

"Kom." Hy stap voor my uit na 'n groot swart viertrek. Die bestuurder spring uit en hou vir Jake die agterdeur oop. Ek stap om, klim aan die ander kant in.

Dit neem lank voor ek die moed bymekaarskraap. "Waarheen neem jy my?"

Jake kyk nie na my nie, hy staar deur die getinte vensters na buite. "Ek vind dat daar 'n sekere soort mens is wat nie glo voor sy nie sien nie." Sy oë vind myne. "Soos jy, Emmie. Vanaand gaan ek jou máák glo."

"Wat gaan aan?"

"Genoeg. Jy sal sien."

Ons ry in volkome stilte verder. Die geboue raak minder, tot dit later heeltemal ophou. Ons is uit die stad, besef ek paniekbevange, weg van enige hulp. Gaan hy my doodmaak? Is dít sy plan?

Die voertuig kom tot stilstand. Hierdie keer hou die bestuurder vir my die deur oop. Ek haal diep asem toe ek langs hom staan, kyk vinnig om my rond. 'n Plasie. Links staan 'n vervalle huis, duidelik jare laas bewoon. 'n Skuur aan die regterkant. Voor die skuur staan nog 'n viertrek en twee motorfietse. Harleys. 'n Rooie en 'n swarte soos André s'n.

Die bestuurder du my vorentoe en ek beweeg onseker nader. Omtrent tweehonderd meter verder, onder die mooiste ou akkerboom, staan twee figure in swart geklee, balaklawas op, hulle oë op die knielende figuur voor hulle.

Ek sluk swaar toe ek hom herken. Lucky. Vars bloed drup uit 'n wond aan sy kop, sy een arm hang skeef en eienaardig. Hy lig sy kop moeisaam toe hy van ons bewus word. Sy bloederige mond vertrek in 'n klein glimlaggie toe sy blik myne vind.

"Lucky!" Ek tree vorentoe, my hand uitgestrek na hom. Hy skud sy kop stadig.

"Jake? Hoekom doen jy dit?"

Jake staan en wieg op sy voete. Vorentoe, agtertoe, vorentoe, agtertoe. Ek is lus en stamp aan hom sodat hy omval, sodat hy seerkry.

"Lucky was aan die wegloop. Lucky glo dat hy onaantasbaar is." Hy draai skielik na my. "Soos jy ook, vermoed ek. Maar niemand is onaantasbaar nie, Emmie. Niemand is onvervangbaar nie. Daar is nog baie Luckys daar buite, Emmies ook. Ek wil hê jy moet sien wat ons doen met iemand wat sy goed wil vat en loop."

Hy knik vir die twee mans in die balaklawas. "Boys."

Albei neem posisie agter Lucky in, albei haal pistole uit, albei haal oor. Twee skote klap tegelyk. Asof in stadige aksie sien ek die verbaasde uitdrukking op Lucky se gesig, sien ek hom stadig vorentoe val, voel ek die bloeddruppels teen my gesig spat, hoor ek die gil wat aanhou en aanhou en aanhou.

Die gil stol eers toe Jake my hard deur die gesig klap. Die naarheid op my maag borrel na bo en dwing my op my knieë, waar ek begin opgooi. Ek is bewus van beweging om my, van iemand wat my ophelp, wat 'n handdoek na my uithou. Ek vee my gesig skoon, kyk verstom na die toneel om my. Rustig, asof niks gebeur het nie. Die tweede viertrek is weg. Die motorfietse ook. Dis net ek, Jake en sy bestuurder.

Die bestuurder help my in die viertrek. Ek gaan sit so na as moontlik aan die deur. Hou my gesig in die handdoek. Ek kan nie vir Jake kyk nie.

*   *   *

"En toe?"

"Toe gaan laai hulle my by my woonstel af. My motor het reeds op sy gewone plek gestaan."

"Het Jake vir jou iets gesê?"

"Nie 'n woord nie."

"En hoe het jy oor die gebeure gevoel?"

"Hoe dink jy het ek gevoel?"

"Sê my."

"Ek was bly dat dit nie ek was nie. Ek was blý."

"En later?"

"Lucky het gesê hy sal net loop wanneer sy ma dood is. Ek het aangeneem dat sy gesterf het, maar ek het nie probeer uitvind nie. Dit sou tog niks aan die situasie verander het nie."

"En jy is dadelik polisie toe?"

"Sarkasme pas nie by jou nie."

"Ek is jammer. Ek kan net nie verstaan hoekom jy nie polisie toe gegaan het nie."

"Omdat ek seker was dat hulle my nie sou glo nie! Hulle het die lyk weggevat, en ek het nie eens geweet waar die plasie is nie. En Lucky het gesê dat Jake se invloed ver strek."

"Glo jy dit?"

"Ja."

"Regtig, Emmie?"

Ek bly hom 'n antwoord skuldig.

Hy sug diep, staan op. Sy houding, sy lyftaal straal misnoeë uit.

"Wat van Sean?" vra hy.

"Sy ma het hom een aand gevang. Hy was toe al op crack. Vir my het hy gesê dat die snap, crackle en pop daarvan hom aangetrek het, maar ek het geweet dis goedkoper vir hom. Want hy het vinniger gebruik as wat sy sakgeld gehou het."

Ek strengel my vingers inmekaar. "In elk geval, sy het hom gevang en uiteindelik gesnap dat hy dringend hulp nodig het. Dis wat Simon my kom vertel het."

"En?" vra Migael toe ek stilbly.

"Hy is opgeneem. Hy is steeds daar, sover ek weet."

"Annette?"

Ek sug, maak my oë toe. Hier kom dit, die deel waarvoor ek die bangste is. Die deel van my lewe wat ek met niemand wou deel nie. Nooit nie. Maak nie saak hoe ek dit inkleur nie, ek is skuldig.

"Dit was 'n doodgewone verjaardagpartytjie. Iemand het sestien geword, en vir die geleentheid het die ouers 'n saal gehuur, en 'n band en caterers. Die partytjie was soos ek my tienerpartytjies onthou: doodgewoon. Ek het 'n bietjie vroeër as gewoonlik opgedaag, nie dat dit saak gemaak het nie, daar was soveel jongmense dat die ouers van die verjaardagseun bo-oor my gekyk het. Vir 'n oomblik het ek geglo dit gaan 'n normale tienerpartytjie wees. Toe groet die ouers, sodat die tieners, soos hulle gesê het, lekkerder sonder hulle kon kuier.

"Hulle was skaars in hulle motor, toe word die koeldrankbottels met drankbottels vervang. Toe kom staan almal met breë glimlagte by my, geldnote in beswete hande. Soos altyd die transformasie: paartjies wat om die hoeke verdwyn, die fopspene wat uitkom, kinders wat soos zombies op een plek begin wieg. En Annette . . . sy word struikelend deur Carl op 'n tafel gehelp. Met glasige oë en stadig, heel uit pas met die vinnige tempo van die musiek, raak sy in 'n erotiese dans van haar klere ontslae. Haar kêrel maak suggestiewe bewegings met sy onderlyf terwyl die ander oopmond staar, sommige lag.

"Carl nooi die verjaardagseun nader. 'Jou verjaardaggeskenk,' beduie hy na Annette. Ook hy word deur Carl op die tafel gehelp. Toe hy egter na Annette reik, vererg Carl hom bloedig, ruk die outjie af, begin hom met die vuis bydam. En deur dit alles staar ons ander na Annette wat steeds nakend om en om dans. Ek het omgedraai en uitgestap."

"Jy het niks gedoen nie?"

Ek hou my oë toe, te bang om hulle oop te maak en die walging in Migael s'n te sien. "Daar was niks wat ek kon doen nie. Hulle was nie in staat om na my te luister nie. En die kanse was goed dat as ek sou bly en die polisie of ouers se hulp word ingeroep, sou ek as die dealer uitgewys word."

"Toe hardloop jy weg?"

Ek hoef nie in sy oë te kyk om die walging in sy stem te hoor nie. "Ek was bang. Ek het nie geweet wat anders om te doen nie."

"Dis een van die flouste verskonings wat ek nog gehoor het."

"Is engele nie veronderstel om onpartydig te wees nie?"

"Ek trek juis party vir die onskuldiges, vir die slagoffers."

Ek maak my oë oop. "Vir die res van my lewe sal ek met die wete moet saamleef dat ek iets kón gedoen het, maar niks gedoen het nie."

"Nee, jy sal met die wete moet saamleef dat jy iets móés gedoen het, maar nie gedoen het nie. Omdat jy liewer vir jouself is as vir jou naaste."

"En omdat ek 'n banggat is."

"Ja, dan is daar daardie rede. Hoekom het jy langer en langer by hierdie partytjies gebly? Wou jy hê dat iemand jou moes vang?"

"Vra jy asof jy nie weet nie?" sug ek.

Hy rol sy oë.

Ek haat dit om my foute te moet erken. Het nog altyd. Ek sou graag die een mens wou wees wat nie foute het nie, dink ek en sug weer.

"Dis 'n groot mens wat sy foute kan erken."

Ek bly stil.

"Jy het gebly omdat jy verslaaf geraak het aan hulle verslawing."

Ek kyk af. "Elke mens het 'n verslawing. Of dit nou iets so on-skuldig is soos televisie, sport of sjokolade. Daar is selfs mense wat verslaaf raak aan godsdiens. Maar jy is reg, ek het verslaaf geraak daaraan. André het hoeveel keer vir my gesê om te verkoop en te loop, maar ek kon nie. Ek het 'n perverse genot daaruit gekry om hulle dop te hou. Hulle opwinding het mý opwinding geword."

"En dit was vir jou moeilik om daardie verslawing te verbreek."

"Ja. Ek was bang vir Jake, regtigwaar. Maar 'n lewe sonder die opwinding het my ook nie aangestaan nie."

"En dis die ware rede hoekom jy nie opgehou het nie."

"Ja."

"Maar jy het opgehou om die strate in te vaar. Jy het uiteindelik ag geslaan op Lucky se waarskuwing."

"Ja, ek het 'n paar slegte ervarings gehad. Mans wat my seks aanbied in ruil vir crack. Vrouens ook. Ek is met die dood gedreig omdat ek nie op skuld wou verkoop nie. En die tipe mense, regte junkies. Vuil, verslonste goed wat net-net as mense kon deurgaan. En die polisie was meer op die uitkyk as gewoonlik. Dit het te gevaarlik geraak."

Ek vervolg sagter: "En dan was daar die ander, normaler tipe. Dit het ek op straat geleer: dat dwelms enigeen in hul greep kan kry. Die huisvrou, die sportheld, jou buurman. Dwelms ontsien niks of niemand nie."

"Toe los jy die strate en konsentreer op die tieners."

"Ek moes op iemand konsentreer!"

"En die tieners was beter, makliker, veiliger."

"Absoluut."

Hy skud sy kop. "Vertel verder van Annette."

Ek is totally alleen. Sean is in. En hy gaan terugkom en soos Simon lyk en praat. Ek weet dit. Ek weet. Ek weet. Ek weet fokkol. En Simon. Wat kan ek sê van Simon? Hy is nie meer 'n ware vriend nie. Al wat hy doen, is preek en preek en preek. Maak my totally mal. Hy is nie meer pret nie. Hy wil niks saam met my doen nie. Hy wil net heeldag by die huis rondhang en saans na een of ander meeting gaan. Waar-heen hy my natuurlik wil saamsleep.

En Carl. Wat kan ek sê van Carl? Ek wens ek kan onthou wat Saterdagaand by Hennie se verjaardagpartytjie gebeur het. Ek dink dit was iets slegs. Die klomp by die skool het my vandag redelik uitgekyk, en nie op 'n mooi manier nie. Vra ek vir Carl, skud hy net sy kop. Die enigste een wat my die waar-heid sal vertel, is Simon, maar Simon was nie daar nie. Ek hoop nie ek het my naam gat gemaak nie.

My sakgeld is ook al weer op. Dis tyd dat ek my pa se emer-gency kredietkaart uit sy lessenaar se laai gaan haal. Weer. Wat gaan hy doen as hy dit begin agterkom?

Why do I even care? Hy skuld my, vir al die kere wat hulle my net hier los. En dis nie asof hy 'n paar honderd sal mis nie. Ek moet sommer nou gaan kyk.

Hoofstuk 20

Ek tas vervaard in die donker rond op soek na die ligskakelaar. Wat was dit?

Eindelik vind ek dit en skakel die lig aan. Telefoon? Nee. Hoe laat is dit? Deurklokkie! Kwart oor twee! Wie de hel?

Ek keer André toe hy wil opstaan. "Lê jy, ek sal gaan."

Vir 'n breukdeel van 'n sekonde voor ek die deur oopmaak, vrees ek dat dit die polisie is. Wéns ek dat dit hulle is. Sodat alles tot 'n einde kan kom.

My hand huiwer nog bo die deurknop toe die gelui weer die stilte verbreek.

Ek haal diep asem en maak oop.

"Annette!" Sy is met die trappe op pad ondertoe, draai vinnig om toe sy haar naam hoor.

"Asseblief, Emmie, ek weet nie waarheen anders om te gaan nie."

Sy sê dit so vinnig dat ek sukkel om haar te verstaan. Ek huiwer 'n oomblik, tree dan nader en help haar teen die trappe op, tot in die woonstel. Ek loer skrams na haar. Haar oë is ver weg, op 'n totaal ander plek. Ek weet nie wat om met haar te doen nie. Ek weet nie waarheen om met haar te gaan nie. Ek kan nie dink nie! Simon sal moet kom help.

Ek help haar tot in die sitkamer, skud my kop vir André wat deur-

188

mekaar geslaap in die deur verskyn. Ek beduie met my hand dat hy moet loop. Hy draai om en slof gangaf.

Ek draai terug na Annette. "Het iets met jou gebeur? Het jy seergekry?"

Sy lyk sleg. Brandmaer, haar arms om haar lyf geslaan soos een wat koud kry. Daar is swart kringe onder haar oë, soos kneusings. Haar oë is rooi. Nie net bloedbelope nie, róói. Sy lyk eindelik na dit wat sy geword het: 'n dwelmverslaafde.

"Het Carl jou seergemaak?"

"Dit was nie sy skuld nie. Ek raak moeilik as ek 'n fix nodig het."

"Wat het hy gedoen?"

Sy skud haar kop.

"Annette, wat het hy aan jou gedoen?"

"Hy het my net 'n bietjie rondgestamp. Dis oukei. Ek is oukei. Hy het coke gekoop en twee vet lyne daarvan gesny. Ek het aangeneem dat een lyn myne is, maar toe ek naderkom, stamp hy my weg."

"Van wanneer af gebruik jy coke?"

"Lankal. Dis nie ernstig nie, dis vir sommer net. Ek het in elk geval by 'n ander pel gescore, so stuff Carl. Ek is terug na hom toe, en hy was so pateties. Gehuil en geskop soos 'n baby. En skielik het ek net besef dat ek nie 'n verslaafde wil word nie. Ek het na Carl gekyk en gegril. Ek wil nie soos hy wees nie. En ek is!" Haar oë swem in die trane.

"Ek is bly jy is hier." Ek stap tot by haar, neem haar in my arms en hou haar vas. "Jy moet ophou hiermee, Annette, jy moet die dwelms los."

"Ek wil, ek weet net nie hoe nie."

"Los dit net!"

"Ek kan dit nie alleen doen nie. En ek kan nie vir my ma-hulle sê nie. Nie alleen nie. Sal jy saam met my gaan?"

Ek wíl saam met haar gaan, maar ek kan nie. Ek het te veel om te verloor.

"Annette, ek kan nie, jy besef dit tog? Ek sal vir Simon bel, hy sal saam met jou gaan."

Sy tree uit my omhelsing. Ek moet myself dwing om verby die verwyt in haar oë te kyk.

"Ek sal jou nie out nie," fluister sy.

"Ek weet." Ek begin huil. Van verligting, maar veral omdat ek dit wat ek geword het so háát.

Ek kry Simon se nommer by haar, bel op sy selfoon. Hy antwoord deur die slaap, maar belowe om dadelik te kom.

Terwyl ons vir hom wag, praat sy. Soos 'n damwal wat eindelik gebreek het, loop dit net oor.

"Ek wou net gewild wees. Is dit te veel gevra? Toe ontdek ek E en my lewe verander. Skielik was ek die gees van die party. Skielik het ek baie vriende gehad. Ek kon my skaamheid met een pilletjie weg-toor. Ek kon myself ligter voel word. En as 'n added bonus het dit sommer ook gehelp dat ek gewig verloor het."

"Maar is dit die moeite werd?"

Sy skud haar kop. "Die probleem is: hoe meer jy gebruik, hoe meer moet jy gebruik. Nie wil nie, móét. Want jou volgende high is nooit so goed soos die vorige een nie. Of jy probeer iets nuuts, soos coke. En dis 'n anderster soort high. Meer intens. Lekkerder. Maar dit maak jou skaamteloos. Ek het al baie goed gedoen waaroor ek skaam is."

Sy kyk verby my. "By Hennie se verjaardagpartytjie het ek kaal

op 'n tafel gedans. Káál. Iemand het met 'n selfoon 'n video daar-
van geneem. Almal by die skool het dit gesien."

"Ek is so jammer, Annette."

"Jy hoef nie te wees nie, jy was tog nie daar nie. Dit laat my soos
'n hoer voel. En dis nie wie ek is nie! Ek wil nie só wees nie! E is
supposed om 'n happy drug te wees! Maar ek was lanklaas happy.
En toe ek sien wat die coke my maak doen het, was ek glad nie
happy nie."

"Ten minste erken jy dat jy 'n probleem het, en jy soek hulp."
Dit klink so geyk, maar ek kan aan niks anders dink om te sê nie.

Ek het gedink ek gaan dood. Ek kon nie dink nie. Toe bring sy snow en die wit poeier lê soos uitkoms voor my. En sommerso – met een snuif – skuif die heelal 'n aks en weet ek dat ek okay gaan wees.

"Daar is baie dinge wat ek nie verstaan nie, Migael. Ek verstaan nie hoe 'n televisie werk nie. Ek verstaan nie hoe die aarde in die lug hang nie. Ek verstaan nie hoekom tieners na dwelms moet gryp om te voel dat hulle aanvaar word nie. Ek verstaan nie hoekom aaklige goed met goeie mense gebeur nie. Maar die ding wat my die meeste pla, is hoekom God, jóú God, dit toelaat. Kan jy dit vir my beantwoord, engel?"

"Net soos jy ken ek ook nie al die antwoorde op al die vrae nie. Ek is bloot 'n dienaar van God, niks meer nie."

"Dis 'n gerieflike verskoning! Jou God is óf blind óf Hy hou hom blind! Jou God kyk verby al die hartseer op hierdie aarde. En tog wil Hy hê ons moet in Hom glo? Watse God is dit, Migael? Wat sê dit van jóú God? Wat sê dit van jóú?"

Toe Migael opstaan, verdwerg sy grootsheid alles in die vertrek. Sy oë blits af na my, sy stem is donderend, bulderend, sodat ek daarvan ineenkrimp.

"Emmerentia Engelbrecht! Jou God laat hom nie bespot nie! Jou God se weë is duister! Wie is jy om die weë van God te bevraagteken?"

En net so skielik soos wat dit begin het, hou dit op. Word sy gesig sag, pluk-pluk sy bekende skewe glimlag om sy mond.

"Ek is jammer, Emmie. Ek moes nie my humeur verloor het nie. Jy vra vrae wat die mensdom van die begin af vra. En ek het nie antwoorde nie. Net Een het die antwoorde – as die mensdom net wou glo. Want met alles het Hy 'n plan, 'n doel. Niks gebeur sonder 'n rede nie. Nooit nie, Emmie. Nóóit nie."

Ek val op my knieë voor hom neer.

"Moenie." Hy hou sy hand uit en trek my op. "Soos jy is ek ook net 'n dienaar. Aanbid God, Emmie, al verstaan jy nie altyd sy weë nie. Aanbid Gód, nie vir my nie."

"Jy is waarlik 'n groot engel," kry ek dit met 'n bewende stem uit.

Sy glimlag word groter. Dis lank stil tussen ons, voor hy opstaan en kombuisarea toe stap.

Ek staan op, gaan staan voor die venster, staar na buite. Ek het baie dinge gedoen waarop ek nie trots is nie. Baie. Dwelms verkoop was maar een van baie. Ek is selfsugtig, en dit wys in my dade. Ek wou geld hê, en dit het nie aan my saak gemaak hoe ek dit kry nie.

Hoekom is ek nie eerder soos my ma nie? Sy en my pa het arm begin, maar hulle het 'n goeie bestaan gehad. Toe steel hy en is ons skatryk. En my ma het daarby aangepas. Sy het gekoop, gaan uiteet, vir spa-behandelings gegaan, die lewe van 'n ryk vrou geleef.

En toe die pawpaw die fan tref, raak sy van voor af gewoond aan 'n lewe sonder geld. Ek kon nie. Ek wou hê wat ek vroeër gehad het. Ek wou daardie lewe leef. Ek wou nie aanpas nie. En kyk waar sit ek nou.

Ek slaan my arms om my lyf, staar na die bome deur die venster.

Ek weet jy kan my hoor, Migael, ek weet jy luister na my. Van al die dinge wat ek gedoen het, is hierdie die een waaroor ek die slegste voel. Ek wil dit nie hardop sê nie, want dan is dit te waar.

Toe Annette daar oorkant my sit, beangs, geïrriteerd, moeg, het ek dit gedoen wat ek die beste doen. Ek het 'n pakkie coke uit my sak in die slaapkamer gaan haal, sag, sodat ek André nie steur nie, en dit saam met 'n geldnoot voor haar op die koffietafel neergesit.

Sy het dankbaar na my gekyk, opgestaan en 'n CD-kassie van

die rak afgehaal. Sy het nie eens moeite gedoen om lyne te sny nie. Net die coke in 'n hoop bo-op die CD-kassie laat val, die noot opgerol en gesnuif.

Daar is 'n rede hoekom ek nooit tot die einde van 'n partytjie gebly het nie: ek wou hulle nie sien crash nie. Sy was besig om te crash, en ek het die mag gehad om haar te help, met een pakkie coke. Ek het na haar gestaan en kyk. Toe sy opkom, het sy die bietjie poeier wat nog aan haar neusvleuels geklou het, met een hand afgevee en gesnuif. En vir my geglimlag. Dit was die eerste en enigste keer dat dwelms in my huis gebruik is.

Die uitdrukking op haar gesig, toe die coke eindelik begin werk, sal ek nie sommer vergeet nie. Gelukkig en content. Vir 'n paar idiotiese oomblikke was ek jaloers op daardie uitdrukking, wou ek ook 'n lyn doen sodat my probleme met een snuif uitgewis kon word. Ek het die CD-kassie afgevee en teruggesit. Nie een van ons het 'n woord gesê nie. Dit was nie nodig nie. Ons het albei ons fix vir die aand gehad.

Ek draai om toe ek Migael agter my hoor.

Hy staan daar, weemoed in sy oë, 'n bord toebroodjies in sy hand.

Ek neem 'n toebroodjie en gaan sit. "As jy 'n aanmerking daaroor maak, gaan ek opstaan, uitstap en nie weer terugkom nie. Dit belowe ek jou." Ek sê dit versigtig, nie seker of ek al vergewe is vir my uitbarsting nie.

Hy knik net.

"Ek is jammer oor wat ek netnou gesê het. Jy weet ek het dit nie regtig bedoel nie."

"Ek weet. En ek is jammer dat ek my humeur so gruwelik verloor het."

"Migael? Hoe voel dit om in God se teenwoordigheid te wees? Om Hom te kan sien?"

Hy hoef nie te antwoord nie, die transformasie op sy gesig beantwoord my vraag. Helderder as die helderste lig. Mooier as mooi word hy. Sy oë blink, sy glimlag is verblindend.

"Só goed?" vra ek.

As antwoord word sy glimlag nog groter.

En toe is dit beter tussen ons.

Hoofstuk 21

Die Simon vir wie ek die deur oopmaak, ken ek nie. Hy is rooi van woede. Hy vloek, hy skel – vir my, vir Annette.

En ná al haar mooipraatjies vroeër weier sy volstrek om saam met Simon na haar ouers te gaan. Sy hou vol dat haar probleem nie só erg is nie. Sy kan dit self doen. Op haar eie.

Eers toe sy moeg teen die bank se rugleuning lê, hou hy op skreeu. Soos 'n ballon wat geprik is, loop al die kwaad uit hom.

Hy draai na my. "Pla dit jou nie?"

"Natuurlik hinder dit my, Simon!"

"Hoekom doen jy dan niks?"

"Wees redelik, wat kan ek doen?"

"Jy kan, vir starters, ophou daarmee om dwelms aan haar te verkoop."

"Sy gaan dit net elders kry, jy weet dit. Ten minste weet ek dat myne van 'n beter gehalte is."

Hy kyk met soveel misnoeë na my dat ek daarvan ineenkrimp. "Gif bly gif, Emmie, maak nie saak hoe die verpakking lyk nie! Sy sál doodgaan as sy so aanhou, sonder hulp, en jy sal verantwoordelik wees! Wil jy dit op jou gewete hê?"

"En wat van jou gewete, Simon, is dit skoon? Ek het haar ten minste nie aan dwelms bekendgestel nie!"

Ons staan soos twee boksers teenoor mekaar; Annette sit met groot oë op die bank.

Toe kom André in.

"Wat de fok gaan hier aan? Weet julle hoe laat dit is?"

Vir my: "Kry hulle hier uit! Vir wat laat jy 'n spul junkies in die huis toe? Is jy onnosel? Kry hulle fokken hier uit!"

Ek stap nader, maar hy tree terug. "Ek is jammer, André, ons sal sagter praat. Annette het 'n probleem . . ." probeer ek verduidelik.

"Fok, Emmie, enigeen kan dit sien! Die vraag is: hoekom maak jy dit jóú probleem? Ek wil slaap, vroumens, kry hulle hier uit!" Hy slaan die slaapkamerdeur dawerend agter hom toe.

"Ek's jammer," sê ek verskonend vir die twee kinders.

Simon skud sy kop, Annette kreun.

Simon gryp my aan die arm en sleep my kombuis toe, waar hy die deur agter ons toemaak. "Wat soek jy saam met so 'n drol?"

"Hy is nie altyd so nie. Die omstandighede, moet jy erken, is nie normaal nie."

"Wel, hy is reg. Annette ís nie jou probleem nie."

"Ook nie joune nie."

"Nee, maar dis my skuld dat sy so is. Joune ook."

"Kom ons doen dan iets," fluister ek terug.

"Soos wat?"

"Jy was in 'n rehabilitasiekliniek, en kyk nou na jou. Sy kan ook gaan. Vat haar saam met jou na jou NA meetings toe."

"Sy sal nie gaan nie."

"Hoe kan jy so seker wees?"

"Omdat sy glo dat sy nie 'n probleem het nie."

"Hoe kan sy dit glo? Kyk hoe lyk sy!"

"Sy sien haarself nie soos ons haar sien nie."

"Sy het tog hierheen gekom vir hulp! Sy wou hê dat ons na haar ouers moet gaan!"

"Sjuut! Wil jy hê hy moet weer hier instorm? Sy sal nie gaan nie – nie meer nie," fluister Simon.

"Ons kan haar probeer oortuig om te gaan."

"Ek wil nie haar ouers in die oë kyk nie, Emmie. Ek kan nie."

"Is jy bang sy sê waar sy dit leer doen het?"

"Is jy bang sy sê waar sy dit koop?"

Ek sug. "Ons móét iets doen."

Simon staar lank na my, sy gesig byna teen myne. "Te hel hiermee!"

Hy maak die deur oop, stap doelgerig na Annette. "Nou luister jy na my, Annette."

Sy draai haar kop weg.

Hy sleep die koffietafel nader, gaan voor haar daarop sit. Hy neem albei haar hande in syne. "Kyk vir my."

Sy draai stadig na hom.

"Luister, dis al wat ek vra. Luister na my storie. Dan sê jy vir my of dit bekend klink."

Sy knik, haar oë uitdrukkingloos op hom gerig.

"Wat ek vir jou sê, is nie 'n lieg nie, Annette. Ek was dáár. Ek weet. Normale mense loer nie heeltyd oor hul skouers omdat hulle gevaar verwag nie. Normale mense sien nie mense in hul motors sit en na hulle staar of hulle agtervolg nie. Normale mense is nie paranoïes nie. Normale mense bly nie vir honderd en twintig uur aaneen wakker nie. Normale mense wens nie dat hulle kan eet of dat hulle kan slaap nie. Normale mense spring nie van onderwerp na

199

onderwerp wanneer hulle 'n gesprek voer nie. Hulle vergeet nie waaroor hulle pas gepraat het nie. Normale mense voel nie asof hulle velle gaan oopbars en hulle daaruit gaan spring nie. Normale mense kry nie elke keer as hulle eindelik slaap, nagmerries en die bewerasies nie. Normale mense se velle dop nie af nie. Hulle het nie elke oomblik 'n kloppende hoofpyn nie. Hulle sien nie neer op normále mense wat nie drugs gebruik nie. Normale mense loop nie met 'n dummy rond nie. Doen jy enige van dié goed?"

Sy byt op haar onderlip, knik dan haar kop.

"Jy het 'n probleem, Annette. Jy het 'n groot probleem. Maar daar is hulp. Help my om jou te help. Sê ja, dan gaan ons na jou ouers toe. Sê ja, en ons boek jou by 'n kliniek in." Hy kyk pleitend na haar. "Asseblief."

"Hoe voel dit om sonder E te lewe? Sonder coke?"

"Ek het geglo dat drugs cool is. Maar om skoon te wees is meer as cool. Vir die eerste keer in 'n baie lang tyd is ek trots op wie ek is. Kan ek fokus op wat ek wil wees."

"Ek is nie so sterk soos jy nie."

"Niemand weet hoe sterk hulle is tot hulle getoets word nie. Jy het niemand nodig om beter oor jouself te voel nie. En ek sal daar wees, met elke tree wat jy gee."

"Sê ja, Annette," fluister ek.

"Ek het te veel foute gemaak! Ek sal dit nooit kan regmaak nie!"

"Dit maak nie saak hoeveel foute jy gemaak het nie. Jy is 'n goeie mens en jy het baie om te gee. Hou daaraan vas."

"Ek sal nooit weer dwelms kan gebruik nie. Nóóit weer nie."

"Moenie so ver vooruit dink nie. Konsentreer net op elke dag. Sê vir jouself elke oggend wanneer jou oë oopgaan: Vandag gaan ek

nie gebruik nie. Dis hoe ek dit doen. Gryp hierdie kans aan. Nie al-
mal kry 'n tweede kans nie. As jy dwelms kies, gaan jy doodgaan.
Vinnig. Kies die regte pad, Annette. Sê ja."

Hoofstuk 22

"En André?"

"Ek wil nie oor André praat nie."

"Maar jy moet. Jy sal."

Ek weet ek sal. Dis 'n aaklige gevoel om nie te kan teëstribbel nie.

* * *

Ek maak die deur agter Annette en Simon toe, en skrik toe André agter my praat. Ek het gehoop hy slaap.

"Wat is die drama tog hierdie keer?"

Hy klink rustiger, seker klaar jammer omdat hy so geoorreageer het. Ek vertel hom.

"Jy moet jou distansieer van hierdie kinders, Emmie."

"Hoe kan jy dit sê? Hoe kan jy dit verwag?"

"Hulle is niks van jou nie."

"Annette het niemand anders nie."

"Jy is nie haar ma nie."

"Ek wil ook nie haar ma wees nie, net 'n oor. Almal van ons het dit nodig."

"Ek weet nie hoekom jy so betrokke raak nie. Sy is 'n junkie! Los haar dat sy haar eie lewe lei."

"Ek voel skuldig, ék is die een wat die dwelms voorsien."

202

"Asseblief! Hou op om Martie Martelgat te speel. As sy 'n probleem met drugs het, is dit haar probleem, nie joune nie! Al wat jy doen, al wat jy móét doen, is om dit te verkoop."

"Ek wil nie meer nie! Ek wil lankal nie meer nie! Jy weet hoe ek daaroor voel."

"Het jy vergeet hoe ek gelyk het nadat Quintin met my klaar was? Wat dink jy gaan hulle aan jou doen?"

"Ek gee nie meer om nie. Ek is moeg vir al hierdie drama. Ek is moeg om kinders te sien ly. Ek is moeg om skuldig te voel. Al wat ek wou doen, was om genoeg geld te maak sodat ek my skuld kon afbetaal. Dis al. Ek wou nie aanhou om dit te doen nie. Ek is moeg hiervoor!"

"Jy hou jou so fokken heilig, maar jy het presies geweet waarvoor jy jou inlaat toe jy ja gesê het vir Jake. Jy het gewéét! Nou wil jy skielik huil oor elke kind wat 'n junkie is!" Hy draai om, storm terug kamer toe.

Toe ek die kamer instap, lê hy op die bed. "Dis nie so maklik nie," probeer ek verduidelik, "ek voel verantwoordelik vir waardeur hierdie kinders gaan. Waardeur Annette gaan. Ek wil graag help as ek kan. Het jy geweet," ek hou my stem rustig, ek wil nie met hom baklei nie, "dat daar jaarliks wêreldwyd meer as 600 metrieke ton kokaïen verkoop word?"

"Dink hoeveel geld ons sou maak as ons dit kon verkoop," glimlag hy.

Ek ignoreer dit, vervolg sagter: "Ek het 'n bietjie navorsing op die internet gedoen oor dwelms, veral coke, en dis –"

"Al wat jy moet doen, is om Jake gelukkig te hou," val hy my in die rede.

Ek steur my nie daaraan nie. "In die 1800's is die effek wat coke op die mens het, geprys. Deur onder andere Freud."

"Slim man."

Moet jou nie steur nie, hy probeer net 'n fight uitlok, dink ek en haal diep asem. "In 1885 het 'n Amerikaner coke in poeiervorm, sigarette en ook 'n mengsel wat binneaars toegedien kon word, verkoop. Soos ons vandag nog doen. Sy slogan was: 'n Middel wat die plek van kos sal inneem, die lafaard braaf sal maak, die stil ou uitgesproke, en jou lewe pynloos."

"Nog 'n slim man."

"In die 1900's is coke in Memphis in apteke te koop aangebied. Vyf tot tien sent vir 'n klein boksie."

"Gelukkig het tyd ook die prys verander. Anders sou dit nie die moeite werd gewees het om dit vandag te verkoop nie, of hoe?"

"Vir my was die ergste feit dat kokaïen tot 1906 die hoofbestanddeel van Coca-Cola was. Kan jy dit glo? In 'n koeldrank! Dit was ook in dié tyd dat medici besef het hoe nadelig kokaïen is, en toe is die verkoop daarvan verbied."

"Gelukkig is dit nie meer in koeldrank nie, want dan sou jy nie customers gehad het nie."

"Pla dit jou nie, André? Dat ek 'n middel verkoop wat skadelik is, dódelik is? Dat ek mense, kinders, afhanklik daarvan maak? Die internet gee syfers van hoeveel mense jaarliks wêreldwyd sterf as gevolg van dwelms. Die syfers is astronomies, dis meer as –"

"Fok die internet, fok die syfers! Wat ook al met jou customers gebeur, dis nie jou probleem nie. Jy het 'n verantwoordelikheid teenoor Jake, nie teenoor hulle nie."

"Ek verstaan nie hoe jy so kan redeneer nie! Ek ís verantwoordelik, of jy dit wil erken of nie. En jy weet hoe graag ek wil uit-kom!"

Hy staan op, rooi in die gesig. "Moenie naïef wees nie, jy sal nooit weer so 'n werk kry nie. Hierdie werk van jou hou jou uit die skuld, dit koop vir jou drome. Dis jou lewensaar na die lewe wat jy graag wil lei."

"Dit was dalk so, maar dis lankal nie meer waar nie."

"Jy is dom. Jy kan die waarheid maar erken: dis die soort werk wat jy wíl doen."

"Ken jy my ooit? Is dít wat jy van my dink? Ek wil uit, André, uit! Voor iemand verder seerkry. Voor iemand doodgaan!"

"So what as een van jou customers doodgaan as gevolg van drugs? Solank dit nie een van ons is nie. Solank dit nie jou ma en pa is nie. Lyk my jy het vergeet wat met Lucky gebeur het!"

"Jy is meer bekommerd oor jouself as oor hierdie kinders." Die besef het skielik gekom en ek is verbaas dat ek dit hardop sê.

"Natuurlik is ek! Jy is ook! En ek bly eerder in Jake en Quintin se goeie boekies voordat ék seerkry."

"Ek dink jy moet gaan."

"Wat?"

"Ek wil jou nie hier hê nie. Feit is: ek wil jou nooit weer sien nie."

"Wat de donder gaan met jou aan? Is jy bereid om dit wat ons het op te gee vir 'n klomp junkies?"

"Ja." Ek dink 'n oomblik na. "Ja, ek is. Jy is slapgat, en daarvoor het ek nie tyd nie. Ek moes jou destyds al, met my poging om poli-sie toe te gaan, weggejaag het. Toe, loop."

Hy kom teen my staan. "Dit sal jy berou. Ek word nie soos 'n hond weggejaag nie."

Hy trek vinnig aan, gryp sy baadjie wat oor die stoel hang, en stamp my uit die pad toe hy uitstap.

Ek sluit die deur agter hom, voel oneindig moeg.

*   *   *

"Ek was eers hartseer nadat André weg is. Daarna het ek verlig gevoel."

"Hoekom?"

"Ek weet nie. Iets het tussen ons verander ná my gesprek met Kevin. Toe hy bebloed by my woonstel opdaag, en die drama met my ma en pa, toe het ek geglo dat hy onskuldig is. Ek wóú hom glo. Tog, iets het bly knaag. Hy was by tye aggressief. Nie werklik fisiek nie, eerder die manier waarop hy met my gepraat het. En in die begin van ons verhouding was hy nie. Maar met verloop van tyd was dit asof hy geduld met my verloor het. Sy onvermoë om simpatie met iemand anders as homself te hê, het begin pla. Hy was nie een keer simpatiek teenoor my nie, hy het bloot daarop aangedring dat ek aanhou verkoop. En hy het my nooit, ooit na die klub genooi waar hy werk nie. Hy het gelieg oor sy werk by die rekenaarwinkel. Ek weet nie hoeveel kroegmanne verdien nie, maar ek sal my sokkies wed dis nie genoeg om 'n splinternuwe Harley-Davidson te bekostig nie. Ek was te bang om hom te vra waar hy die geld gekry het. Ek het eers later besef hoeveel dit my eintlik gepla het. Hoe kon ek so blind gewees het, Migael?"

"Niemand is so blind soos die een wat nie wil sien nie."

My laaste naweek in my eie kamer. Maandag gaan ek na die beroemde (berugte?) kliniek. Ek is bang. Gaan dit so erg wees soos wat Simon sê dit is? Miskien nie, ek is nie rêrig verslaaf nie. Nie soos hy was nie. Ek kan dit self los, ek weet ek kan. As Ma-hulle net na my wil luister! Maar hulle luister eerder na Simon. Hy is mos nou die amptelike expert oor drugs.

Ma het so gehuil. Dit was erg om te aanskou, rêrig erg. En Pa. Ek het nooit gedink ek sou hom sad sien nie, maar vandag was hy. Daarom laat ek toe dat hulle my kliniek toe vat – vir hulle. Want ek het dit nie rêrig nodig nie. Hoe boring moet die lewe wees sonder drugs? Geen parties nie. Geen Carl nie. Daaroor was Pa baie beslis. Maar ek is nie spyt nie, ek dink ek is in elk geval klaar met Carl.

As added bonus dwing hulle my om elke dag na 'n DVD oor "die misbruik van dwelms" te kyk. Seker gedink hulle moet my rehabilitasie self begin, aangesien die kliniek my eers Maandag kan invat. Hoe kan hulle dink ek is so erg verslaaf soos die klomp in die DVD? Ek lyk nie soos hulle nie! Hulle is te maer, met donker kringe onder die oë, vuil hare en prikmerke op hulle arms! Lyk ek so? I think not!

Al wat ek hoor, is: "Jy is in denial, Annette, jy is in denial." Asseblief! En dan huil Ma en dan voel ek van voor af skuldig. Pa kan my ook nie lekker in die oë kyk nie. Ek snort net, ek spuit nie, ek rook nie, ek sluk nie speedballs nie!

My lyf is so seer, dit voel asof elke spier in 'n spasma is. Vol-
gens die fisioterapeut ís elke spier in 'n spasma. Sy het geknie
en gedruk en seergemaak. En toe dit nie werk nie, het sy my
vol naalde gedruk. Dit was seer! Maar dit het ook nie gehelp
nie, my lyf is steeds seer, seer, seer. En my kop! So seer, dit bly
seer. Van alles. En ek is naar.

My knie bloei omdat ek op die mat rondgekruip het op soek
na coke. Ek weet ek het nog iewers, ek weet net nie waar nie.
Hoekom kan ek nie ophou dink aan coke nie? Aan die wit
poeier op die spieël, die sny, die oprol van die banknoot,
die snuif, die behaaglike terugsit en wag. En dan kom dit. Die
rush. Soos 'n brander wat oor jou kop breek, en skielik is jy sterk.
Ek verlang na coke, ek verlang na coke!

Hoofstuk 23

Migael het vir my koffie gaan maak, vir hom 'n glas suikerwater.

"Het Annette se ouers haar toe na 'n inrigting gestuur?" vra hy toe ons elkeen met 'n drinkding sit.

"Simon het my alles kom vertel. Dat hulle wel sulke goeie ouers is as wat hy beweer het. Dat hulle al 'n hele ruk vermoed het daar is fout met Annette. Dat hulle net hulle kans afgewag het voor hulle sou optree. 'n Mens moet seker dankbaar wees dat hulle wel opgetree het, maar daar was 'n woede in my omdat hulle dit so lank kon laat aanhou. Moes hulle nie vroeër al die tekens gesien het nie?"

"En jy het dadelik opgehou om dwelms te verkoop?"

"Nee."

"So, 'n verslaafde tienermeisie kom klop by jou aan vir hulp, wat jy verleen, maar jy help steeds ander tieners om dwelms te gebruik?"

Ek dink 'n oomblik, op soek na die regte antwoord, een wat my nie so skuldig sal laat lyk nie.

"Ja, ek het. Maar om een of ander duistere rede – jy sal dit seker 'n ingryping deur God noem – het ek begin foto's neem van die partytjies, sommer op my selfoon. Ek het begin name neerskryf van al my kliënte, gesorg dat ek foto's van hulle het. As jy net op die foto's moes oordeel, kon jy seker nie met sekerheid sê dat hulle onder die invloed was nie. Behalwe vir dié wat oop en bloot met daggazolle en lyne coke gesit het, het dit soos onskuldige party-tjiepret gelyk. Maar ek het ook die waarde van suggestie geleer. Skryf 'n anonieme briefie, heg die foto daarby aan, en selfs die ge-hardste ouer sou moes erken dat dit na dwelmgebruik lyk."

"Het dit gehelp?"

"Ek dink so. As gevolg daarvan het heelwat tieners vir berading gegaan. Nog meer is na inrigtings gestuur. Natuurlik nie almal nie."

"Jake het nie daarvan gehou dat jou verkope afneem nie."

"Nee, hy het nie. Ek het steeds baie verkoop, maar blykbaar nie genoeg nie."

*   *   *

Ek sug toe ek die alte bekende sms van Jake lees. Ek los die trollie vol kruidenierware net daar voor die rak met die pastas en stap uit die supermark. Niemand laat Jake Muller wag nie.

Ek word nie gevra om te sit nie. Ek moet staan, soos 'n stout skoolkind voor die skoolhoof. Vir die eerste keer vandat ek Jake ken, is ons alleen. Geen teken van Quintin nie. Dankie tog.

"Jy kom haal nie meer so gereeld voorraad nie. Wat beteken jou verkope het afgeneem. Hoekom?"

O hel. Dit was so min, ek het nie eens gedink hy sou dit agter-kom nie.

"Ek weet nie," kry ek dit sag uit.

"Emmie . . ." Hy staan van agter sy lessenaar op, kom voor my staan. "Is daar iets wat ek moet weet?"

210

"Dis net," ek sluk hard, "hulle is besig met 'n toetsreeks. Dan gebruik hulle altyd minder."

Die klap kom so onverwags dat ek daarvan steier, my oë vervaard knip. Dróóm ek dit? Maar nee, my wang brand soos vuur. My bene swik effens onder my en ek gryp na vashouplek. Jake. Wat my hand van sy arm afskud, na my kyk asof ek vuilgoed is.

"Moenie vir my lieg nie," sê hy sag, "dit was nooit voorheen 'n probleem nie. Doen jy iets? Sê jy iets?"

Hy weet álles.

Ek skud my kop, knip my oë teen die trane wat dreig. Hy weet nie van die foto's nie, besef ek dan. Kruip, Emmie, kruip!

"Ek sal nooit vir jou lieg nie, Jake. Ek sal meer verkoop, harder werk. Ek belowe."

Die stilte hang dik tussen ons, voor hy omdraai en weer agter sy lessenaar plaasneem. "Oukei. Jy het 'n week om jou verliese van die laaste maand op te maak. Moenie my teleurstel nie."

"Ek sal, ek belowe. Ek sal jou nie teleurstel nie." Al moet ek weer strate toe, al moet ek geen wins in my sak steek nie.

"Dit was 'n fout om André weg te jaag. Hy kon vir jou baie beteken het. Loop." Hy laat sy stoel draai, sit met sy rug na my.

Nou ja, this is it. My tas is klaar gepak. Ek gaan môre rehab toe. Miskien is dit nie 'n bad ding nie. Al wat ek weet, is dat ek móét gaan. Vir my huilende ma en pa. My ma het vanoggend in my badkamer ingestap sonder om te klop ('n eerste). En in trane uitgebars (weer) toe sy my kaal lyf sien. "Hoe het jy so maer geword? Kyk hoe lyk jy!"

Ek's lankal só, Ma, hoe sien jy dit nou eers raak?

Ek kan nie ophou dink aan coke nie, of E. Ek het gisteraand 'n terrible droom gehad. Ek het gedroom Emmie kom na my toe aangestap met bricks en bricks coke en 'n moerse groot spieël. Sy sit dit voor my neer en sê: Dis joune. En ek snuif en snuif en snuif. In my droom het my neus nie gebloei nie, het my neus nie eens begin loop nie. Ek kon die high voel. Vir die eerste keer in 'n lang tyd kon ek voel hoe goed dit is!

Ek wag net tot Ma-hulle slaap, dan slip ek uit. Want ek het die geheim ontdek: E is 'n vriendelike drug. Loving. Dit maak jou sag. As jy E inhet, is almal jou pel – selfs dié met wie jy normaalweg nooit sou mix nie. Coke is anders. Meer hardegat, meer selfsugtig. Definitief beter.

Daarom sal ek eers na Emmie toe gaan, vir E. Sodat ek meer liefdevol kan wees. Sodat ek lief vir myself kan wees. Dan na Carl toe. Sodat ek vir hom ook lief kan wees. Vir oulaas. Anders sal ek dit nooit daar binne maak nie.

Migael kyk stip na my. "Jy het opgehou foto's stuur?"

"Nee, ek het nie. Ek het minder verkoop, maar deur minder van die wins vir myself te hou, kon ek Jake gelukkig hou."

"Jou plan het gewerk."

Ek knik. "Maar dis die puntjie van die ysberg! Vir elke tiener wat gehelp word, is daar tien nuwes wat begin. Jy baklei teen 'n oormag, dis 'n geveg wat nie gewen kan word nie."

"En Annette?"

"Wat my die meeste hinder, is dat hierdie tieners, verál hierdie tieners, alles het. Hulle het geld, hulle bly in pragtige huise, hulle ouers is gewoonlik invloedryk, hulle het hul eie motors. Hulle het álles. Toegang tot 'n uitstekende skool. Al die geleenthede is daar vir hulle om aan te gryp. Hulle kan soveel met hulle lewens, met hulle toekoms maak, en tog kies hulle hierdie vernietigende pad. Hoe verstaan 'n mens dit?"

"En Annette?"

Ek wil nie oor Annette praat nie!

Sy blik pen my vas.

"Geen genade vir my nie?" Ek probeer sy blik ontwyk. "Annette moes 'n week wag voor daar vir haar plek in die kliniek was. Sy het die aand voor sy moes ingaan aan my deur kom klop." Ek bly ongemaklik stil.

"En?"

"Ek het nie verwag dat sy 'n gesonde, gelukkige Annette sou wees nie. Maar ek het ook nie die verbitterde, handewringende, ontnugterde tiener voor my verwag nie. Dit het gelyk asof sy enige oomblik kon omkap. Sy het baie erger gelyk as toe ek haar die vorige keer gesien het."

"Wat wou sy hê?"

"Sy het my gedreig met haar invloedryke pa, met die polisie . . ."

"Wat wou sy hê, Emmie?"

"Sy wou E hê." 'n Feit is 'n feit, ek kan dit nie probeer verdoesel nie.

"Toe gee jy dit vir haar?"

"Ja! Omdat ek nie in die tronk wou beland nie! Omdat ek te bang was om nee te sê, omdat dit gelyk het of sy sou doodgaan sonder dit. Omdat ek dit al voorheen gedoen het, en daarmee weggekom het."

"Toe gee jy dit vir haar."

"Vyf tablette, toegedraai in 'n sneesdoekie."

"Hoekom?"

"Ek vra myself daardie vraag elke dag af, Migael. Hoekom? Ek het vir haar baklei by André. Ek het Simon sover gekry om na haar ouers te gaan. Ek het konstant vir haar gebid. En toe sy my daardie aand werklik nodig het, gee ek vir haar vyf tablette, maak my deur toe en probeer van haar vergeet."

Toe ek te lank stilbly, por hy my aan: "En toe?"

"Sy het na Carl gegaan. Hulle het haar laaste aand buite gevier, met coke en E en drank. Dit was net hulle twee. Toe kry sy 'n massiewe beroerte en sterf binne oomblikke. Sy was sewentien. En Carl was so onder die invloed dat hy niks kon doen nie. Nie eens 'n telefoon kon optel tot die volgende oggend nie."

Die snikke brand deur my bors, dit voel asof ek daarvan sal oopskeur. En weer is hy daar, voel ek die hitte uit sy lyf opslaan, hoor ek sy hartklop teen my wang. Sy arms is beskermend om my. Om mý, die een wat dit die minste verdien. Hy troos my asof ek dit verdien, asof hy vir my jammer is. Vir my, die een wat verantwoordelik

214

was vir die dood van 'n pragtige, talentvolle meisie. Hy hou my styf vas totdat die trane opdroog, tot daar net droë snikke oorbly.

Toe laat hy my saggies gaan, gee my 'n bemoedigende drukkie. Hy gaan staan voor die vuur met sy rug na my. Ek gebruik die tyd om met my mou oor my gesig te vee, om die traanspore te probeer wegvee.

"En toe, Emmie?"

"Ek is moeg en dis laat, kan ons nie maar gaan slaap nie?"

"Nee, daar is nog te veel wat gesê moet word. En toe?"

Ek vee weer oor my gesig. "Toe Simon my met die nuus bel, wou ek alles erken. Ek was stom. Dom. Ek het nie geweet wat om te sê nie."

"Hy het nie vermoed dat jy die pille vir haar gegee het nie?"

"Ek weet nie. Ek vermoed hy weet, maar daar is geen bewyse nie. En ek het dit ontken toe hy my vra. Ek het met die perfekte moord weggekom." Ek lag sinies, vreugdeloos. "Ek wens ek het hom gesê dat dit ek was. Dan het ek dalk nou met my gat in 'n sel gesit. Dan sou ek ten minste eerlik kon sê dat ek my straf dra."

Hy knik net, sê niks.

"Die volgende oggend is ek vroeg na Jake toe. Ek kon nie aanhou dwelms verkoop net om my en my ouers veilig te hou nie. Genoeg is genoeg. Ek sou nie langer vir hom verkoop nie, hy kon iemand anders kry. En ek was nie bang nie. Nie toe nie. Want saam met die skuld en die hartseer het 'n woede in my kom lê. Het die sweer eindelik oopgebars en het die kwaad soos etter uitgeloop. Jake was die eintlike skuldige, het ek besluit."

*   *   *

215

Ek hou vlak voor die ingang van die klub stil. Vanuit die veiligheid van my motor maak ek 'n oproep skool toe, veins siekte.

Toe klim ek vasberade uit die motor en stap die stil klub binne. Skoonmakers is besig om die gemors van die vorige aand op te ruim. Ek maak my rug reguit teen hulle kyke, klim die trappe na bo en pyl af op die deur wat soos 'n deel van die muur lyk. Ek klop twee keer agtermekaar. Hard. Duidelik.

Quintin maak die deur oop, lyk vir 'n oomblik verbaas voor hy glimlag en my na binne wink. Jake sit soos gewoonlik agter sy lessenaar.

"Emmie!" groet hy gul en beduie my na die stoel voor die lessenaar.

Ek gaan sit versigtig op die punt van die stoel, hou die rugsak op my skoot vas.

Iets aan my gesig moes my bedoeling verklap het, want Jake verloor sy gulhartigheid. "Is daar fout, Emmie?"

Gewoonte laat my my kop skud. Toe onthou ek van Annette en ek sluk verbete aan die knop wat skielik in my keel kom sit het.

"Ja," knik ek, "daar is fout. Ek het gisteraand 'n vriendin, sy was maar 'n kind, aan die dood afgestaan. As gevolg van hierdie." Ek beduie na die sak op my skoot. "Ek is klaar daarmee, Jake, ek kan dit nie meer verkoop nie. Jy was goed vir my, ek weet, maar my gewete . . ."

Hy hou een hand in die lug, en ek sluk my woorde vinnig in.

"Jy wil nie meer verkoop nie?" vra hy sag.

Ek knik.

"Jy kom hierheen om vir my te sê dat jy nie meer gaan verkoop nie?"

Ek knik weer.

Jake kyk verbaas na Quintin, en hulle bars uit van die lag. Nie 'n mooi lag nie, een wat hoendervleis op my arms laat uitslaan. Toe hy klaar gelag het, staan hy op, indrukwekkend groot agter sy lessenaar.

"Niemand maak ooit klaar met verkoop nie. By Jake verkoop jy tot ék anders besluit. Jy weet dit, Emmie. Ons het tog al vroeër hierdie gesprek gehad."

"Hierdie keer is dit anders," probeer ek weer, "hierdie keer is daar 'n kind dood. En dis op mý gewete. Ek kan nie meer verkoop nie. Hoe moet ek die kinders in die oë kyk terwyl ek weet dat ek die dood aan hulle verkoop?"

"Jy is emosioneel. In hierdie game is emosie nie deel van die spel nie. In hierdie game is die dood wel deel van die spel. Jy sal dit nog baie sien. Raak gewoond daaraan. Gaan huis toe, gaan rus, môre voel jy beter."

"Jake, asseblief, ek sien nie meer kans nie. Ek sal vir niemand van jou vertel nie. Ek sal nooit 'n woord hieroor rep nie. Ek bring alles wat ek oorhet terug, hier is dit." Ek hou die sak soos 'n offerande na hom uit. "Alles is hier. Ek het jou geld ook gebring, ek skuld jou niks. Neem dit, asseblief, en laat my gaan. Ek kan nie meer aandadig wees aan hierdie ding nie. Ek wíl nie meer wees nie!"

Hy bly so lank stil dat ek begin hoop kry.

Ek is verkeerd, besef ek toe hy vooroor leun, sy hande op die lessenaar voor hom. "Het jy my nie gehoor nie, Emmie? Jy sal aanhou verkoop. Jy weet te veel, ek kan nie bekostig om jou te laat gaan nie."

"Ek sal nooit vir iemand van jou vertel nie, ek belowe! Ek het ook tog baie om te verloor!"

"Quintin," hy praat met hom sonder om sy blik van my weg te neem, "maak haar sak vol en dan help jy haar tot by haar motor. Ek wil nie weer sulke kak hoor nie, Emmie. Jy sál verkoop."

Ek sit versteen toe Quintin die sak by my neem. Ek kyk verdwaas hoe hy die kluis oopsluit, pakke en pakke ecstasy, kokaïen en dagga inpak. Hy hou die sak na my uit.

Ek staan stadig op, neem die sak by hom. Toe sien ek Jake se selfvoldane glimlag en ek voel die woede weer in my bruis.

"Nee." Ek sê dit hard. Ek sê dit duidelik. "Nee. Ek is klaar met dit, en ek is klaar met jou."

Ek laat die sak voor Quintin se voete val en hardloop uit. Af met die trappe, verby die verbaasde skoonmakers hardloop ek tot in die veiligheid van my motor. Ek skiet uit die parkeerplek, jaag na my woonstel.

Ek sal nie weer verkoop nie, sê ek vir myself terwyl ek die voordeur oopsluit. Ek wil niks meer met dwelms, tieners of geld te doen hê nie.

*　*　*

"Dit was dapper van jou," merk Migael droog op.

"Ek het ook so gedink. En ek was dom genoeg om te glo dat ek daarmee weggekom het. Want 'n week het verbygegaan, 'n baie bedrywige week. Ek het 'n plan bedink om my ma weg te kry. Twee weke behoort genoeg te wees, het ek besluit. My ma was nog altyd lief vir 'n spa.

"God moes op my bedrywighede afgekyk het, want haar verlof is sonder versuim goedgekeur, en daar was plek vir twee weke by 'n spa. Sy is so 'n goedgelowige, goeie mens dat sy nie eens onraad vermoed het nie. Sy was net dankbaar dat sy kon gaan rus. En ek was dankbaar dat ek haar kon wegkry. Dat ek haar veilig kon hou. Aan my pa kon ek niks doen nie. Dit het my magteloos laat voel. Ek het hom sonder enige beskerming gelos. Al wat ek vir hom kon doen, was bid. Aanmekaar.

"Ek was bang. Ek het met al die ligte aan begin slaap – wanneer ek kon slaap. Drie, vier keer per nag opgestaan om seker te maak die deur is gesluit. Een dag uitgery DBV toe om 'n hond te gaan koop. Nie 'n monster nie, 'n klein hondjie wat kan blaf. En ek het een gekry. Ek het hom Gabriël genoem, my boodskapper." Ek glimlag vir Migael, hy glimlag terug. "Vir 'n rukkie was ek minder bang. Gabriël was op wag, die deur was gesluit, die ligte aan."

"En die hond het ook die verlange na André minder gemaak."

"Gabriël het. Want hoe onbetroubaar André ook al was, ek het na hom verlang. Sy plek langs my in die bed, oorkant my by die eettafel, langs my voor die televisie, was léég. Dis 'n leemte wat ek glo nie gou gevul sal word nie. Hy was weg, tog was dit goed so. Ek moes vrede daarmee maak, aangaan met my lewe. Vég vir my lewe."

"En toe?"

"Toe is dit Annette se begrafnis. 'n Droewige dag. Amper almal in swart geklee. Motors wat die hele straat voor die kerk vol staan, sodat ek sukkel om parkering te kry. Amper die hele skool was daardie middag daar. Meneer Meyer wat 'n hartroerende toespraak lewer. Die skoolkoor wat sing. Twee ouerharte wat stukkend is, uitgestal vir almal om te sien. Die predikant preek so mooi, oor die jong dogter wat in die fleur van haar lewe weggeneem is na 'n beter plek. En nêrens in sy preek is daar 'n verwysing na dwelms nie! En wragtig, by die begrafnis sal daar 'n paar kinders na my toe kom. Ek kon dit nie glo nie! Dat hulle nie eens dié dag kon ontsien nie.

"Ná die begrafnis is ek terug na my woonstel. Al wat ek wou doen, was om uit daardie begrafnisklere te kom. Ek sou nooit weer anders aan die swart bloesie en swart romp kon dink nie. Emosies kleef aan klere, weet jy? Emosies wat herinneringe oproep. Daardie klere sou altyd na begrafnis voel, na hartseer, na skuld."

Hoofstuk 24

Toe ek die trappies na my woonstel opklim, sien ek hom daar sit, sy rug teen my voordeur en sy kop op sy opgetrekte knieë. Simon. 'n Bang, hartseer sewentienjarige. Ek nooi hom in, skink vir ons koeldrank. Gaan teenoor hom sit.

Die stilte hang dik tussen ons. As hy wil praat, sal hy, besluit ek. Aanjaag sal nie help nie.

Toe hy sy kop eindelik lig, sien ek in sy oë al die emosies wat ook in my binneste woed: verdriet, berou en die onvermoë om dít wat gebeur het te aanvaar.

"Die laaste wysheid wat hulle jou gee voor jy uit die inrigting stap," begin hy, "is dat jy jou vriende nie weer moet sien nie. Nie by die-selfde plekke moet uithang waar jy vroeër sou nie. Sodat hulle jou nie in die versoeking kan lei nie. Ek was veronderstel om na 'n ander skool te gaan, maar ek wou nie. Dae lank met my ouers daar-oor baklei. Ek wou naby Annette wees. Sy het my lewe gered, en ek het in my onkunde geglo dat ek háár sou kon red. En in al die tyd terug by die skool, terug by my vriende, kon ek die versoeking weer-staan. Tot nou. Nou crave my liggaam drugs."

"Jy wil dwelms hê?" By mý?

"Die lus na drugs is ongelooflik groot. Groter as ooit. Ek wil hande vol hê. My sponsor sê dis normaal om ná 'n skok so te voel."

Ek kan dit in sy oë sien, hierdie craving wat ek nie verstaan nie, en tog so goed verstaan.

"Maar ek sal dit nie gebruik nie. Ek het te hard gewerk om ontslae te raak van die dwelmduiwel. Ek gaan dit nie weer so maklik in my lewe toelaat nie. En ek besef uiteindelik dat drugs die gat wat uit my hart geruk is toe ek van Annette hoor, net tydelik sal kan vul."

Ek kyk na hom, hierdie mooi, jong seun met die oumensoë. Soveel deernis vir hom wel in my op dat ek hard moet sluk.

"Ek wil net hê jy moet weet hoe ek nou voel."

Ek knik.

"Annette was meer as net 'n verslaafde."

"Ek weet dit."

"Sy was régtig. Jy het net die afhanklike Annette geken. Ek het haar geken voor drugs. Ek het haar geken soos sy regtig was, met al haar vrese, met al haar sterk punte en haar tekortkominge. Annette se ouers het haar geweldig gedryf. Sy moes in alles wat sy aangepak het die beste vaar. Sy moes 'n sekere akademiese gemiddeld handhaaf. Sy moes eenvoudig altyd uitblink. Sy het dit nie maklik gehad nie. Wanneer sy presteer het, was dit vir hulle goed, maar nooit goed genoeg nie. Ek dink sy het nooit die guts gehad om te rebelleer nie, en toe kom Carl. Hy was alles waarteen haar ouers haar gewaarsku het. Sy het hom nooit eens aan hulle voorgestel nie. Hulle het van hom geweet, maar dit was ook al. Hy was nie eens vandag daar nie. Kan jy dit glo?" Hy skud sy kop ongelowig. "Ek dink Annette het drugs gebruik om te ontvlug van die demands van haar ouers. Ek moes haar ouers vroeër al gesê het, maar ek het nie. Dis mý skuld dat sy dood is."

"Nee, Simon, dis nie jou skuld nie."

Hy kyk met hartseer oë na my. "So sê my ouers ook, maar ek ís skuldig. Jy kyk tog nie hoe iemand verdrink en gooi nie 'n reddingstou uit nie?"

Ons sit in stilte, albei met ons eie skuldgevoelens. Dis al donker toe hy opstaan.

"Emmie, ek wou net vir jou kom sê dat ek nie vir jou kwaad is nie, dat ek jou nie kwalik neem nie. Jy het net verkoop, ek het saam met haar gebruik. Dis ék wat iets moes gedoen het." Sy skouers begin ruk.

Ek staan op om hom te troos, maar hy hou sy hande op, skud sy kop.

"Jy sou haar nie kon gekeer het nie, Simon. Sy wou nie gekeer wees nie."

"Ek weet. Maar ek moes harder probeer het."

Ek stap saam met hom tot by sy motor, wens ek kan hom vertel, maar ek kan nie. Staan en kyk hom net agterna toe hy wegry.

Toe ek die voordeur agter my toemaak en sluit, staan Quintin in my sitkamer, Gabriël oopbek by sy voete. Net toe ek gerus begin raak het. Toe ek begin glo het hulle weet nie regtig waar ek woon nie.

Hy staan daar met sy sieklike glimlag, met sy slangogies, my rugsak in sy hand.

"Jake stuur vir jou groete, en 'n geskenkie." Hy gooi die sak voor my neer.

"Ek speel nie meer saam nie. Sê dit vir jou baas!" Ek skreeu dit na sy rug toe hy verby my loop.

Hy swaai soos blits om, gryp my aan die boarms. "Nou luister jy vir my, vroumens! Jy beproef ons geduld. Jy sál verkoop. Jy sal voortgaan soos altyd. Dink jy daai girl is die eerste een wat aan 'n oordosis dood is? Dink jy regtig sy gaan die laaste wees? Maak oop jou oë, dis die werklikheid dié, nie 'n fantasy nie."

"Ek gaan nie meer verkoop nie!" Sy greep is pynlik, maar my hartseer en woede is so groot dat ek dit skaars voel.

"Emmie, ek kan die lewe vir jou baie moeilik maak."

"Ek verkoop nie weer nie!" Ek ruk los en gooi die sak na hom. "Sê dit vir Jake. En sê vir hom hy moet jou nie weer na my stuur nie!"

"So, jy is een van daardie, jy wil eers seerkry voor jy hoor? Ons kan dit reël, jy weet." Hy grynslag, maar tel tog die sak op en stap uit.

* * *

"Jy was baie dapper," sê Migael sag.

"Jy hoef nie so verbaas te klink nie."

"Jy is reg, Emmie, ek ken jou, jy's 'n dapper vrou."

Ek kry dit reg om 'n flou glimlaggie te gee.

"Maar dit was nie die einde van Jake nie, nè?"

"Nee, dit was nie."

"Vertel my."

Hoofstuk 25

Ek kom moeg by die woonstel aan. Die dag ná die begrafnis, die dag ná Quintin. Moeg van bang oor my skouer loer. Dankbaar dat my ma nie hier is nie. Bekommerd oor my pa. Ontsteld oor Gabriël.

Want toe ek vanoggend opstaan, kry ek hom dood lê voor sy kosbak. Ek is nie hartseer nie, my emosies is te afgestomp. Ek tel die lyfie op, maar kan geen wonde kry nie. Snuif aan sy kosbak, hoewel ek nie weet hoe gif ruik nie.

Voor ek skool toe ry, ry ek by die veearts om, vra dat hulle 'n nadoodse ondersoek doen. Ek moet weet.

By die skool het ek 'n klomp tikwerk om af te handel. Toe ek opkyk van my rekenaar, kyk ek in Jake se gesig vas. Ek word yskoud.

"Ek het 'n afspraak met meneer Meyer."

"Vir wat?"

"Ek dink daaraan om my kind hier in te skryf."

"Jy het nie kinders nie."

"Hoe sal jy weet?"

Lank kyk ons na mekaar voor ek die gehoorbuis oplig en met meneer Meyer praat. Hy kom haal self vir Jake, hou sy kantoordeur wyd oop vir hom.

Nie lank daarna nie gaan die deur weer oop. Meneer Meyer loop tot teen my lessenaar, buk vooroor en sê sag: "Hy wil hê jy moet notas neem van ons gesprek. Ek weet dis effe onortodoks, maar hy dring daarop aan. Kom."

Ek sit met 'n naarheid op my maag en luister hoe meneer Meyer die skool besing. Kyk hoe hy die prospektus vir Jake aangee.

"En reëls? Ek hoop dat julle streng volgens reëls optree. Ons het almal dissipline nodig," sê Jake, sy stem syglad.

"Natuurlik," en meneer Meyer begin die reëls voorlees.

"En hoe straf julle die verbreking van reëls?" Hy kyk na my. "Neem notas, juffrou Engelbrecht, asseblief."

My hand bewe terwyl ek verbete skryf: eerste strawwe, tweede strawwe, waarskuwings.

"Wanneer 'n leerling hom die derde keer skuldig maak aan dieselfde oortreding, of wanneer dit 'n ernstige oortreding is, volg onmiddellike skorsing," sluit meneer Meyer af.

"Eliminasie," knik Jake.

"Darem nie eliminasie nie," lag meneer Meyer senuagtig.

"Selfde ding. Stem jy saam met my, juffrou Engelbrecht? Dat oortredings gestraf moet word?"

My keel is droog, ek kry nie gesluk nie.

Jake glimlag vir my en staan op. Hulle skud hand.

"Ek sal besluit of dit die regte plek is vir my kind, meneer Meyer. Ek laat u weet."

Hy hou die deur vir my oop en ek stap voor hom uit. Hoor hoe meneer Meyer se kantoordeur toegedruk word. Voor my lessenaar gaan Jake staan.

Ek hou die notas na hom uit, maar hy skud sy kop, sê sag: "Dis vir jou, Emmie. Ek en jy praat weer."

Toe hy uitstap, moet ek hardloop om betyds by die badkamer te kom. Ek maak dit net-net. Ek vee my gesig af, spoel my mond uit, en wens ek kon Jake saam met die kots wegspoel.

Ná skool is ek eers dokter toe sodat ek iets kan kry teen die donkerte wat dreig om my te oorval. Iets sodat ek kan slaap. En soos enige goed opgeleide dokter het hy sy plig gedoen en my begin uitvra. Ek kon hom nie die waarheid vertel nie, al wou ek. Ek het hom 'n ander waarheid vertel: my pa. En die arme man het my so jammer gekry dat hy dadelik 'n voorskrif uitgeskryf het. Toe hy die voorskrif vir my gee, kon ek die dun vel papier tot in my siel voel skroei.

Op pad apteek toe het gedagtes deur my kop gemaal. Het ek iets nodig om my te help cope? Beslis. Ek haal my hoed af vir depressielyers wat medikasie gebruik om beter te word. Hulle doen iets om hulleself te help. Anders as ek, wat elke oomblik van hierdie hel verdien.

Nee, besluit ek en ry verby die apteek, ek verdien nie hulp nie. Annette is dood en dis my skuld. Dit maak nie saak hoeveel antidepressante ek sluk nie, ek sal altyd skuldig wees aan haar dood. Elke gedagte aan haar, elke nagmerrie waaruit ek natgesweet wakker skrik, verdien ek. Kastyding is nou deel van my lewe, van my bestaan.

Toe ek die voordeur na my woonstel oopsluit en instap, skrik ek toe ek 'n man op my rusbank sien sit. Blaas my ingehoue asem met 'n sug uit toe ek besef dis André.

"Wat maak jy hier?"

"Ek het kom hoor of jy al tot jou sinne gekom het. Ons kan weer probeer. Ek is bereid om jou nog 'n kans te gee."

Vir 'n oomblik weifel ek. Ek mis sy nabyheid. Ek mis sy hande op my lyf. Ek mis die reuk wat aan sy klere klou, wat op die lakens en kussingslope agterbly, lank nadat hy die voordeur soggens agter hom toegetrek het. Sý reuk. Ek verlang na hom, na die man wat hy in die begin van ons verhouding was.

"Annette is dood. Onthou jy haar? Die junkie? Dink jy steeds dat ek te betrokke geraak het?"

"Jy wás te betrokke. Die junkie sou in elk geval doodgegaan het."

Toe twyfel ek nie meer nie, ek móés hom laat gaan. "Los my woonstelsleutel op die tafel as jy loop. Jy sal dit nie meer nodig kry nie."

"Wat keer my om polisie toe te gaan? Vir hulle te vertel wat jy is, vir wie jy werk. Kyk hoe voel jy wanneer Quintin vir jou kom kuier. Wanneer jou ma en pa dood is as gevolg van jou."

"Ek wens jy wil polisie toe gaan. Besef jy nie dis wat ek begeer nie, om hulle alles te vertel? Ek wil hulle smeek om my in 'n sel te gooi – weg van goeie, normale mense. Ek wil vir my ma en pa sê om my bestaan dood te vee. Want ek verdien hulle nie en hulle verdien nie 'n dogter soos ek nie. Ek wil in 'n sel sit en die vlees van my gebeentes afkrap. Stuk vir stuk tot ek by die wortel van die kwaad kom, sodat ek dit kan uitkrap."

"Jy is fokken mal."

"Nee, André. Gáán polisie toe, ek probeer nog genoeg moed bymekaarskraap. Ek sal gaan, ek weet net nie wanneer nie."

"Hulle sal jou doodmaak. Eers jou ma, dan jou pa, dan vir jou. Stadig doodmaak. Almal vir wie jy lief is."

"Wees dan dankbaar dat jy nie meer in daardie groep val nie."

Hy lag bitter. "Jy is 'n naïewe, dom dogtertjie. Weet jy nie wie ek is nie? Vandat Lisa die eerste keer jou naam as moontlike plaasvervanger genoem het, weet ons van jou. Álles van jou: jou pa, jou omstandighede, jou obsessie met geld. Toe gee ons jou wat jy begeer – geld én 'n lover. Dink jy ek het by jou gebly omdat ek van jou hou? Vir jou lief is? Vir preutse Emmie met haar Sondagskoolklassie en simpatie met junkies? Ek het by jou gebly om jou dop te hou! Omdat ek nie seker oor jou was nie. My pa was seker, ek glad nie. En ek was reg: ons kon jou nie vertrou nie."

Ek trek my asem skerp in toe ek die implikasie snap. "Jy . . . is Jake se seun?"

"Hoe dom is jy, Emmie? Jy het 'n foto van ons. Gaan kyk weer op jou rekenaar: ek, my ma, my pa, Quintin."

"Maar jy is 'n Van Tonder, nie 'n Muller nie!" Die paniek slaan deur in my stem.

"My ma se van. Dis jou laaste kans, Emmie: bly by ons. Bly verkoop. Of dra die gevolge. Tot dusver het ons net met jou gespeel."

"Jou vark!"

"Dink aan jou ma, jou pa, jouself. Jy het drie dae. 'n Vergunning omdat ek by jou in die bed kon klim."

"Weet jy dat jou pa sy eie broer, jou oom, vermoor het om hom uit die besigheid te kry?"

"Ek weet."

"Wie sê hy gaan dit nie aan jou ook doen nie?"

"Wie sê ek gaan dit nie aan hóm doen nie?"

Ek kan net oopmond na hom staar.

"Dis 'n wrede wêreld. Survival of the fittest." Hy druk verby my, klap die deur agter hom toe.

Vas.

* * *

Ek sug, kyk op na Migael.

"Die ergste was dat ek dit geweet het. By terugskoue was al die tekens daar, ek wou dit net nie sien nie. Ek het die foto gaan opdiep: Jake, sy eerste vrou en hul twee seuns, André en Quintin. Die ooreenkoms was ooglopend. En Lucky se woorde van lank terug het by my opgekom, hy het gepraat van Jake se boys, van Q & A: Quintin en André. Toe onthou ek die aand wat Lucky geskiet is. Die motorfiets wat soos André s'n gelyk het, wás syne. Dis hy en Quintin wat Lucky vermoor het. Ek was bloot 'n pion op hul skaakbord. Hulle het my geskuif net waar hulle my wou hê."

"Wat het jy gedoen?"

"Niks. Ek kón niks doen nie. Ek sou nie weer verkoop nie, dit het ek geweet. Aan my pa se omstandighede kon ek niks doen nie, en ek het my ma probeer beskerm. Maar vir hoe lank? As ek nou terugkyk, weet ek dat ek polisie toe moes gegaan het."

"Hoekom het jy nie?"

"Omdat ek soos 'n volstruis is. Hoop dat wanneer ek my kop in die sand druk, die wêreld sal verdwyn."

"Wat het toe gebeur?"

"Die derde dag het gekom en gegaan. Die vierde. Die vyfde. Niks. Ek het elke dag met my ma gepraat. Met my pa. Niks. Ek het geglo dat André se woorde net 'n bangmaaktaktiek was. Hulle kon tog sien dat ek niks doen nie. Ek het geglo dit was die einde van André en Quintin en Jake."

"Maar dit was nie."

"Nee."

Hoofstuk 26

Ek staan in my kombuis, besig om 'n stuk steak in klein, eweredige repies te sny. Want vir die eerste keer in 'n week is ek honger. Is ek lus om iets te maak wat ek gaan eet. Is ek seker dat dit nie soos saagsels gaan smaak nie.

'n Week is verby vandat Annette dood is. Dis 'n kort tydjie. Nie naastenby genoeg vir die skuldgevoel om te verdwyn nie. Te kort om klaar getreur te wees. Maar dit ís 'n week. Die voorskrif vir antidepressante lê nog in my handsak. Ek het nog nie nodig gehad om dit te gaan haal nie. Ek kan op my eie cope.

Ek het gisteraand vir die eerste keer in 'n week deurgeslaap. Sonder om van 'n nagmerrie wakker te word. Sonder om te verwag dat ek Quintin of André iewers in die nag voor my bed gaan sien staan. Gister was die eerste dag dat ek nie deur dwelmhonger kinders gepla is nie. Hulle het uiteindelik die boodskap gekry dat ek nie meer verkoop nie. Dit wil voorkom asof selfs Jake die boodskap gekry het.

Ek voel vry. Van alles. Van almal. Nou kan ek begin bou aan my toekoms. Ek het nog baie geld oor. 'n Deel daarvan sal na die kerk gaan, soos altyd, en na een of ander vereniging. Maar die meeste gaan ek hou – vir oulaas. En gebruik sal ek dit gebruik, want ek het dit nie gesteel nie. Ek het hard daarvoor gewerk, hard daarvoor betaal.

Ek sal my toekoms vreesloos ingaan. Ek gaan vriende maak, dalk 'n man ontmoet wat my hart van hartstog, en nie van angs nie, vinniger laat klop. Ek gaan gelukkig wees. Aan al dié dinge staan en dink ek terwyl ek die steak opsny.

Toe ek die geluid hoor, maak ek dit af as verbeelding, ek kyk nie eens om nie. Toe die geskuifel 'n tweede keer opklink, draai ek om. En daar staan hy. Jake. Hy staan my kombuis vol. In die beknopte ruimte van die kombuis lyk hy nog groter as wat hy is.

Ek voel hoe die mes uit my hand gly en kletterend op die vleisbord te lande kom. "Hoe het jy ingekom?"

"Jy moet versigtiger wees, Emmie. Jy behoort te weet dat jy nie jou deur ongesluit kan laat nie."

My deur wás gesluit, ek is seker daarvan. Ek maak áltyd seker daarvan. André . . . die sleutel!

"Wat wil jy hê, Jake?"

"Jy het dan vir Quintin gesê dat ek hom nie weer moet stuur nie. Jy wil ook nie met André praat nie. Ek het aangeneem dat jy eerder met my wil praat?"

Sy stem is beleefd genoeg, maar sy oë verklap hom. Dis koud, gevoelloos. Soos 'n reptiel s'n.

"Jake, asseblief, ek wil nie weer deur al daardie hel gaan nie. Ek is moeg daarvoor. Ek is moeg vir bedwelmde tieners sonder enige inhibisies. Ek wil net my lewe lei. Asseblief?"

"Jy sien, dis waar die probleem inkom. Ek kan dit nie toelaat nie. Jy weet te veel. Jy ken my besigheid, jy weet waarvandaan ek sake doen. Jy ken my seuns. Jy ken mý."

"Ek sal vir niemand sê nie!"

"En jou dreigement aan André dat jy na die polisie sal gaan?"

"Dis al wat dit was: 'n dreigement. Ek sal nie gaan nie. Jy weet dit."

"Jy is vir my te waardevol, Emmie. Jy is dan my beste verkoper. Ek kan jou nie verloor nie." Hy klink so opreg.

"Ek sal vir jou iemand anders kry," belowe ek blindweg.

"Iemand anders is nie jy nie."

"Asseblief . . ."

"Ons het klaar gepraat. Hier is jou voorraad." Hy hou my sak na my uit. "Vat dit en verkoop dit. Ek wil jou Vrydag in my kantoor hê om jou nuwe voorraad te kom haal. Ek wil niks meer kak van jou hoor nie."

"Nee!" Ek stoot die sak weg.

"Dan laat jy my geen keuse nie. Eers jou pa, dink ek. Daarna kan ons met jou ma afreken. En glo my, Emmie, jy sal elke oomblik van haar lyding aanskou."

Ek voel hoe my bene onder my wil swik, ek wil die sak by hom gryp, vir my ouers pleit. Dan sak die wete soos 'n warm kombers om my toe: hy bluf. Hy weet nie my ma is nie hier nie! En as hy kan bluf, kan ek ook.

"As jy aan my ouers raak, is dit klaar met jou, dit belowe ek jou, Jake. Ek is nie al een wat van jou weet nie. Dink jy ek is so dom om alles vir myself te hou? Daar is 'n brief by my prokureur met al die details. Kom ek of my ouers iets oor, gee hy dit vir die polisie."

"Jy het nie 'n prokureur nie," lag hy.

Maar ek het klaar die twyfel in sy oë gesien en ek beweeg nader aan hom. "Is jy bereid om 'n kans te waag?"

"Jou bliksem!"

Asof van nêrens kom sy vuis op my af, te vinnig vir my brein om

233

te registreer. Ek voel die pyn voor ek besef wat hy gedoen het. Ek steier agtertoe, val op die vloer. Dit laat hom nie ophou nie. Hy lig my met een hand van die vloer af op, die volgende hou tref my op die oogbank. Ek voel hoe iets warms teen my oog afloop, in my oog beland. Verdwaas lig ek 'n hand en vee oor my gesig. Bloed. Die derde hou laat my lip oopskeur.

Toe laat hy my los en ek voel hoe my bene onder my swik. Met een vinnige beweging is hy weer by my, vou sy hande om my keel, lig my van die vloer op. Ek kan nie praat nie, ek kan nie sien nie, ek kan nie eens pleit nie. My hande vind sy hande wat soos klampe om my keel geklem is, terwyl hy al meer druk toepas.

Swart kolle begin voor my oë dans. Ek krap. Ek skop. Niks help nie. My een hand val weg, kom op die kombuistoonbank te lande. Ek voel rond, vat raak . . . druk die lem met al my krag diep in sy maag. Deur die waas van pyn sien ek die verbasing op sy gesig. Sy greep verslap toe ek die lem uittrek, maar hy los nie.

Ek vat die mes stywer vas, druk dit dieper in, voel die warm bloed oor my hand spoel, trek dit dan met satisfaksie uit. Hy slaan soos 'n os neer, beide hande geklem om sy maag, terwyl die bloed stadig uitloop. Verbaas kyk hy na my.

Ek wag nie langer nie. Ek wil nie sien hoe hy sterf nie. Ek draai om, hardloop deur toe.

Nee, dínk, Emmie, dínk! Terug na binne, kamer toe. 'n Kalmte neem van my besit. Ek pak klere in 'n sak, gryp hande vol geld, druk dit in 'n ander sak. Draai die bebloede mes in 'n handdoek toe en druk dit ook daarin.

Op pad uit tel ek die sak met dwelms op. Gryp my motorsleutels van die tafeltjie by die voordeur en hardloop die trappe af.

Eers toe ek in die straat voor my ma se huis stilhou, besef ek waar ek is. Toe eers besef ek dat ek nie kan ingaan nie, sy is nie hier nie. Goddank sy is nie hier nie!

Ek laat sak my kop op die stuurwiel, bid hardop: "Hou my ouers veilig, asseblief, want hulle verdien nie wat ek aan hulle doen nie. Ek gee nie om vir myself nie, hou hulle asseblief net veilig. Ek jok, ek gee om vir myself ook. Vergewe my, Here, vergewe my. Vir Annette. Selfs vir Jake. Vir al die ander tieners. Asseblief, vergewe my. En help my, Here, help my, asseblief. Asseblief. Asseblief."

Eers toe die trane oor my stukkende wang en oor my stukkende bolip loop en brand, raak ek van die pyn bewus. Ek grawe in die paneelkissie tot ek die Wet Wipes raakvat. Ek vee eerste Jake se bloed van my hande af. In die truspieëltjie kan ek vir die eerste keer sien wat hy aan my gedoen het. Die nat lappies help nie, daar is te veel bloed. Tog hou ek aan vee-vee en druk-druk op al die stukkende plekke. Ek vind dit op 'n vreemde manier vertroostend.

Ek weet nie hoe lank ek daar sit nie. Ek weet net dat ek begeer om my ma te sien, om haar alles te vertel. Om verby die walging en teleurstelling te kyk en haar liefde vir my te sien. Maar ek kan nie. Omdat sy nie hier is nie, en omdat ek dit nie aan haar kan doen nie.

Ek ry stadig weg, begin dink aan 'n plan. 'n Plan wat my kan laat verdwyn, net vir 'n rukkie. Dan kom ek terug, dan kom dra ek my skuld. Twee moorde. Hoe voel dit in 'n tronk? Sal ek dit oorleef? Hoe voel dit om 'n leeftyd saam met hierdie skuld te leef?

Ek is spyt dat die doodstraf afgeskaf is, ek sou dit verkies het. 'n Genadige donkerte. 'n Einde. Ek is nie sterk genoeg om soveel skuld vir 'n leeftyd saam te dra nie. En nie sterk genoeg om my eie lewe te neem nie. Al wil ek.

Ek moet vir 'n rukkie wegkom. Sodat ek vrede kan maak met myself. Met God. Voor ek terugkom om my skuld te kom dra.

Hoe lank voor iemand Jake se liggaam kry? Ek skat dat ek vir ten minste vannag veilig is, dalk môre ook. 'n Dag dan.

Meneer Meyer se wegkomhuisie! val dit my skielik by. Dáár sal ek veilig wees.

Hoofstuk 27

"Dís hoe ek hier beland het. Dís my verhaal." Ek kyk met branden-
de oë na Migael. Dit voel asof daar nie meer 'n druppel vog in my lyf
oor is om trane te maak nie.

"Ek wonder soms . . . Alles wat ons doen, al die besluite wat ons
neem, reg of verkeerd, álles het 'n uitwerking, 'n gevolg. Op ons en
ook op ander mense. Dis soos wanneer jy 'n klippie in die water
gooi en die rimpels op die water kring uit, wyer en wyer. En wat jy
ook al doen, jy kan die proses nie keer nie. My besluit om dwelms te
verkoop het Annette beïnvloed. En haar besluit om dwelms te ge-
bruik het haar ouers beïnvloed. En vir Simon. En seker ook vir Carl.
Maar weet jy wat is die verstommendste, Migael?" Ek kyk op na
hom en hoop dat hy die berou op my gesig sal raaksien. "Ek het ge-
woond geraak aan tieners met dwelms in hulle liggame. Hulle bi-
sarre gedrag het normaal begin voorkom. My besluit om dwelms te
verkoop het 'n invloed op al daardie kinders gehad, maar ook op
my. Ek het in 'n monster verander. Geld het my blind gemaak vir
die pyn rondom my; ek was siende blind en horende doof. En met
daardie wete sal ek altyd moet saamleef."

Hy kyk na my met 'n onpeilbare uitdrukking.

"En tog was daar geldige redes vir ons optrede," gaan ek voort.
"Ek het dwelms verkoop vir geld, omdat ek geglo het geld is al wat

237

tussen my en geluk staan. Jake het by dwelms betrokke geraak vir dieselfde redes. Hy wou van sy arm verlede ontsnap. Hy wou 'n beter lewe vir hom en sy familie hê. Annette omdat sy Carl wou plesier. Later omdat dit haar selfvertroue gegee het. Ek is seker Carl het ook sy redes gehad. Ons is nie al mense met hierdie probleme nie, maar die verskil is dat hulle ander, beter maniere kry om hulle demone te beheer. Maar is dié wat verslaaf raak aan oefening, of godsdiens, of werk, is hulle manier regtig gesonder? Beter? Of is alle vorme van afhanklikheid ewe erg? Afhanklikheid van iets is 'n verskriklike ding, Migael. En die ergste is dat die leegheid bly. Dít kry jy nie weg nie, maak nie saak waarin jy jou ontvlugting soek nie. Jou hele bestaan word leeg." Ek voel trane oor my wange loop en vee vererg met my plat hande oor my gesig. "Ek is gatvol gehuil!"

Hy staan op en neem my weer in sy arms. "Huil maar. Trane is goed en helend. En ek is hier om jou trane te help afdroog."

Ek stoot hom weg. "Nee, ek wil juis nie getroos wees nie. Veral nie deur jou nie. Jy is 'n engel – sondeloos. Ek is 'n erge, erge sondaar. Jy is wat ek nooit sal wees nie. Wat ek graag sou wou wees. Dis nie reg dat 'n engel my aanraak nie."

"Dis juis reg, Emmie."

Maar ek skud my kop.

Hy neem albei my hande in syne. "Kyk vir my, Emmie."

Ek kyk op.

"Jake is nie dood nie."

Ek skud my kop verdwaas. "Waarvan praat jy? Maar hoe . . . ?"

"Hy is nie dood nie. Jou buurvrou het jou voordeur sien oopstaan en gaan ondersoek instel. Sy het hom daar gekry – lewend."

"Waar is hy nou?"

"In die hospitaal."

"Daar gaan 'n ondersoek wees."

"Beslis."

"Wat moet ek doen, Migael?"

"Die regte ding. Jy weet wat dit is."

"Ek wil weghardloop. Ver weg, waar niemand my kan kry nie. Waar ek sonder vrees kan lewe."

"Waar jy ook al op hierdie aarde gaan, die waarheid sal jou altyd volg. Jy weet dit. Maar jy kan die waarheid tot jou voordeel gebruik. Jy kan nie gedane sake ongedaan maak nie, maar jy kan rus vir jou siel vind. Jy kan die waarheid praat, en dan sal jy vreesloos en sondeloos kan lewe."

"Heel waarskynlik in die tronk."

"Dalk, dalk nie. Jy sal nie weet voor jy teruggaan nie."

"Hoekom sê jy my nou eers? Ek het gedink ek het moord gepleeg! En jy laat toe dat ek met so 'n skuldgevoel sit! Is daar nog iets wat ek moet weet?"

Hy ontwyk my blik.

"Migael? As my ouers iets oorgekom het, sal ek myself nooit kan vergewe nie!"

"Hulle is veilig. Hulle is net baie bekommerd oor jou."

Dankie tog, hulle is veilig.

"Hoekom het jy my nie eerder van Jake gesê nie?" vra ek weer.

"Sou jy my alles vertel het as jy geweet het?"

"Dit maak nie saak nie! Jy kom hier aan, ongenooid, neem alles oor. Maak vir my kos, jy vertroos my, jy wen my vertroue. Jy sorg dat ek al daardie aaklige herinneringe weer herleef. Dit terwyl jy weet dat ek nie moord gepleeg het nie!"

239

"Ek is ongenooid?"

"Ek het jou nie genóói nie, Migael."

"Maar jy het. Toe jy voor jou ma se huis gesit en tot God gebid het vir hulp, het jy."

"God het jou gestuur om na my weergawe van alles te luister?" wil ek ongelowig weet. "Nee, Migael, dit maak nie vir my sin nie."

"Dis nie die rede hoekom ek hier is nie."

"Waarom dan?"

"Jy sal later weet."

"Moet alles in raaisels geskied? Kan jy nie net vir my sê wat aangaan nie?"

"Later, Emmie," sê hy ferm. "Ek dink jy moet gaan slaap. Jy het baie om oor te besluit. Ons praat môre weer."

"Waarheen gaan jy nou?"

"Ek is nooit ver nie, Emmie. Nooit nie."

Hoofstuk 28

Gedurende die nag skrik ek wakker. Dis vreemd, want vandat Migael by my is, slaap ek soos 'n klip.

Gedagtes maal deur my kop, totdat een helder uitstaan: ek weet wat ek moet doen. Vandat ek daardie mes uit Jake se maag getrek het, weet ek wat ek moet doen. Tog het dit 'n engel gekos om my die moed te gee.

Voor ek teruggaan om die stukke van my lewe te probeer optel, moet ek regmaak wat ek verbrou het. Ek moet probeer keer vir al die ander kinders soos Annette. Polisie toe, dis al uitweg. Jake móét gestop word. Ek is nie naïef nie, ek weet dat hy maar een van baie van sy soort is, maar dis beter as niks. Ten minste is dit een dwelmbaas minder.

Maar voor die polisie moet ek met Simon gaan praat. Moet ek hom vertel dat ek deels verantwoordelik is vir Annette se dood. Dis net reg dat hy dit weet, hy verdien die waarheid. En ek moet dit van my hart af kry. Ek is moeg daarvan om 'n dubbele lewe te lei. Ek wil my sondes en foute voor dié wat ek te na gekom het se voete lê. En hoop, nee, gló dat hulle dit in hul harte sal vind om my te vergewe. Dis al wat ek oorhet: my geloof. Wankelrig, toegegee, maar daar.

"Migael?" vra ek saggies die donkerte in.

"Ek is hier, Emmie. Jy het die regte besluit geneem."

Ek lig my kop 'n fraksie van die kussing. Hy sit oorkant my, in die lendelam leunstoel. Lank uitgestrek. Sy kop agteroor teen die rugleuning, sy hande ontspanne op sy skoot.

"Hoe lank sit jy al hier?"

"Vandat jy my nodig het."

"Dankie, Migael." My engel. Hy is hier om my te help. Geseënd is ek.

Ek maak my oë weer toe.

Toe ek die oggend opstaan, is daar geen teken van Migael nie. Miskien is dit goed so. Ek het nodig om alleen te wees. Sodat ek my kan voorberei op dit wat ek moet doen. Die regte ding is nie noodwendig die maklikste nie.

Ek trek weer die modderstewels aan, stap in die rigting van die bos. En vir die eerste keer in 'n bitter lang tyd doen ek dit sonder om kort-kort oor my skouer te loer. Want ek is uiteindelik nie meer bang nie. Jake kan niks aan my doen nie. Ook nie Quintin nie. Ook nie André nie. Veral hý is finaal uit my lewe. En al kon hulle, sou dit my nie bang maak nie. Die vrees is weg. Die aanvaarding bly.

Toe die koeligheid en die reuk van denne my tref, haal ek dieper asem. Rustiger. Ek druk my hande diep in my baadjiesakke, hou my oë op die voetpaadjie. En ek dink. Aan alles. Aan almal. En hier, in die skemerte van die bos, met die reuk van verrottende denne-naalde om my, kan ek eindelik erken: ek het 'n fokop van my lewe gemaak. Ék, niemand anders is te blameer nie. Lisa het my 'n keuse gegee. Ek kon nee gesê het, maar ek wou nie.

Vir die eerste keer in 'n lang tyd kniel ek voor God. Want Mammon lê in die verlede. Ek is vry van hebsug, ek is eindelik bevry. Oor

Annette se dood sal ek altyd skuldig voel. Daarmee moet ek saam-
leef, en daarmee sal ek vrede moet maak.

Toe ek die huisie binnestap, oorval 'n weemoed my. Omdat ek weet
dat ek hierdie veilige hawe nie weer sal sien nie. En dat ek beslis
nie weer hierheen genooi sal word nie. Nou verstaan ek meneer
Meyer se beheptheid met die plek. Dis 'n plek van heling.

Migael is voor die stoof doenig.

"Ontbyt?" vra ek en gaan sit by die tafel. "Jy sal maak dat ek ge-
woond raak hieraan. Raak jy nooit moeg daarvoor om my so te
bederf nie?"

"Daarvoor sal ek nooit moeg raak nie."

Hy neem 'n sluk uit sy glas suikerwater voor hy 'n goudgeel ome-
let in my bord laat gly. Ek begin hongerig eet.

"Maak klaar, Emmie, dan stap ons waterval toe. Ek weet jy het
in die bos gaan stap, maar jy moet bel, en daarvoor is die waterval
die beste."

"Dit was lekker om alleen te wees." Ek glimlag vir hom. "Nie dat
ek nie jou geselskap stimulerend vind nie. En ek weet jy was saam
met my daar. Dis nogal 'n scary gedagte."

"Wat? Dat jy nooit alleen is nie? Ek verstaan nie hoekom julle
mense alleen wil wees nie."

"Isolasie is soms . . . helend. En nodig."

Hy skud sy kop. "Nee, interaksie is helend en nodig."

"Soms is ander mense se teenwoordigheid steurend."

"Julle is nooit alleen nie. En die interaksie met God is helend,
strelend en nodig."

"Ek weet."

243

Ek eet klaar. Dis so 'n wonderlike skoon, oop dag. Nie 'n wolkie in sig nie. Koelerig, toegegee. Ek stap kamer toe, verruil die baadjie vir 'n ligte trui, die jeans vir 'n skoon paar. Ek is moeg vir modderstewels, besluit ek. So 'n dag vra mooi, oop sandale.

Migael staan by die oop voordeur vir my en wag, 'n mandjie in sy hand.

"Wat is in die mandjie?" vra ek en tel my selfoon van die tafel op. Ek voel hoe die spanning in my maag kom lê vir dit wat voorlê. Of is dit eerder gelatenheid?

"Middagete." Hy kyk af na my sandale. "En dit?"

"Ek is moeg daarvoor om iemand anders se modderstewels te dra."

Hy skud sy kop en grinnik. Ek besluit om hom te ignoreer. Ek het vroeër gesien dat die grond nat is, maar hoe erg kan dit nou wees?

Ek stap voor hom uit. Ook maar goed ek het niks gesê nie, besef ek toe ek die eerste modderpoel, goed versteek tussen die gras, tref. Ek voel hoe die modder slymerig deur my oop skoene tussen my tone deursyfer. "Ga!"

Sy lag klink op. Ek oorweeg dit om hom met 'n sandaal te gooi, besluit dan daarteen. Die skoene het 'n fortuin gekos.

"Wil jy nie maar eerder die lelike modderstewels gaan aantrek nie? Jy gaan gemakliker wees, en veiliger teen die slange. Jou skoene is nie juis geskik vir hierdie omstandighede nie."

Ek kyk veelbetekenend na sy kaal voete. "Ten minste hét ek skoene."

Sy lag is klokhelder, en ek draai gedwee om sodat ek die modderstewels kan gaan aantrek.

Ook maar goed ek het na hom geluister, besluit ek toe ons die hoeveelste modderpoel tref. "Het jy hierdie pad met opset gekies?" wil ek uitasem agter hom weet.

"Vir iemand wat elke dag gym, is jy ook maar lekker uitasem," merk hy droog op.

"Dis nie omdat ek onfiks is dat ek so blaas nie, dis omdat ek bang is," erken ek.

"Jy hoef nie bang te wees nie, Emmie."

"Ek weet, want ek doen wat reg is."

Hy kyk om na my, sy glimlag verblindend. "Dis nie al rede nie."

"Ek weet."

"Ek weet dat jy weet."

Die sms'e begin deurkom toe ons die waterval nader. Ek ignoreer die gebiep totdat ons op die plat klip voor die waterval sit. Eers toe haal ek die selfoon uit my sak en begin deur die boodskappe blaai. My ma. 'n Paar van my gewese kliënte.

"Ek moet eerste my ma bel, ek dink dis net reg dat ek haar eerste vertel. Migael?" vra ek huiwerig, "is dit nodig dat ek haar álles vertel?"

"Wat dink jy?"

Ek dink 'n oomblik na. "Ek weet ek is dit aan haar verskuldig, sy móét alles weet. My pa ook. Dis net dat ek hulle so ongelooflik jammer kry. Hulle is sulke goeie mense, en hulle gaan so seerkry. Hul enigste kind vir wie hulle soveel drome gehad het, gaan dit regkry om met een oproep die wêreld waarin hulle so lank geglo het, af te breek."

"Hulle ken al ten dele, Emmie, die polisie het hulle tog al gekontak. Maar hulle ken nie jóú waarheid nie, en hulle sal dit eerder van jou self wil hoor. En hulle sal eerder die volle waarheid wil hoor."

Ek sug, skakel die nommer en wag. Toe my ma antwoord, suk-kel ek om verby die knop in my keel te praat. Die dankbaarheid in haar stem toe sy hoor dis ek, is hartverskeurend. Ek vertel haar alles. Selfs van Migael wat langs my kom sit het, sy hand om my be-wende hand gevou. En dit sê baie van haar dat sy nie onmiddellik dink ek het die kluts kwytgeraak nie.

My pa gaan moeiliker wees, bloot omdat hy anders reageer. My ma is die emosionele een. Sy het in trane uitgebars, en sy gaan nog lank huil oor haar verlore dogter. Maar sy het my reeds vergewe, sy het my reeds weer teen haar bors aangetrek. My pa wys nie sommer emosie nie. Ek weet nooit regtig wat hy dink nie. Ek sal nooit weet of hy my vergewe het nie. Dat hy my liefhet, daaraan twyfel ek nie. Maar ek sal nooit weer na hom kan kyk sonder om te wonder of hy nog in my gló nie.

My ma herinner my daaraan dat ek 'n huis het waar ek altyd wel-kom sal wees. Ek moet huis toe kom sodat sy na my kan omsien. En sy sê die polisie soek my, ek moet hulle so gou moontlik kontak. Ek druk die telefoon met 'n dankbare sug dood.

"Dit was nie so erg nie, of hoe?" vra Migael en vryf sag oor my arm.

"Hulle verdien nie 'n dogter soos ek nie." Ek probeer glimlag, maar die trane loop. "Ek kan net sowel klaarmaak wat ek begin het." Ek skakel weer 'n nommer. Wag lank voor Simon antwoord.

Migael het opgestaan, hy staan nou klippies in die donker poel en gooi. Ek weet dat hy my ruimte wil gee omdat dit so 'n moeilike oproep is, tog wens ek hy wil weer hier by my kom sit. Weer my hand in syne hou. Dit maak my kalm, sy nabyheid.

"Simon? Dis Emmie."

"Nee, ek wil nie drugs koop nie. En nee, ek weet nie waar daar weer 'n party gaan wees nie."

"Dis nie hoekom ek bel nie. Jy weet tog ek verkoop nie meer nie."

"'n Jakkals . . ."

"Sê mense dit van jou ook?"

Hy lag. "Ook weer waar. Wat kan ek vir jou doen, Emmie?"

"Ek moet vir jou iets vertel. Ek vra dat jy asseblief sal luister sonder om my in die rede te val."

"Oukei," sê hy versigtig.

Weer vertel ek my storie. Dis so lank stil ná ek klaar gepraat het dat ek glo die verbinding is verbreek.

"Simon?"

"Ek is hier. Hoekom vertel jy my dit? Dink jy dat ek beter sal voel? Of is dit om jouself beter te laat voel? Eintlik bevestig jy net my vermoede. Ek was nooit seker nie, maar nou weet ek."

Hy bly 'n oomblik stil voor hy sê: "Ek wil jou ook iets vertel. Annette het haar dagboek vir my gegee die aand voor sy . . . voor daardie aand. Ek het nooit die moed gehad om dit te lees nie. 'n Paar dae terug het ek egter begin. Not nice reading. Sy noem jou naam pertinent as haar dealer. En sy sê ook dankie vir wat jy vir haar ge doen het."

Ek bly stil en hy vervolg vinnig: "Die laaste deel was nie sarkasties nie. Sy was rêrig dankbaar."

"Simon, ek is regtig baie jammer oor wat ek aan Annette en al die ander gedoen het."

"Soos jy self baie keer gesê het: jy het hulle dit nie maak gebruik nie."

"Nogtans."

"Jy smeek my nie vir die dagboek nie?" Hy klink verras.

"Dit maak nie meer saak nie."

"Ek kan die dagboek vir die polisie gee."

"Ek weet."

"Jou naam is daarin!"

"Ek weet!"

Hy sug. "Ek het die dagboek gisteraand verbrand."

Ek bly stil.

Weer 'n lang stilte, toe sê hy vinnig, gejaagd: "Emmie, moet my asseblief nie weer bel nie. Ons het niks vir mekaar te sê nie. Jy is wat jy is, en ek probeer om nie te wees wat ék is nie. Ek wil vergeet. Van Annette, van jou, van drugs." Hy druk summier die selfoon dood.

Migael kom na my teruggestap.

"En toe?"

"As die waarheid soveel bitterheid veroorsaak, soveel hartseer, is dit nie beter om stil te bly nie? Al het Simon 'n vermoede gehad dat dit ek was, sou hy nooit die waarheid geweet het nie."

"En altyd gewonder het wie verantwoordelik was? Wat is erger: om te weet, of om altyd daaroor te wonder? En Emmie, as jy eerlik met jouself is, sal jy erken dat jy hom nie naastenby so jammer kry soos wat jy jouself kry nie."

"Dis 'n lieg!"

"Is dit?"

"Jy is wreed, Migael."

"Ek is rég, Emmie."

Ons sit lank in stilte. Ek is moerig. Dit was die regte ding om te doen, ek móés vir Simon vertel. Maar ek is spyt ek het.

Migael buk af na my, neem my hande in syne, en weer is die transformasie van my emosies ongelooflik. Voel ek hoe 'n rustigheid deur my spoel. Voel ek hoe al die swart uit my sypel, totdat net die wit oorbly. Voel ek soos 'n nuwe mens.

Dis nie asof al my bekommernisse en skuldgevoelens verdwyn nie, dit is nog daar, nog net so sterk. Maar ek kan ook ander dinge raaksien. Soos die water wat uitnodigend voor my lê. Vir die eerste keer in my lewe voel ek lus vir swem. Dis asof my vrees vir water eenvoudig verdamp het.

"Ek moes my swemklere ingepak het."

"Swem in jou klere," stel Migael voor.

"Weet jy wat weeg jeans as dit nat word? Nee, dankie, ek wil nie sukkel met nat klere as ons terugstap nie."

"Swem in jou onderklere," grinnik hy. "Daar is tog min verskil tussen onderklere en swemklere."

"Daar is 'n groot verskil tussen swemklere en mý soort onder-klere."

Hy gee 'n teatrale sug. "Trek my hemp bo-oor jou onderklere aan, dit behoort alles mooi toe te maak."

"Oukei, nou weet ek jy is net 'n hallusinasie! 'n Engel sal nooit voorstel dat ek só swem nie. Of sy klere vir my aanbied nie."

"Ek wil hê jy moet elke oomblik van elke dag geniet. As jy wil swem, moet jy swem. Moet niks los vir later nie, Emmie. Lééf elke dag. Geniet elke oomblik daarvan."

Hy sê dit met soveel intensiteit dat ek verbaas na hom opkyk, maar sy gesig bly uitdrukkingloos.

"Wie is ek om met 'n engel te stry?" Ek hou my hand uit.

Hy trek die hemp oor sy kop, gee dit met 'n glimlag vir my aan.

Ek gryp die hemp en stap na die eerste boom wat dig genoeg lyk. My jeans en hempie hang ek sommer oor 'n tak, glip sy warm hemp oor my kop. Hy is ten minste reg, die hemp hang tot amper op my knieë. Ek kan die impuls om sy hemp teen my gesig te druk nie weerstaan nie. Ek adem die reuk diep in. 'n Vreemde reuk. Een wat ek glad nie kan eien nie. So 'n geurige, skoon, sóndelose reuk. 'n Reuk eie aan 'n engel.

Woordeloos stap ek die koue water binne, dompel my kop onder die water. Toe ek opkom vir lug, vang ek hom na my staar. En ek kan sweer dat sy oë hartseer is. Dat die blink daarin van trane is. Hy is jammer vir my. Dis wat ek wou hê toe ek my verhaal begin vertel het. Nie meer nie. Ek wil nie jammer gekry word nie. Wat ek oorgekom het, het ek verdien.

Ek waad na die oorkant en terug. Toe ek by die beginpunt kom, is Migael se oë op die waterval gerig. Ek draai op my rug, laat my arms rustig uitgestrek langs my lê terwyl my voete ritmies skop.

Ek verstaan myself nie. 'n Rukkie gelede het ek gebewe van angs omdat ek die waarheid aan my ma en Simon moes vertel. Ek is steeds bang vir wat voorlê, ek is steeds woedend vir myself oor wat agter lê, ek is steeds hartseer. En tog, tog voel ek . . . hoopvol. Hoe de hel is dit moontlik? Hoopvol vir wat? 'n Toekoms in die tronk? 'n Misdaadrekord?

Nee, sug ek toe ek die waarheid besef. Ek is hoopvol vir 'n beter toekoms. Al is dit in die tronk. Dit kan tog onmoontlik slegter gaan met my? Om 'n dealer te wees was hel, elke dag.

Dis honger wat my eindelik uit die water laat kom. Ek gaan self-bewus langs Migael sit. Hy gee vir my 'n toebroodjie en 'n plastiek-beker vol koeldrank aan.

"Jy't gesê jy kan soms supersterk wees?" vra ek ná die eerste hap.

"As ek moet wees, ja."

"Kan jy my nie in jou arms neem en met my weghardloop nie? Ver weg, weg van alles. Sodat ek op 'n vreemde plek 'n nuwe begin kan maak. Sê jy sal?"

"Nee, jy moet klaarmaak wat jy begin het."

Ek sug as antwoord. "Moes jy al? Sterk wees, bedoel ek?"

"Ek moes nog nooit so sterk wees soos met jou nie. Jy het soveel kanse gehad om die regte ding te doen en tog het jy nie. Soms wou ek jou aan jou skouers skud." Hy glimlag vir my. "Ja, ek moes al sterk wees, mense hou nie altyd van die boodskap wat ek vir hulle bring nie. Mense glo nie meer in ons nie."

"So dis gelukkig dat jy nie vir my 'n boodskap moes bring nie."

"Maar ek hét vir jou 'n boodskap gebring."

"Jy het nie vir my 'n boodskap gegee nie, Migael. Ek sou dit onthou het."

"Ek het. Daardie eerste dag al."

"Wat was die boodskap?"

"Ek is hier vir jou."

"Ek weet dit."

"Ek glo nie dat jy die boodskap regtig verstaan nie." Hy kan my skielik nie in die oë kyk nie.

"Dalk moet jy die boodskap duideliker stel. Lê dit liewer uit."

"Ek bring net 'n boodskap, Emmie, ek lê dit nie uit nie."

"Wat help dit dat jy 'n boodskap bring wat nie verstaan word nie?"

"Jy sal nog verstaan."

Ek vererg my en spring op. Loop na die boom waar my klere is, pluk sy hemp oor my kop. Ek trek vinnig aan, gooi sy hemp na hom toe ek weer by hom aansluit.

"Kom," sê hy en tel die mandjie op.

"Gaan ons nou polisie toe?"

"Ja. Ek dink die pad behoort nou al rybaar te wees."

"Ek is bang."

"Ek weet."

"Dis baie erger as om te bel."

"Ek weet."

"Sal jy by my wees?"

"Ek is altyd by jou."

"Sal jy my hand vashou? Ek het jou kalmte nodig."

"Net jy mag my sien, Emmie."

"Jy gaan nie daar wees nie?" Ek kan die paniekbevange klank nie heeltemal uit my stem hou nie.

"Ek sál daar wees, ek belowe. Sonder om gesien te word."

Toe voel ek beter.

Ons stap met dieselfde paadjie terug na die huis. Hy voor, ek volg. Hy swaai die mandjie rustig, ritmies heen en weer.

"Migael?"

"Emmie?"

"Ek is 'n leuenaar en 'n dwelmverkoper. Ek het deur my dade kinders gehelp om verskriklike dinge te doen. Ek het 'n pragtige kind haar lewe gekos. Ek het amper 'n man die ewigheid ingehelp. En dit alles omdat ek geld liefgekry het, liewer as God. As ek nie aandadig was aan Annette se dood nie, sou ek nie opgehou het nie. Hoe kan God vir my lief wees?"

"Omdat jou berou diep lê. Almal maak foute, almal doen sonde.

Min het die moed om hulle sonde openlik te erken of om dit te pro-
beer regmaak. Maar jy hét. En omdat 'n Vader nooit sy kind weg-
wys nie."

Hoofstuk 29

Ek klim alleen in my motor, terwyl Migael by die hekkie bly staan.

"Dit sal goed gaan, Emmie. Jy is so dapper om dit te doen. En onthou, ek is altyd by jou."

Ek knik omdat ek nie my stem vertrou nie. Konsentreer hard om my motor in rat te kry. Toe ek opkyk om hom te groet, is hy nie meer daar nie.

Die pad is nat en glibberig en ek ry versigtig. Toe die dorp in sig kom, slaak ek 'n sug van verligting. Ek kry die polisiekantoor sonder probleme. Stop voor die gebou en skakel die motor af.

"Migael? Ek is bang," fluister ek.

Hy antwoord nie, hy verskyn nie. Tog weet ek hy is daar. Die kalmte wat so skielik van my besit neem, kan net van hom kom.

Ek klim uit, maak die agterdeur oop, neem die rugsak en die bloedbesmeerde mes. Met 'n regop rug stap ek die gebou binne.

Die man wat oorkant my sit, is jonk. Die ontsteltenis op sy gesig is eg. Nie dat ek hom kwalik neem nie. Wat is die ergste waarmee hy al te doen gehad het? En hier sit 'n geharde dwelmverkoper voor hom. Ek voel amper jammer vir hom, maar ek voel jammerder vir myself.

Hy kyk met 'n uitdrukking van ongeloof na my toe ek my storie weer vertel. Sy oë rek groter toe ek die sak dwelms en die bebloede mes op die lessenaar neerlê. Sy blik bly vasgenael op die mes; die stilte tussen ons rek.

"Kan ek 'n voorstel maak?" vra ek.

Hy kyk verward op na my.

"In die stad is daar 'n inspekteur De Witt wat baie van hierdie saak weet. Ek het dit op die radio gehoor. Wil jy hom nie probeer opspoor nie?"

Hy knik sy kop entoesiasties, tel die telefoon op. Dit neem nie lank om die regte inspekteur te kry nie. Hy vertel 'n baie verkorte weergawe aan die inspekteur en oorhandig dan die gehoorbuis aan my.

"Dis Emmerentia Engelbrecht wat praat."

"Inspekteur De Witt. Ons was bekommerd oor jou. Ek het begin glo dat jy iets oorgekom het." Hy het 'n sterk, selfversekerde stem.

Ek vertel weer die hele verhaal, van Jake, die dwelms, Annette, my kopers, alles waaraan ek kan dink. Ek sug toe ek klaar is. Hiermee, besef ek, verseël ek my toekoms.

"Jake is in aanhouding. Sy seuns ook. Danksy jou en 'n vriendin van jou, Lisa."

"Lisa!"

"Ja. Ons het jou al 'n geruime tyd onder observasie. Ons weet meer as wat jy dink."

"Hoe het julle van my geweet?"

"Ons het van Jake geweet. En vir Lisa aangekeer vir besit van dwelms. Sy was so gaaf om ons alles te vertel."

Hulle het al die tyd van my geweet.

"As jy bereid is om staatsgetuie te word, kan ons soos met Lisa iets tussen ons uitwerk."

"Soos wat?"

"Verminderde tronkstraf? Opgeskorte vonnis? Boete? Klink dit vir jou goed?"

Goed is 'n onderskatting! Dis beter as waarvoor ek kon hoop!

"Ek sal alles doen wat jy van my vra, inspekteur."

"Goed. Eerstens wil ek weer met konstabel Grobler praat."

Ná 'n kort gesprek hou die konstabel die gehoorbuis weer na my uit.

"Inspekteur De Witt?"

"Jy kan nou 'n verklaring aflê, daarna is jy vry om te gaan. Jou ma kan baie oortuigend wees. Sy het my die versekering gegee dat jy môre by my op kantoor sal wees. Kan ek jou vertrou om alleen, sonder die hulp van die polisie, tot by jou ma te kom?"

"Natuurlik." Dankie, dankie! Ek wil nie in 'n polisiemotor by my ma aankom nie.

"Dan sien ek jou." Dis 'n bevel.

Toe ek voor die huisie stop, staan Migael my glimlaggend en inwag.

"Ek het jou gesê dit sal goed gaan!"

"Jy het," sê ek en stap hom tegemoet.

Hoofstuk 30

"Dis ongelooflik om te dink dat ek vanoggend geswem het, en hier sit ons al weer voor 'n brandende kaggel."

"Ek het gedink jy was baie dapper om in daardie ysige bergpoel te spring."

"Ek kry hoendervleis as ek net daaraan dink! Snaaks genoeg, ek het nie eens die koue gevoel nie."

"Dapper," sê hy weer.

"Of so bang vir alles wat voorlê dat niks anders geregistreer het nie!"

"Of dit," moet hy saamlag.

Ons sit langs mekaar, oorkant die kaggel, ek met 'n beker stomende koffie, hy met sy glas suikerwater.

"Jy was reg, Migael. Die waarheid maak 'n mens vry. Ek het baie foute gemaak – foute wat ek nooit sal kan regmaak nie, maar ek kan probeer. Ek sal my lysie met die name van my kliënte vir die inspekteur gee, dalk kan ons meer tieners help. Ek kan by 'n inrigting vir dwelmverslaafdes gaan werk. Ek sal daarvan hou om dit te doen, dit sal wees asof ek my skuld afwerk."

Hy glimlag af na my, 'n ander soort glimlag, 'n hartseer glimlag.

"En nou?" wil ek versigtig weet.

Hy skud net sy kop.

"Ek gaan heel moontlik nie tronk toe nie. Dit beteken dat ek 'n toekoms het. Ek het 'n tweede kans gekry en ek gaan dit nie opmors nie. Jy sal sien! Ek gaan jou trots maak op my. Jy gaan die beskermengel wees met die minste om te doen! Ek het my deel van opwinding gehad. Nou wil ek net gelukkig leef. Iets doen wat die moeite werd is. Werk by 'n inrigting klink al meer na die regte opsie vir my. Ek het die res van my lewe voor my. Dit sal lekker wees om met mense te werk wat ook aan hulle toekoms werk. Wat 'n toekoms hét."

Net 'n flikkering, iets. Wat presies kan ek nie sê nie, maar toe dit oor sy gesig kom . . . Toe weet ek.

Hy is hier vir my.

"Jy is hier . . . vir mý."

Die besef is te groot. Te skielik. Ek staan op, stap uit. Migael bly sit, sy geboë kop in sy hande.

Ek stap. En iewers tussen die groenigheid gaan ek staan, gaan ek sit. *Ek gaan sterf.* Dis die enigste gedagte wat bly. *Ek gaan sterf.* Migael is hier vir mý.

Ek voel hoe my hart dawerend in my bors klop en plaas al twee handpalms daaroor. Hoe ironies, besef ek. Dat die orgaan waarsonder jy nie kan lewe nie, nou hier teen die einde so aan die klop moet gaan. Asof dit aan die lewe wil vasklou.

Te laat, hart, dis te laat. Ons besluit nie oor lewe en dood nie. Nie oor ons éie lewe en dood nie. Dis 'n Hoër Hand wat daardie besluit neem.

"Emmie . . ."

Ek kyk op na Migael wat voor my staan. Wat gekom het toe ek hom nodig had.

"Jy is hier vir my."

"Ek is jammer, Emmie." Ek kan dit sien, dat hy vir my jammer is.

"Hoekom het jy my nie gesê nie?"

"Jy moes dit self uitwerk. Jy moes regmaak wat jy verkeerd gedoen het sonder my invloed."

"Jy moes my gesê het."

Hy kan skielik nie meer na my kyk nie; sy ongelooflike mooi oë kyk strak voor hom.

"Is ek siek?"

"Ek weet nie."

"Hoe dan?"

"Ek weet nie."

"Wat weet jy?"

"Ek is net 'n boodskapper, Emmie."

"Is dit binnekort?"

"Ek weet nie."

"Ek kan nie nou al sterf nie, Migael! Ek kan nie! Ek het nog soveel wat ek wil doen. Soveel om voor te lewe. Alles wat ek tot nou gedoen het, was 'n gejaag na wind. Ek het niks om vir my moeite, vir my trane te wys nie. Ek moet nog in die hof teen Jake en André en Quintin gaan getuig! Ek wil sién hoe hulle skuldig bevind word!"

"Jy het genoeg gedoen."

"Ek het tyd nodig om my lewe reg te maak, Migael." Ek hoor die pleitende klank in my stem, probeer dit nie eens wegsteek nie. "Voor ek sterf, wil ek iets agterlaat. Sodat ek onthou kan word. Sodat ek gemis sal word. Is dit verkeerd?"

"Nee."

"Ek het tyd nodig om reg te maak met my ouers. Ek wil hulle weer trots maak op my. My tyd kan nie nou al wees nie. Ek kan nie vir net so 'n kort tydjie op aarde wees nie!"

"Dit gaan nie oor hoe lank jy op aarde is nie, dit gaan oor hoe jy hier lewe."

Hy steek sy hand na my uit. Ek neem dit en staan op. Saam stap ons terug na die huis.

"Ek is jammer, Emmie," sê hy toe ek op die rusbank gaan sit.

Ek kyk op na hom. Volg sy blik na die venster. Dis skemer, die mooiste tyd van die dag. Maar nie vandag nie.

"Kry almal 'n boodskap dat hulle einde naby is?"

"Nie almal nie."

"Hoekom ek?" vra ek tog die vraag wat ek nie wou vra nie.

"Sodat jy die regte besluite kon neem. Die regte ding kon doen."

"Het ek dan 'n keuse gehad?"

"Jy het altyd 'n keuse."

Ek bly 'n oomblik stil, onseker oor wat die regte ding is om te sê. "Migael? Gaan ek hel toe?"

'n Skaduwee van 'n glimlag speel om sy mond. "Sou ek dan hier gewees het?"

"Sou jy my sê wanneer ek gaan sterf as jy sou weet?"

"Ja."

"Dis nie noodwendig nóú nie, is dit?"

"Nee."

"Dis ook nie noodwendig môre nie? Dit kan nog tien jaar wees?"

"Nie noodwendig nie. Maar darem nie so lank soos tien jaar nie."

Hy neem 'n sluk van die suikerwater wat altyd byderhand is. Altyd. Veral, besef ek skielik, wanneer hy ontsteld is.

"Wat is dit? Hoekom drink jy dit?"

"Dis 'n herinnering. Aan die Huis. Dit laat my tuis voel."

Ek neem die glas by hom. My hande bewe effens, merk ek verbaas op. Ek bring die glas tot onder my neus, adem die geur diep in. Dit ruik na sonskyn, varsgesnyde gras, grond ná 'n reënbui, kinders se lag. Dit ruik na liefde. En vrede.

Ek maak my oë toe. Al wat ek het, is skuld. En verwyte. So gaan ek dus my Verlosser tegemoet, met leë hande. Hebsug het my nêrens gebring nie. En ek kan nie eens kwaad wees omdat ek gaan sterf nie. Want ek besef dat die vraag: Hoekom ek? eerder moet wees: Hoekom nie ek nie?

Want ek is niemand besonders nie. Ek is net ek. 'n Sondige mens wat berou het. 'n Sondige mens wat al die verkeerd in my verlede wil regmaak. Wat dit reggemaak het sover ek kon. Dis al wat ek kan wees.

"Ek wil ook daar gaan bly," sê ek en maak my oë oop.

As antwoord glimlag Migael.

"Ek moet huis toe. Ek moet nou ry."

Hy knik sy kop stadig. "Ek sal jou help pak."

Toe ons alles in die motor het, toe ons voor die deur staan met die sleutel in my hand, sê hy: "Ek het my boodskap afgelewer. Dis tyd dat ek ook Huis toe gaan."

"Gaan ek jou weer sien?"

Hy raak saggies aan my gesig. "Ons paadjies skei hier, Emmie."

"Dankie, Migael, dat jy hier was vir my. Dankie dat jy my spesiaal laat voel het, al is ek dit nie. Dankie dat jy my goed laat voel het terwyl ek stukkend was. Ek is bly jy was hier om my te help om die stukke van my lewe weer op te tel. Ek sal jou nooit vergeet nie."

Ek voel die nattigheid op my wange en kyk op. Dit het begin reën.

Asof die hemel saam met my hartseer is. Ek voel hoe die druppels my hare deurweek en oor my gesig loop.

"Is dit hoe God my straf?" vra ek die vraag wat al 'n rukkie in my kop lê. "Deur my te laat sterf?"

"Jy behoort van beter te weet."

"Ek weet. As God my wou straf, sou hy my lank laat lewe het sodat ek elke dag hierdie pynigende selfverwyt kon hê."

"God is 'n God van liefde."

"Ek weet. Ek moes regmaak, ander help voor ek sterf. Ek weet."

Hy vee die nat slierte hare uit my gesig. "Gaan in vrede, Emmie."

Toe is hy weg.

"Migael?"

Net die stilte begroet my.

Dit reën hard en die ruitveërs moet behoorlik oortyd werk. Die motorligte dring skaars deur die reën en die donkerte, wat vinnig besig is om te daal. Ek is skrikkerig vir die grondpad wat skerp ondertoe loop. Toe ek vroeër hier gery het, was die pad al nat. Met hierdie reënbui gaan dit haas onbegaanbaar wees. Maar ek moet ry, ek kan nie tot môre wag nie.

Wat het Simon gesê? Dag vir dag. Vat dit dag vir dag. Vandag vat ek hierdie grondpad meter vir meter. Stádig.

Ek betrap myself dat ek kort-kort omkyk. Rondkyk. Dat ek wens ek kan hom sien. Vir oulaas.

Ek gee 'n sug van verligting toe ek die dorp se ligte sien. 'n Nog groter sug toe ek op die teerpad klim. Nou sal dit beter gaan. Die dorp is doodstil toe ek deurry, nêrens roer iets of iemand nie.

Ek wens ek kan hom weer sien. Sodat ek kan weet dat dit rêrig was. Want al het ons kort gelede gegroet, voel dit te lank terug. Ek het hom pas gegroet, en tog twyfel ek of hy ooit rêrig was. Of hy ooit rêrig by mý was. Wat as hy net deel van my vrugbare verbeelding was?

Die motor gly en ek skrik. Stadig, praat ek met myself. Ek loer vinnig na die spoedmeter: 130 km/h. Ek haal my voet van die petrolpedaal af, druk liggies op die rem. Stádig. Eindelik kom die motor weer onder my beheer en ek blaas 'n sug van verligting uit.

Op 'n openbare pad kan engele nie vinniger as 120 vlieg nie. Ek moet dit onthou. En op 'n reëndag vlieg hulle seker nie meer as 100 nie. Ek lig my voet nog 'n fraksie.

Daar is baie dinge aan Migael wat nie vir my sin maak nie, dink ek weer. Soos: Hoekom kon hy nie saam met my na die polisie gaan nie, maar hy kon gaan kruideniersware koop? En hoekom drink hy suikerwater? Dis so geyk. Almal dink altyd dat engele van soet hou. En hy is te mooi. Dis asof my kop al die prentjies van engele wat ek deur die jare vir myself gemaak het, bymekaargevoeg het – en toe was daar Migael.

Engele verskyn nie meer aan mense nie. Wanneer laas was daar 'n berig oor die besoek van 'n engel? Of sien ek net sulke soort berigte en stories nie raak nie?

Maar die belangrikste vraag wat ek myself bly afvra, is dit: Hoekom ek? Wat maak my omstandighede so besonders? Wat maak mý so besonders?

"Demmit, Emmie," praat ek hardop toe die motor weer gly. "Konsentreer op die nat pad! Later vanaand, wanneer jy knus in jou bed onder jou ma se dak lê, kan jy oor al hierdie dinge wonder."

En tog, maak dit saak of Migael regtig was? Maak dit hoege-

263

naamd saak? Ek het 'n tweede kans gekry. Danksy Migael, verbeeldingsvlug ofte not. Want as ek alleen in daardie berghuisie moes wees, sou ek 'n geredigeerde weergawe van die waarheid aan myself vertel het. Sou ek my steeds kon verbeel dat ek niemand skade wou aandoen nie. Sou ek myself onskuldig kon liég.

O, ek sou steeds polisie toe gegaan het. Ek sou my ouers gekontak het. Maar ek sou hulle nie alles vertel het nie. En ek sou nie vir Simon vertel het nie.

Danksy Migael het ek weer 'n toekoms om na uit te sien. Kan ek planne maak. Opgewonde raak. Omdat daar vir my 'n toekoms wag. Omdat ek al my sondes openbaar gemaak het.

Ek skakel weer my ma, sê vir haar dat ek huis toe kom. Ek vertel haar dat ek miskien nie tronk toe gaan nie. Ek sê vir haar dat ek haar liefhet. Dat sy vir my pa moet sê dat ek hom liefhet. Dat ek hulle trots gaan maak op my.

Ek vertel haar van my toekomsplanne, vra of ek kan terugkom huis toe. Ek is nie seker dat ek alleenwees sal kan hanteer nie. Sy huil van geluk, sê dat sy nie kan wag om my weer te sien nie. Ek sit die selfoon op die sitplek langs my neer, kyk bekommerd na die donker wolke.

'n Bliksemstraal verlig die pad voor my, dan volg die donderslag. Dis 'n aanhoureën dié, besef ek. Ek sal my oë moet oophou. Ek sal moet wakker bly. Want ek wil nog lewe.

Alles sal nou regkom. Alles sál regkom. Dalk het ek nie baie tyd oor nie, maar ek sal 'n leeftyd daarin sit. Ek sal alles doen wat ek nog altyd wou doen. Ek sal gelukkig wees. Sonder geld, as dit moet. Die dwelmgeld wat ek in my woonstel weggesteek het, sal ek vir 'n rehabilitasiekliniek skenk. Dis net reg so.

Hierdie keer sal ek my lewe reg begin. En 'n sukses daarvan maak. En my lewe, dit wat daarvan oor is, gaan ek voluit lewe. Ek gaan vriendeliker wees met almal. Meer behulpsaam wees. Ek gaan iemand ontmoet vir wie ek lief kan wees. En, neem ek myself voor, ek sal elke dag in dankbaarheid op my knieë begin. Vir die nag wat agter my lê, vir die dag wat voor my lê.

Ek wens ek het 'n tasbare bewys van Migael se bestaan gehad. Want sonder iets tasbaars kan ek dit skaars glo. Hoekom is dit altyd makliker wanneer die bewyse voor jou lê? Is my herinneringe nie bewys genoeg nie?

Ek hoor die groot vragmotor voor ek die aankomende ligte deur die reën sien. 'n Aaklige, metaalagtige skeurgeluid, die kop wat amper speels heen en weer gegooi word. Dan diékant, dan daardie kant. Al glyend, al skreeuend kom dit nader.

Links van my is 'n afgrond, regs is die bergwand. Vorentoe. Dis al waarheen ek kan gaan. Instink laat my hard op die rem trap, maar die motor begin gly op die nat pad, ek kan voel hoe die bande sukkel om vashouplek te kry. Die vragmotor kom al nader.

Skeef-skeef gly ons mekaar tegemoet. Asof van ver hoor ek die verskillende geluide: die motor se protesterende remme, die sissende klank wat vanuit die vragmotor kom, die gedruis van die reën op my motor se dak. Só naby is hy nou dat ek die bestuurder kan sien.

Asof in stadige aksie voel ek, nie sien nie, maar vóél ek die impak. Ek voel hoe die sitplekgordel my terugruk. Maar ek voel geen pyn nie. Niks.

Die stilte toe die groot voertuig wat my saamgesleur het eindelik tot stilstand kom, is oorverdowend. Groots. Soos Migael.

265

En dan is hy skielik by my. Migael soos ek hom ken. Maar meer indrukwekkend, grootser, mooier as ooit. Albei sy hande is na my uitgesteek.

Die paar dae wat ons saam was, was die voorloper hiervan. Die paar dae wat ek saam met 'n engel kon deurbring, was bloot 'n voor-smakie van die Ewigheid. Ek hou my hande na hom uit.

ANCHIEN TROSKIE is gebore en getoë in Virginia in die Vrystaat. Deesdae woon sy op 'n plaas in die Oos-Kaap, saam met haar man en twee kinders.